《西游记文化研究》编委会

江苏省高校哲学社会科学重点研究基地文化创意产业研究中心

淮阴师范学院优势学科文化传承与文化创意学科　经费赞助

西游记文化研究

（第二辑）

主　　编：许芳红
执行主编：王　毅　蔡铁鹰

上海三联书店

图书在版编目(CIP)数据

西游记文化研究. 第二辑/许芳红主编. —上海：上海三联书店，2021.4
ISBN 978-7-5426-7281-0

Ⅰ.①西…　Ⅱ.①许…　Ⅲ.①《西游记》研究－文集
Ⅳ.①I207.414-53

中国版本图书馆 CIP 数据核字(2020)第 241169 号

西游记文化研究(第二辑)

主　　编 / 许芳红

责任编辑 / 郑秀艳
装帧设计 / 一本好书
监　　制 / 姚　军
责任校对 / 王凌霄

出版发行 / 上海三联书店
　　　　　(200030)中国上海市漕溪北路 331 号 A 座 6 楼
邮购电话 / 021-22895540
印　　刷 / 上海惠敦印务科技有限公司

版　　次 / 2021 年 4 月第 1 版
印　　次 / 2021 年 4 月第 1 次印刷
开　　本 / 710×1000　1/16
字　　数 / 250 千字
印　　张 / 17
彩　　页 / 4 页
书　　号 / ISBN 978-7-5426-7281-0/I·1677
定　　价 / 68.00 元

敬启读者,如发现本书有印装质量问题,请与印刷厂联系 021-63779028

目录（CONTENTS）

《西游记》版本流变研究

项 目 类 型：2009 年国家社科基金年度项目

批 准 号：09BZW031　　　责任单位：河南大学

项目负责人：曹炳建

曹炳建　河南大学文学院教授，硕士生导师，兼任淮阴师范学院文创中心特聘研究员。主要教授《中国古代文学史》《西游记研究》《中国儒学史》《中国道教史》等课程。主要研究方向为中国古代小说、儒释道文化等。主持并完成国家社科项目《〈西游记〉版本流变研究》。出版《〈西游记〉版本源流考》《儿童版〈西游记〉注音读本》(全套十册)《中国古代文学作品选简编》《河南文学史》等专著。发表《〈西游记〉中所见佛教经目考》《〈唐僧取经图册〉探考》《人文本〈西游记〉讹误举隅》《多重文化意义下的探索与追求——〈西游记〉孙悟空形象新论》等论文数十篇。

《〈西游记〉版本流变研究》是由河南大学曹炳建教授主持完成的一个国家社科项目，2009 年立项，2011 年结项，2012 年 10 月其最终科研成果《〈西游记〉版本源流考》由人民出版社出版。

曹炳建教授认为，文本研究的基础在于版本研究，因此研究《西游记》版本复杂的流变过程，对促进《西游记》研究乃至整个中国古代文学史的研究，都具有重要意义。在目前国内外还没有一部研究《西游记》版本的专著的情况下，本课题必将促进学界对相关问题进行更深入的研究。本项目对《西游记》版本流变的描述，本身就是《西游记》传播史研究的重要组成部分，同时本项目对《西游记》有关序跋和评点文字的研究，又是《西游记》学术史研究的重要组成部分。

上海市社科基金年度资助项目

《西游记》学术史研究

项 目 类 型：2013 年上海市社科基金年度项目
批　准　号：2013BWY003　　责 任 单 位：华东师范大学
项目负责人：竺洪波

竺洪波，就读于复旦大学、华东师范大学，获博士学位。现为华东师范大学中文系教授、博士生导师，兼任中国西游记文化研究会学术委员会副主任、吴承恩研究专业委员会副主任、淮阴师范学院文创中心特聘研究员。代表作：《四百年〈西游记〉学术史》（复旦大学出版社 2006）、《趣说西游人物》（上海人民出版社 2009）、《西游释考录》（上海文艺出版社 2017）、《西游学十二讲》（高等教育出版社 2018）等。

"《西游记》学术史研究"，系 2013 年上海市社科基金年度项目，华东师范大学竺洪波教授为负责人，项目组包括华东师大齐森华教授、《解放日报》卢小惠等。

竺洪波教授长期从事《西游记》学术史研究，2006 年出版《四百年〈西游记〉学术史》（入选"上海市社会科学博士文库"和"复旦大学博学论丛"）。本书是我国第一部《西游记》学术史专著，学界反响热烈，《文艺理论研究》《明清小说研究》《文艺研究》《文汇读书周报》等重要学术报刊相继刊发书评和推介文章，称其为"当下古典小说研究领域一项具有开创性、引人注目的新成果"。

本课题即是在《四百年〈西游记〉学术史》等前期研究的基础上延伸而来，其主要推进在于：及时追踪、反映近十年来《西游记》研究的新发现、新成果，弥补、订正以往研究的不足和错误，尤其是将《西游记》现代传播、域外研究、文化产业等方面列为专题研究，史料和内容更加丰富，体系性也更加完整。

·辑刊愿景·

共同携手，打造西游记文化与创意研究的综合平台

——致关心《西游记文化研究》的作者和读者

祁连仲①

《西游记》这部充满灿烂文学想象力的伟大作品，自明代面世至今，已经成为中华民族贡献给全人类的一个瑰宝。习近平总书记在联合国教科文组织总部演讲时强调：中国唐代玄奘西行取经，历尽磨难，体现的是中国人学习域外文化的坚韧精神。根据玄奘故事演绎的神话小说《西游记》，我想大家都知道。

通过 400 多年的全球传播，《西游记》中灿烂绚丽的艺术想象、性格鲜明的人物、跌宕起伏的故事情节，为东亚、东南亚以及南亚等地区的人们所津津乐道，同时，也为欧美基督教文化区、阿拉伯世界的国家和人民所广泛接受；《西游记》的故事不断被翻译、改编、改写成各个民族语言的作品，各国文学家用各种体裁进行演绎；今天的电影、电视、动漫、游戏等多种现代艺术形式仍在从《西游记》中汲取营养，它启示世人，中华文化作为世界上唯一从未中断、绵延至今的文化类型，蕴藏着取之不尽的宝藏。这是中华文化独有的优势。

中国西游记文化研究会(China Research Society for Journey to The West)是所有关心和致力于《西游记》文化研究的研究者和爱好者的共同家园。中国西游记文化研究会是 2007 年在民政部正式登记并由文化和旅游部主管的国家一级社团机构，研究会以"弘扬西游文化，促进国际交流"为宗旨，团结和组织全球有志或有意于西游记文化研究及产业建设的各界人士，积极开展学术研究和国内外业务交

---

① 作者介绍：祁连仲，原文化部艺术研究中心领导，中国西游记文化研究会副会长。

流活动。研究会下设学术委员会、学术研究中心、文化产业工作委员会、吴承恩研究专业委员会、文化旅游专业委员会、教育培训专业委员会、大圣文化传播研究基地(连云港)、齐天大圣文化研究中心(顺昌)等分支机构。研究会致力于推动各地区西游记文化资源的学术课题研究,形成具有学术依据及文化权威的西游记文化品牌,促进西游记文化和旅游的融合发展,为热爱西游记文化建设的各界人士提供全球化、全方位的学术研究、智力支撑与国际交流平台。

西游记文化研究会自成立以来,认真贯彻落实中共中央办公厅、国务院办公厅《关于实施中华优秀传统文化传承发展工程的意见》文件精神,推动西游记文化和各界的融合发展,并致力于学术研究、文化传播、产业建设、对外交流等几个方面工作的规划与发展。大致可以归纳为:

一是建立学术研究平台,深入挖掘西游记文化内涵

十多年来,西游记文化研究会发挥学者资源优势,通过邀请业界知名专家、教授、学者,举办了"西游记与敦煌学术研讨会""连云港西游记文化高峰论坛""淮安西游记高端论坛"等相关学术活动。组织全国各地学术专家对国内相关地区涉及西游记文学、史实、民间故事、版本、艺术、戏曲、语言、地理、思想、宗教等信息进行考察与调研,并形成丰硕的西游记文化研究成果。其中很重要的一项成果是与淮阴师范学院合作,编辑出版注重学术性、科学性的会刊《西游记文化研究辑刊》,以传承经典、创新发展为办刊理念,意在传播西游文化,推动西游学的健康发展。

二是突出创意活动引领,促进西游记文化精神的更广传播

西游记文化研究会围绕西游记文化主题举办了多项与"文化自信"契合的《西游记》文化创意活动,如"画说美猴王"中国明信片设计大赛、"大圣文化传播研究基地"工作座谈会、"西游记文化和旅游高峰论坛"等,利用网络平台和新媒体手段,通过音乐、戏剧、动漫、网游等文化产品,传承西游记文化精神,这方面的工作,既是对传统发达地区的文化事业的进一步推动,同时又重点关注推动西游记文化与"一带一路"沿线、西部丝路各地区的文化交流与共融,是我们文化视野的拓展。

三是发挥文化优势，推动西游记文化与产业的融合发展

西游记文化研究会充分利用平台资源聚合优势，搭建政府与企业沟通的桥梁，定期举办"西游记文化产业座谈会"等各种文化产业交流活动，不断丰富拓展西游记文化的内涵，促进西游记文化与科技、旅游、艺术、动漫、文创、影视等相关产业的结合与融合发展。这一方面的工作因为直接服务于地方经济和产业的发展，尤其得到了各级地方政府的支持和赞赏。

四是弘扬优秀传统文化，促进西游记品牌国际交流

为更好地加强与"一带一路"沿线国家文化交流，讲好中国故事、传播好中国声音，研究会积极推动与国外相关文化机构的联系，合作举办"中美大圣文化国际交流""侨联五洲·魅力西游"等相关国际文化交流活动，通过与国外文化、研究机构的合作，助推中华优秀传统文化——"西游记"的国际传播。让国外民众在审美过程中获得愉悦，感受西游记文化的独特魅力。

习近平总书记在党的十九大报告中明确指出："没有文化自信，没有文化的繁荣，就没有中华民族伟大复兴"。这是对文化自信的最充分最有力的肯定。在国家文旅融合的背景下，就坚定文化自信，推动西游记学术研究与产业融合发展的工作，研究会梅新林会长提出重要指导意见，即：西游记文旅融合必须重视两个研究，一个是文化渊源的研究，一个是文旅融合的研究；要推动三个方面创新："形式创新""内容创新""成果创新"；同时也要有三个愿景，做好融合的文章、做好创意的文章、做好转化的文章。研究会将围绕梅新林会长提出的重要指导意见，切合实际地做到将历史文化遗存转化为学术，用学术为文化产业服务。

这其中办好《西游记文化研究辑刊》是一个重要环节。辑刊的第一辑已经面世，其栏目丰富，内容翔实，突出学术性、资料性，重视研究创新性、创意产业化的特点明显，在学界和西游记文化研究会的评价体系中都已经得了好评，被认为具有学术前沿的视野，很好地承担了会刊的职责。我们期望，在以后的辑刊中，各方面的专家学者、研究者、爱好者，能够和我们共同携手，办好辑刊，打造一个学术水平高、特色明显的西游记文化研究与创意的综合平台，将西游记文化研究全方位融入中

华优秀传统文化传承发展工程和"一带一路"国家重大战略项目的建设中,传承中华文化基因,汲取中国智慧,弘扬中国精神,传播中国价值,融通中国梦与世界梦,实践人类命运共同体的伟大事业。

走一条学术研究与文化产业并举的创新之路

——淮阴师范学院文化创意产业研究中心工作纪要

赵科印①

文化创意产业是国家在政策上予以大力扶持的产业,也是高校学术研究与社会发展,与市场经济紧密结合的一条通道。近年来各高校都对文化创意产业的研究投入了大量精力,打造了具体为文化创意产业提供扶持帮助的建设平台。2015年1月经江苏省教育厅批准,淮阴师范学院的文化创意产业研究中心在自身已经独立运作并形成初步成果的情况下,进一步获批升格成为江苏省高校哲学社会科学重点研究基地。

创设这个文化产业研究中心的初衷,是为了更好地使淮阴师范学院这个学术研究高地,致力于聚焦地方文化建设发展需求,整合校内外文化创新创意研究力量,汇集政府、高校、企业等人才资源,多部门、多学科协同创新,大力推进政产学研融合发展,建设一个支撑学校学科建设和地方文化产业发展的重要平台。近4年来,中心课题有6项获得国家社科基金立项,有13项获得省部级以上立项,20余项获得市厅级立项。其中,"中国治水通运史""基于新见史料的朱元璋文学研究""雾霾风险对城市旅游的影响与分类响应机制研究"等国家社科基金资助项目;"周恩来外交修辞创意研究""明清小冰期背景下黄河水文与运河漕运""明代以来洪泽湖归江入海格局的演变与苏北区域社会""明清苏北漕河交通与城镇聚落变迁研究"等省部级项目,都能紧扣江苏地方特色文化建设脉搏,接地气,有生气,对推动产学

---

① 作者介绍:赵科印,淮阴师范学院文学院副教授,文化创意产业研究中心副主任。

研用联动具有重要意义。

本中心积极服务地方文化建设的重点工作，积极参与江苏省重大建设项目"西游记文化体验园""里运河文化长廊""白马湖国家生态公园"等文化工程项目的创意研究及策划工作；承担"板闸博物馆文献资料采集""周恩来与文化名人展览布置与制作""张纯如纪念馆设计文稿与解说词""纪念周恩来新诗编选"等多项地方重大文化项目的策划与实施；承办"2015两岸文创产业暨西游记文化发展论坛"、2016"智创淮安"文化创意设计大赛、2016"智创淮安"文化创意设计大赛颁奖典礼暨文化创意产业高端论坛、淮阴区韩信杯文化创意设计大赛；与淮安市文化广电新闻出版局和旅游局联合，成功主办2017"'文旅产业与城市形象'高峰论坛"；中心"燃灯戏剧社"自编自导自演话剧《茶馆》，在淮安保利大剧院隆重上演。这些项目的实施，大大提升了中心服务地方文化建设的能力，为地方文化发展做出了积极贡献。通过整合校内外资源，扎实推进中心智库建设，已初步形成一支高素质精英型"智库"队伍，中心的多项咨询报告被地方党委政府采纳，并产生积极的社会影响。《苏北文化产业发展路径与对策研究》《苏北文化产业发展资金瓶颈与金融创新路径》《关于淮安对接"一带一路"战略的思路与对策》均被新华社智库《分析报告》刊载；《建议抢抓江北新区战略新定位的机遇加快推进淮安苏北重要中心城市建设》被淮安市委书记批示采纳；《淮安市保护传承利用大运河文化研究》被淮安市委宣传部部长批示采纳。

作为《西游记》故乡的文化学术智库，本中心十分重视《西游记》的学术研究并积极促进西游记文化产业化。截至目前，中心已初步形成"《西游记》研究"、"西游记文化产业研究"、"吴承恩研究"等3个《西游记》研究方向。国家社科基金项目《〈西游记〉成书的田野考察与成书史研究》，教育部人文社科基金项目《从〈西游记〉看明清江淮官话语法特征》，全国高校古籍整理委员会项目《〈吴承恩集〉辑校笺注》等研究成果获得较大影响；成果《西游记的前世今生》获教育部第六届优秀社科成果奖，中央电视台"子午书简"栏目制作了八集专题片，被新华社等全国数十家媒体报道；在地方文创项目建设中委派专家参与"西游记文化体验园""吴承恩故居文化

景点布置""中国西游记博物馆设计与建设"等多项省重大文化工程的创意研究及策划工作,在推动西游记研究和西游记产业化方面做出了重要贡献。

我们与《西游记》学术研究和文化创意领域的许多学术机构和学术团体都有紧密的联系,特别是与国家一级学会"西游记文化研究会"有长期的合作,且有成功的学术成果,我们作为淮阴师范学院一方的代表,与西游记文化研究会合作创办了目前该研究领域内唯一的高端学术研究与文化创意产业并重的刊物《西游记文化研究辑刊》。它作为西游记文化研究会的会刊,得到广泛的支持,在第一辑发表高见的,有长江学者、博导和国家社科基金重大项目的主持人,也有头角初现的青年学生;有从事纯文本传统学术的研究者,也有致力于文化创意产业的管理者,确实体现了西游记文化研究会、我们文创中心的工作宗旨和《西游记文化研究辑刊》的办刊方针,正在走一条学术研究与文化产业并举的创新之路。

随着高校转型的深化,作为省级具有一定文化研究与文化创意策划能力的区域性文创智库,我们文创中心必将在地方文化发展中发挥越来越重要的作用;作为体现这样宗旨的平台《西游记文化研究辑刊》,也必将越办越好。

·学之重典·

《西游记》版本研究的新进展

——曹炳建《〈西游记〉版本源流考》详介

薛　蕾①

摘　要：曹炳建教授的国家社科基金项目结题成果《〈西游记〉版本源流考》包括六大部分的研究内容：第一部分主要阐述《西游记》版本研究的学术价值及其对文本研究的重要意义，同时对此前《西游记》版本的研究历史进行回顾，以全面把握学术界的研究动态。第二、第三、第四部分则分别论述《西游记》的古版本系统、明代的《西游记》版本系统和清代的《西游记》版本系统。第五部分主要叙述少数民族翻译的《西游记》版本，希望借此促进各少数民族的《西游记》版本的搜集、挖掘和整理。第六部分概括全书内容，绘制出《西游记版本流变图》（原图见后），并对未来的《西游记》版本研究提出若干设想。其中，《西游记》的古版本系统、明代的《西游记》版本系统、清代的《西游记》版本系统是本项目研究的重点。

关键词：《西游记》；版本；源流

　　随着《西游记》在文学与文化领域的影响力的扩展，学界在文本研究、文论研究、审美研究、文化研究等各维度也不断深化与拓展。而小说版本研究是各项研究的前提与基础。考察并梳理《西游记》的各种版本及其复杂的流变过程，对于奠定《西游记》研究扎实的研究基础，促进古代小说文献学的发展，都具有重要意义。由

---

　　①　作者介绍：薛蕾，河南大学文学院讲师，河南大学中国语言文学博士后流动站博士后。主要研究方向为古代小说。

曹炳建先生主持的项目"《西游记》版本流变研究"获批 2009 年度国家社科基金项目，项目成果——《〈西游记〉版本源流考》(以下简称《源流考》)于 2012 年由人民出版社出版。在目前国内外尚无一部专门研究《西游记》版本专著的情况下，本项目的完成及该著作的出版将促进学界对古典小说版本更深入的探讨。

一、《西游记》古版本系统的研究

《西游记》的版本研究，当以百回本成书之后的版本为主要研究对象。但是长期流传、集体创作的性质，使得《西游记》的古版本问题不容忽视。若对《西游记》故事流变过程中的相关作品及其版本没有深入研究，百回本《西游记》的版本研究乃至文本研究也不可能深入。因此，本项目将《西游记》的古版本作为研究的内容之一。

通过梳理《西游记》故事的流变过程，考察相关文字记载，曹炳建先生对《西游记》古本系统的价值给予肯定，指出《西游记》古本系统推动了《西游记》故事的流传与发展，在《西游记》版本系统中不容忽视。《源流考》指出：《西游记》故事的最早源头，当是记载唐朝高僧玄奘生平，特别是他前往印度求经历程的《大唐大慈恩寺三藏法师传》(包括《大唐西域记》)。至晚唐五代，随着唐代寺院俗讲的兴盛，诞生了讲述玄奘取经故事的变文——姑且将其称为《大唐三藏取经变文》，以及与之相配合的变相。由此进一步发展，便是《大唐三藏取经诗话》的问世。《取经诗话》现存两种版本：小字本题名为《大唐三藏取经诗话》；大字本题名为《新雕大唐三藏取经记》。通过审慎的校勘，《源流考》认为：二者实为同一部作品的不同版本：《新雕大唐三藏取经记》虽然从文字上优于《取经诗话》，却是在《取经诗话》的基础上刊刻而成的；其成书的上限当在北宋至道三年(997 年)，下限当在南宋嘉熙元年(1237 年)，其作者当为宋代的说经艺人。

对于元代的《西游记》故事及其版本，《源流考》将其归纳为三大系统：平话本系统、杂剧本系统和绘画本系统。其中平话本已经亡佚，其残文分别见于《永乐大典》《朴通事谚解》《销释真空宝卷》和《礼节传簿》，分别称之为大典本、谚解本、销释

本和礼节传簿本。同时《源流考》指出：这些残文是属于几种还是一种平话《西游记》，由于历史链条的断裂，遽难断定。西游故事的杂剧本主要有两部：一部即吴昌龄的《唐三藏西天取经》，产生于元代前期；再一种即连台《西游记》，大约产生于元末明初，其作者为杨景贤。至于绘画本系统，系指元代界画大家王振鹏的《唐僧取经图册》。《源流考》中考述此图册的来源与发展，指出早在唐代，应该即有与《大唐三藏取经变文》相配合的取经变相。宋人董逌《广川画跋》卷四《书玄奘取经图》所记录的《玄奘取经图》，当是根据取经变相绘制的成套的绘画作品。王振鹏的《唐僧取经图册》就是在《玄奘取经图》的基础上加工而成。萧相恺先生指出："论著中关于王振鹏《唐僧取经图册》的解读、诠释，指出图册的佛教密宗色彩和图册所据为另一个'独立的取经故事系统'，据我所知，在国内，怕还是第一份探索成果。"

二、明代《西游记》版本系统的研究

明代《西游记》的版本系统在《西游记》版本流变史中居于核心地位。在总结前代流传的西游故事的基础之上，《西游记》在明代形成体制完备、艺术成熟的长篇章回小说，并达到艺术与思想的高峰，成为神魔小说的典范。明代不仅形成百回本《西游记》中刊行最早也是最重要的版本——世德堂本，且出现《西游记》版本史上第一个评点本——"李评本"。因而，本项目把明代《西游记》版本系统作为考察与研究的重点。

可能是为了考察的方便，《源流考》首先考察了明清的《西游记》佚本，这些佚本虽然今不见传，但对于研究《西游记》的版本流变也具有重要的意义。本项目也将其纳入研究对象之中，并归纳出《西游记》的佚本的四种情况：一是历史上确曾存在过的佚本，主要有孙绪所见本、耿定向所闻本、盛于斯所读本、周邸九十九回抄本、周邸百回刊本、前世本等。二是历史上是否出现过的不可确定的所谓佚本，主要有鲁府本、登州府本、大略堂古本、词话本等。三是历史上很可能并没有出现过的所谓"佚本"，主要有道教本、鲁府本的删节本等。四是由于误会所造成的，但实际上根本不存在的所谓的"佚本"，如蔡金注本、嘉靖十一年刊本等。将这些佚本整

理汇集，公布于世，并说明其源流变迁，有助于推进对《西游记》版本与文献的发现、搜集。

现存的明代《西游记》版本，共有七种。通过对各版本的校勘与辨析，曹炳建先生将其划分并归纳为三大系统：繁本系统、简本系统和删本系统。

繁本系统包括世本和李评本。其中世本无疑是《西游记》诸版本中最重要的版本，因而又是明代版本系统研究的重心。以文献的全面辑佚及深入辨析为基础，《源流考》指出：在世本之前应该已经有前世本流传。当吴承恩以荆府纪善的身份在荆府完成其《西游记》的创作之后，应该在荆府留下了一个抄本。大梁周王府的九十九回抄本《西游记》，很可能就转抄于荆府。后来周府刊刻这个版本的时候，因为其不满百回，故而增加了一回，形成百回刊本。周府百回刊本之后是不是还有其它刊本则不甚清楚，但世德堂本至少和周府百回刊本有着直接或者间接的关系。通过考证，《源流考》梳理出前世本的版本流变脉络：吴承恩稿本——荆府抄本——周府九十九回抄本——周府百回刊本——（？）——世本。可惜的是，前世本俱已亡佚。随着新材料的发现，可对此问题展开进一步研究与论证。

在世德堂本及相关问题的研究方面，先生花费的精力相当多，在论著中对世德堂本的刊刻流变进行详尽的分析与梳理。概言之：世德堂本其实并非世德堂独立刊刻，而是和荣寿堂共同刊行。此板片后来流落到熊云滨之手，可能因为其中第十六卷板片损坏无法利用，于是熊云滨便按照原书的版式重刻了其中第十六卷，然后一并出版发行，因此，台湾世本应该是熊云滨的补刻重印本。在经过多次印刷之后，原板磨损严重，熊云滨不得不将原板进行个别修补，于是就形成现存的天理世本，所以，可以称天理世本为世德堂本的"补修重印本"。阿英先生所藏的熊云滨重鋟本的第十七卷，证明熊云滨亦曾单独刊刻过《西游记》。《源流考》中清晰勾勒出世本刊刻流变的过程：世本（世德堂、荣寿堂共同刊刻，佚）——熊云滨补刻重印世本（台湾世本）——熊云滨补修重印本（天理世本）——熊云滨重刻本（阿英收藏本）。

百回本《西游记》的祖本问题、简本系统中朱本和杨本的关系问题、唐僧身世故

事相关问题,是《西游记》版本研究争论最大的三个问题。《源流考》对这些问题都进行了详尽的探讨。《源流考》认为:朱本前后内容详略有别,比例失调,前七卷和后三卷风格上极不一致,各卷节数忽多忽少;朱本的节末诗、节目风格上也有高低雅俗之分。朱本缺少了乌鸡国、车迟国等故事。这些都说明,朱本绝不可能是百回本《西游记》的祖本。同时,漏洞百出的杨本,也不可能是百回本的祖本。在此基础上,《源流考》认为:百回本的祖本当为平话本《西游记》,这是因为,从平话本的主要情节和结构来看,已经初步具备百回本《西游记》的规模;百回本中二郎神的封号,是直接继承自平话本;百回本第四十四回的"大力王菩萨",是直接继承自平话本中孙悟空的封号。

在唐僧身世问题上,先生由世德堂本中的"己巳"纪年错误这一细节入手,分析唐僧身世故事在各版本中的变化。《源流考》中指出:百回本应该有着完整的唐僧身世故事。世本现存第九回开头带有"己巳"纪年错误的文字,当是作者为唐僧身世故事撰写的,后来前世本或世本中此故事被因故删去。朱本中有关唐僧身世的故事,大概是朱鼎臣根据杂剧本《西游记》改写的。至于清代证道本中的唐僧身世故事,又是在朱本相关故事的基础上改写而成的。

世德堂本之后,繁本系统又有李评本问世。此版本是《西游记》版本史上第一个评点本,其评点文字充满辩证思考且富有理论价值,在中国古代小说理论史上具有重要的意义。本项目借鉴了日本青年学者上原究一的相关研究成果,对于李评本的版本系统进行了全面考察。李评本现存大概有十二种版本,可分为三个小系统:甲本、乙本和丙本。其中丙本最早,甲本次之,乙本最后。李评本的评点者虽然实际上并不是李贽,而是另一位下层文人叶昼,但其评点文字及卷首袁于令的《西游记题辞》,都具有很重要的理论意义。本项目揭示出,李评本卷首《凡例》中的五条文字,是评点者的评点纲领。其中"总评处"和"碎评处"两条,主要阐发评点者的评点意图和形式。"批着眼处"、"批猴处"、"批趣处"三条,是评点者主要评点的内容。这三"处",实际上涉及到我们今天所说的思想内容研究、人物形象研究和艺术特色研究。李评本中的评点文字,都是围绕着这三"处"展开的。此外,项目中对

于李评本卷首所载袁于令的《西游记题辞》的价值，也加以深入地挖掘，提炼出《题辞》中提出的小说美学的两个重要问题：一是小说创作中虚与实的关系问题，即小说创作中的虚构和想象特征问题；二是神魔小说创作中幻与真的关系问题，即神魔小说的创作要求"幻中有真"，"幻中寓真"。这对于深入理解李评本中评论文字的理论价值具有重要启示意义。

本项目对于简本系统朱本和杨本也进行了深入考察。朱本和杨本二者的关系问题，亦是《西游记》版本研究中争论最大的问题之一。《源流考》详细校勘了朱杨二本，认为朱本故事情节进展前慢后快，文字前详后略，全书极不协调；杨本后半部分虽然也嫌仓促，但相对来说，全书故事进展速度较朱本均匀，文字详略亦较朱本合理；同时，朱本不少矛盾失误之处，在杨本中有些得到了纠正和补充。有时杨本只是在关键之处，比朱本改动或多出几个乃至十几个字，就使朱本的矛盾讹误得到解决。由此得出结论：朱本删改百回本的大量文字，不慎造成失误；杨本在抄袭朱本时，却并非简单抄袭，而是同时参阅了百回本，改正了朱本的一些失误讹谬。

对于明代《西游记》的删本系统，本项目也加以研究与梳理。概言之：删本系统现存主要有三种，又可分为两个子系统：一个子系统是世德堂本的删本系统，包括唐僧本和杨闽斋本。唐僧本和杨闽斋本是不是有一个共同的删本，则不可确知。其中杨闽斋本在删节过程中，很可能参考了唐僧本。再一个子系统便是闽斋堂本，是以杨闽斋本为底本，再参考李评本，或者还参考了世本等其它版本，增删而成的一种删节本。

三、清代《西游记》版本系统的研究

清代的《西游记》版本相当复杂，证道本、真诠本、原旨本等都曾经历过多次刊刻。其中真诠本就今所知，就有二十余种刻本。清代《西游记》刻本众多而良莠不齐，其研究价值亦不尽相同。本项目兼顾版本的校勘意义、传播史意义与学术史意义，对诸版本进行全面考察，在此基础上考辨各刻本之间的关系，厘清《西游记》清代版本系统，将现存《西游记》清代的七种版本分为三个大的系统，即删本系统、繁

本系统和抄本系统。

删本系统包括《西游证道书》《西游真诠》《西游原旨》《通易西游正旨》和《西游记评注》。其中前四种分别简称其为证道本、真诠本、原旨本、正旨本。至于《西游记评注》,因其由含晶子评注,故简称其为含评本。在清代版本系统中,证道本居于重要地位,清代所有的《西游记》版本,都与证道本有着直接或者间接的关系。本项目将证道本作为考证辨析的重点之一,并解决了有关证道本的重要问题:其一,证道本所据以删节的底本,应该是李评本而不是世德堂本;但其中唐僧身世的有关故事,却是以明代朱本为底本改写而成的。其二,客观辩证地评定证道本在删本系统中的价值,提出证道本是《西游记》诸删本系统中最优秀的删节本,但却并不是最优秀的《西游记》版本。其三,对证道本之后的删本的情况加以考论,揭示各版本之间的关系,即真诠本和证道本有着重要的继承关系,但是真诠本也根据李评本增加了一些文字。再后的原旨本、正旨本、含评本,其文字基本上都沿袭了真诠本。

本项目还考证辨析《西游记》繁本系统的新说本,以及《西游记》版本史上唯一的一部手抄本——《西游记记》,形成这样的认识:新说本的底本应该是李评本,但是其中唐僧身世的故事又是来自于真诠本。《西游记记》的文字则主要是根据真诠本,但是却在真诠本的基础上再有删节。

自明代李评本开《西游记》评点之先河,评点与文本并行的现象在《西游记》各版本中日益显著。清代证道本、真诠本、原旨本、正旨本、含评本、《西游记记》、新说本均有评点文字。这些评点反映出清人对《西游记》思想与艺术的理解,是小说理论批评话语体系的重要部分。本项目对各版本的评点文字也加以考察,辩证地分析其中表达的社会历史与宗教文化观念,并提炼评点中蕴含的文艺美学观念。

“讲道说”与“劝学说”是清代有关《西游记》主旨的评点中两种影响最大的观念。本项目对这两种观念的肇始及发展加以梳理,并对其价值进行客观的评价。证道本、真诠本、原旨本、正旨本、含评本、清抄本都持《西游记》主旨的“讲道说”,即都认为《西游记》是一部宣扬道教金丹大道的“道书”。《源流考》中梳理出,《西游记》主旨的“讲道说”由明代人肇其绪,由证道书开其端,由真诠本继其后,至刘一明

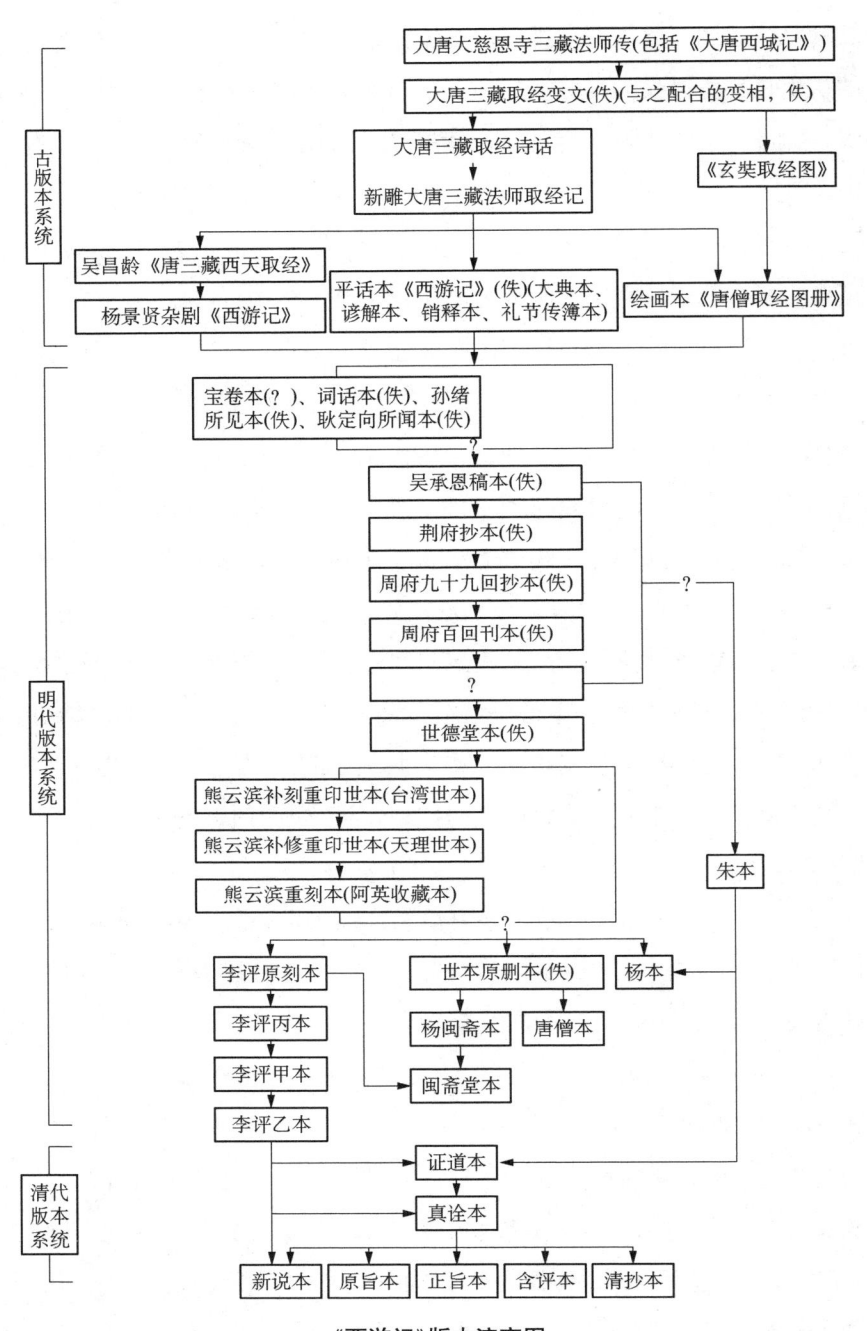

古版本系统

大唐大慈恩寺三藏法师传(包括《大唐西域记》)

大唐三藏取经变文(佚)(与之配合的变相,佚)

大唐三藏取经诗话
新雕大唐三藏法师取经记

《玄奘取经图》

吴昌龄《唐三藏西天取经》

杨景贤杂剧《西游记》

平话本《西游记》(佚)(大典本、诠解本、销释本、礼节传簿本)

绘画本《唐僧取经图册》

明代版本系统

宝卷本(?)、词话本(佚)、孙绪所见本(佚)、耿定向所闻本(佚)

吴承恩稿本(佚)

荆府抄本(佚)

周府九十九回抄本(佚)

周府百回刊本(佚)

?

世德堂本(佚)

熊云滨补刻重印世本(台湾世本)

熊云滨补修重印世本(天理世本)

熊云滨重刻本(阿英收藏本)

?

朱本

李评原刻本

世本原删本(佚)

杨本

李评丙本

杨闽斋本

唐僧本

李评甲本

闽斋堂本

李评乙本

清代版本系统

证道本

真诠本

新说本   原旨本   正旨本   含评本   清抄本

《西游记》版本流变图

的《西游原旨》达到了最高峰。进而，《源流考》中还提出，"讲道说"虽然对《西游记》主旨的认识是完全错误的，但是其评点文字，特别是其中原旨本的评点文字，对我们理解《西游记》中的道教内容，进而了解明清时期道教理论及其发展，却有着重要的帮助。

与"讲道说"不同，新说本的评点文字主张"劝学说"，即认为《西游记》就是注解儒家经典《大学》的，是证"圣贤儒者之道"的。《源流考》中客观地指出，这种认识并不符合《西游记》的实际，有随意曲解《西游记》原文之弊。

值得注意的是，本项目对于《西游记》各版本中文学性评论的提炼与挖掘。《源流考》中提出，以评点文字的文学理论价值而论，当以证道本最优。因文人黄周星的参与，而使证道本的评点具有显著的文艺批评色彩，其中对《西游记》哲理性内涵的揭示，对《西游记》奇幻特征、戏谑笔法和诙谐幽默的艺术风格、情节之美与结构笔法之妙等方面的评点，都富有文学理论价值。此外，《源流考》中还剖析了新说本评点中的文艺思想，指出评点者把《西游记》看成是一部具有寓言意味的哲理性小说，从社会学和人性的角度来看待《西游记》故事情节和人物形象的塑造，揭示《西游记》"奇"、"幻中有真"等艺术审美特点，对我们理解《西游记》还是很有帮助的。本项目对于各版本评点中文学性批评的挖掘，对于全面认识和评价《西游记》评点的思想价值、文化价值与文艺理论价值具有重要启示。

本项目的研究本着求实的精神和审慎的态度展开，通过搜集版本、考订史料、辩证分析，从而全面探讨了《西游记》的古代版本，清晰梳理其版本流变的全过程。不仅对明代与清代的《西游记》版本系统加以详尽的考辨，且对古版本亦进行深入探讨。对于《西游记》古版本，在既往的研究中多将其置于故事流变的范畴。实际上，元代戏曲本《西游记》和平话本《西游记》皆以《西游记》来命名。其在《西游记》版本史上具有不可或缺的价值。本项目将其置于版本的范畴加以研究，具有重要的版本学意义，也将有力地推动一系列相关学术史问题的拓展和深化。同时，从传播学的角度看，中国古代小说传播的最主要的途径之一，便是通过刊刻印刷在广大读者之中流传。《西游记》现存的明清版本虽然只有十四种，但是实际上每种又都

经过了多次刊刻或印刷,形成了大系统下的小系统,说明了《西游记》在当时拥有广阔的读者市场。正是通过这些版本,《西游记》才在社会上不胫而走,迅速传播开来。本项目的研究彰显了《西游记》各版本的刊刻在《西游记》文本与文化传播过程中的重要价值。此外,本项目对现存《西游记》评点文字的研究,亦是《西游记》学术史的重要内容,对撰写《西游记》的学术史无疑具有重要的参考价值和学术意义。尤其是此前学界对清代《西游记》评点本中的评点未给予充分重视,基于此研究状况,本项目对清代《西游记》评点的合理内核进行了深入分析与客观评价,显示出独到的学术眼光。

在项目研究中一以贯之的则是曹炳建先生醇厚谦和的风格与踏实严谨的学风。这主要表现在三个方面:一是在每一个研究论题展开之前,充分揭示此一问题的研究现状,使读者一卷在手,对学界相关的研究进展有一个全面的把握。二是充分借鉴前人的学术研究成果。《源流考》最主要的目的在于厘清《西游记》的版本流变过程,所以并不以创新而创新。三是在继承前人观点的基础上进行再研究,加上了自己的考察,以确定前人成果的可信程度。因而,读者通过研读《源流考》,既可把握曹炳建先生的观点,亦可对《西游记》成书研究史与版本研究有清晰的认识。

中国现代学术大师以《西游记》为中心的范式创新①

竺洪波②

摘　要：本文考察了 20 世纪中国现代学术发轫期大师云集《西游记》论坛的学术景观和学术生态，重点评述王国维、胡适、陈寅恪三人研究《西游记》的因缘、过程、成果和相关"范式"创立的学术贡献，并揭示大师们的学术理念、治学精神和学人品格对当下学界的启迪和昭示意义。

关键词：中国现代学术；大师；《西游记》；学术范式

在 20 世纪初叶中国现代学术的发轫期，《西游记》研究是一块充满生机、成绩丰硕的领域。一个显著的标志是大师云集，阵容蔚观，梁启超、王国维、罗振玉、胡适、鲁迅、陈独秀、陈垣、董作宾、俞平伯、傅惜华、徐旭生、郑振铎、赵景深、陈寅恪、孙楷第③等学术大师纷纷参与，其中王国维、胡适和陈寅恪三位超一流大师最具代表性、典型性和影响力。从《西游记》作者考证、源流和版本梳理、文本阐释、人物和母题考稽到治学方法拓展、学科形态建构，大师们的卓越建树最终积淀为一系列宝

---

①　基金项目：本文系上海市社科基金项目"《西游记》学术史研究"（批准号：2013BWY003）的中期成果。

②　作者介绍：见彩页。

③　这里所举学者都撰有《西游记》研究论文，依次为：梁启超《千五百年前之留学生》、王国维《宋椠大唐三藏取经诗话跋》、罗振玉《宋椠大唐三藏取经诗话跋一、二》、胡适《〈西游记〉考证》、鲁迅《中国小说史略·吴承恩〈西游记〉》、陈独秀《〈西游记〉新叙》、陈垣《书内学院新校慈恩传后》、董作宾《读〈西游记〉考证》、俞平伯《驳〈跋消释真空宝卷〉》、傅惜华《元吴昌龄〈西游记〉杂剧之研究》、徐旭生《〈西游记〉作者的思想》、郑振铎《〈西游记〉的演化》、赵景深《〈西游记〉民俗文学的价值》、陈寅恪《西游记玄奘弟子故事之演变》、孙楷第《吴昌龄与杂剧〈西游记〉——现在所见的杨东来评本〈西游记〉杂剧不是吴昌龄作的》。

贵的学术范式,从而一举完成了中国现代学术的范式创新。结合当下学术环境,考察昔日之学术景观和学术生态,重温大师们的学术理念、治学精神和学人品格,更富有启迪和昭示意义,诚所谓"转移一时之风气,而示未来以轨则"①。

以上述现象为中心,以"《西游记》学术史研究"为课题,笔者于2013年申报了上海市社科基金资助并获立项,迄今五年,课题已经完成,成果也基本按照预期形成。正值《西游记文化研究辑刊》邀约,以下笔者便向各位同好作简要报告。其中"小序"部分是围绕"《西游记》学术史研究"形成课题的初衷和构想,以下则分别介绍王国维、胡适、陈寅恪三位大师的《西游记》研究及其研究范式的学术意义。

小序

学术史研究是当今学术潮流,其中《西游记》学术史研究是有成绩、有影响的一翼。但是由于《西游记》研究长期滞后的学术背景与惯性,现有之《西游记》学术史研究也存在明显的不足与疏漏。其主要表现在:一、专著偏少,明确标出"《西游记》学术史"的至今只有《四百年〈西游记〉学术史》一部。二、现在的《西游记》学术史研究主要集中在作者、成书、版本、思想、艺术等领域,现代传播、域外研究、文化产业等方面还没有得到应有的重视,存在视野偏仄、体系不全的弊端。因此,笔者早就有了在补苴罅漏、修正谬误,及时关注新材料、新成果,在《四百年〈西游记〉学术史》(复旦出版社2006)、《〈西游记〉的诞生》(中华书局2007)、《20世纪〈西游记〉研究》(文化艺术出版社2018)、《〈西游记〉版本源流考》(人民出版社2012)等学术史专著的基础上,综合融通,取精用弘,去伪存真,推陈出新,撰写一部真正展示《西游记》学术进程、揭示文学研究学科特征、体现当下学术水准的《西游记》学术史著作的设想。意义如下:

1. 梳理《西游记》学术进程,还原学术生态

明代万历二十年(1592)金陵世德堂《新刻出像官板大字西游记》(世本)问世,

---

① 陈寅恪.《王静安先生遗书》(序).

同时开启了一部波澜壮阔的《西游记》学术史的序幕。世本陈元之《刊西游记序》和稍后的《李卓吾先生批评西游记》袁于令《西游记题辞》，是两篇最原始的《西游记》研究文献，不仅开《西游记》评点的先河，也理所当然成为学术史的嚆矢。经过长达四百年之层递累积，特别是明清评点式批评的兴盛，"五四"以来现代性学术研究的形成，新时期《西游记》论坛的空前繁荣，其过程是那样曲折逶迤，内容是那样丰硕富赡，足以构成一部完整的《西游记》学术史，耸立中国学术之林。展开学术史研究，目的是通过梳理《西游记》学术进程，还原学术生态，在丰富的学术资源中汲取灵感和动力，扎根传统，介入当下，将《西游记》研究推向深入。

2. 重估《西游记》价值，实现其文学史准确定位

建构《西游记》学术史的逻辑依据是《西游记》经典地位的确立。但在文学史上《西游记》的价值历来被低估，没有取得准确的文学史定位。钱锺书、师陀、林庚、黄裳等前辈学者曾指出：中国文学的高峰当推《西游记》。但这种个性化的评判并未引起重视。事实上，《西游记》最富有理想精神和浪漫品格，只有《西游记》才能与现实主义巨著《红楼梦》相媲美。而如果引入现代文艺学原理，将文学作为文化载体，从"文学场——多元价值系统"的文化视野看，《西游记》作为文化经典的价值世所罕匹，可见钱锺书先生等人的评判并非是情绪化的空穴来风、无的放矢。具体来说，"开辟再生态神话，实现中国神话的复兴""与儒、释、道中国主流文化深度契合，成为不可多得的文化典籍""科学未来意识和高科技想象，培育民族理性思维""开创西游品牌，再生、孵化现代新文化"四个方面，是其无可替代的特殊性价值。《西游记》文本是学术史的母体，但从另一方面说，重估《西游记》价值，实现合理的文学史定位，必须坚持学术史观点，以学术史框架和史实为立论的参照和前提。

3. 总结《西游记》学术经验，解决疑难命题

《西游记》研究历时既久，形成了一系列学术命题。其大者如《西游记》的经典化、《西游记》与史书如《大唐西域记》之关系、《西游记》版本源流，其小者如《西游记》作者究为何人、唐僧取回真经果为何物、《西游记》第九回"唐僧出世"真相何如、

《西游记》为何被清代道教徒攘夺,这些问题学界研究纷繁,结论殊异。而在学术史的背景下,一切都将豁然开朗:哪些是《西游记》研究中的基本问题,哪些是《西游记》学术史上的重大事件,都会清晰地凸显出来,可以使我们胸有全局,正本清源,提纲挈领,从而有助于这些大小不等的疑问从根本上得到解决。

4. 剖析《西游记》学术范式,助推学术变革

20 世纪大师云集《西游记》,王国维、胡适、鲁迅、郑振铎、陈寅恪、孙楷第、刘修业等人的《西游记》研究,遍及作者考证、源流和版本梳理、文本阐释、人物和母题考稽以及治学方法拓展、学科形态建构等各个方面,大师们的卓越建树积淀为一系列宝贵的学术范式。归纳、勾勒现代《西游记》学术范式如下:

1. 王国维:外部研究——整理文献,构筑基础;

2. 胡　适:考证——论定《西游记》作者为吴承恩,考辨史实;

3. 鲁　迅:史论——与胡适共同论定作者,将《西游记》命名为"神魔小说",实现文学史定位;

4. 郑振铎:演化——梳理故事演化轨迹,列定版本次序;

5. 孙楷第:版本目录学——搜寻珍稀古本,考定各版优劣,推定世本为《西游记》之最早版本;

6. 陈寅恪:渊源学——从梵汉藏佛经中考出《西游记》主要人物原型,推出小说"演化之公例";

7. 赵景深:民俗学——揭示文本民俗文化传统;

8. 刘修业:作者研究——撰写吴承恩年谱、小传。

此外,袁圣时的神话学研究、汪浚的学术史研究,以及陈独秀的阶级论观点都在当时曾产生过较大影响,带有一定的范式意义。关于《西游记》学术范式的具体内容,值得专题研究,这里不作赘述。只是需要指出:"五四"前后中国学术的巨大转型,就是从学术思想和治学方法的变革开始的。王国维、胡适、鲁迅、陈寅恪等大

师的《西游记》研究正是从不同的侧面和视角，遵循不同的学术方法、原则和路径，并以各自的开创性成绩昭示了一种共同的带有革命性和示范性的学术精神、学术思想和治学方法。考察、重温这些"范式"，大师们创获如此辉煌的学术成果，为后人留下如此丰富的学术资源和借鉴的范本，其神采风韵怎不令人陡生崇敬之心、感激之情！

王国维："外部研究"构筑基础

王国维是引领现代学术的"大师巨子"（陈寅恪语），在经学和史学方面成就卓著，对现代《西游记》研究也有特殊贡献。尤其是重新发现《大唐三藏取经诗话》和整理《长春真人西游记》，以"外部研究"①的范式功能构筑基础，对现代《西游记》研究有奠基、开辟之功。

1. 关于《大唐三藏取经诗话》

百回本《西游记》作为世代累积型巨著，最早的文学雏型是《大唐三藏取经诗话》，今见《诗话》刊本即与王氏相关。民国四年（1915），罗振玉、王国维在日本发现佚去已久的《新刊大唐三藏取经诗话》（以下简称《诗话》）高山寺藏本，并旋即影印回国，经王氏校注后收入《吉石盦丛书》正式出版，国人始知佚本全貌。

除却整理文献、拯救国故的价值，王国维此番发现的"附加值"——对《西游记》研究的价值——未可觑视：

其一，推断《诗话》为"《西游演义》所本"。

《西游记》有蓝本，但所本究为何物，历来多存歧见。或谓元明间杨景贤《西游记》杂剧，或谓明《永乐大典》所收《西游记》平话（今存有残文）。事实上，根据《西游记》的演化实际，明万历二十年（1592）金陵世德堂百回本《新刊出像官板大字西游记》（世本）以前的各种"西游"文本都有可能成为其直接或间接的蓝本。王国维初

---

① 这里借用西方文论家韦勒克关于文学"外部研究"与"内部研究"的划分，王国维的《西游记》研究未直接解读文本，故属外部研究。

见《诗话》高山寺藏本，立时认识到它作为《西游记》蓝本的意义。他在写于 1915 年的《宋椠大唐三藏取经诗话跋》中，根据其写作时代和文字内容的特征，明确指认《诗话》"即《西游演义》所本"。同时历数自金院本《唐三藏》至元初吴昌龄杂剧《唐三藏西天取经》等"西游"作品的佚失情况，雀跃惊呼"南宋人所撰话本尚存，岂非人间稀有之秘笈乎"①！

《诗话》之失而复得，终于找到了《西游记》最早的文学源头，王国维关于《西游记》蓝本的论断也成为学界定谳。鲁迅称《诗话》为"《西游记》的先声"，其状类似《大宋宣和遗事》是《水浒传》的先声一样。② 胡适则进一步认可："这部书（《诗话》）确是《西游记》的祖宗"，它确定了后世《西游记》演化的文学性方向。③

其二，论定《诗话》为"后世小说分章回之祖"。

关于《诗话》的文体意义，王国维指出：

> （《诗话》）三卷之书，共分十七节，亦后世分章回之祖。其称"诗话"，非唐、宋士夫所谓诗话，以其中有诗有话，故得此名；其有词有话者，则谓之词话。④

章回小说后起于文言笔记体小说，但后来居上，成为中国古典小说的最大宗。对于两者的递嬗演变，涉及中国小说发展规律，学界一度迷茫不解，学者所论吞吐，现在天赐奇书，《诗话》的文体特征一目了然：内容系玄奘取经，文字以故事（如降妖）为单元分节排列，每节附有标题，其间有诗有话（"话"即散文体故事），正与章回小说文体谋合。故逆向言之，《诗话》既为"后世分章回之祖"，则章回小说的源头在《诗话》无疑。章回小说"文备众体"——即包容诗、词、曲、赋等各类文体——的文体特征，也可从《诗话》找到相关的因子。这一"文学——学术之谜"的解决，完全基

① 王国维. 宋椠大唐三藏取经诗话跋. 国学学报. 1927.10；2 卷 8.9.10 合刊.
② 鲁迅. 中国小说的历史的变迁, 中国小说史略, 北京：人民文学出版社,1973；289.
③ 胡适.《西游记》考证. 上海：亚东图书馆.
④ 王国维. 宋椠大唐三藏取经诗话跋. 国学学报, 1927.10；2 卷 8.9.10 合刊.

于王国维的发现和论述，也堪称《西游记》研究对中国小说学的一大贡献。

其三，考定《诗话》为宋椠。

王国维对《诗话》卷末（款一行）"中瓦子张家印"作了详尽的考证。主要证据引自南宋吴自牧《梦梁录》关于宋代杭城瓦舍和书肆的记载。初步推断中瓦子为"宋临安府街名"、"倡优剧场之所在"，张家印系"张官人经史子集籍铺"印章，则《诗话》为弥足珍贵之"宋椠"，其创作和成书在两宋间。①

这一考证实系意义重大。

首先是争鸣不断，异见迭出，俨然成为一个严谨的学术命题。鲁迅于20年代初率先提出异议，认为《诗话》是"元刊"。理由是时世"逮于元朝，张家或亦无恙，则此书或为元人撰"②。30年代，郑振铎在《宋人话本》里依循王说定为宋刊；鲁迅又专门著文反驳，重申为元刊。③ 时至今日，或曰宋（南宋）刊，或曰元刊，有人前推为北宋④，更有人大幅推进断为"晚唐五代时寺院俗讲的底本"⑤，学界异见纷繁如是。

其次，王国维所作《诗话》版次的考证对《西游记》成书研究有直接关系。《西游记》从史实到小说有几近千年的演化史，但其文学形态的发生当在何处，机制如何，因文献所限，竟是无可论断。现在可知，无论是宋刊、元刊，抑或是"晚唐五代的俗讲话本"，《诗话》都早于元明时的《西游记》杂剧、《西游记》平话和各种《西游记》简易小说，而衔接在唐玄奘《大唐西域记》（辩机执笔）和慧立、彦悰《大唐大慈恩寺三藏法师传》两部史传之后，成为由史传记载到文学创作的过渡形态，最早的"西游"文学作品，从而构成《西游记》的"先声"与"祖宗"，史传（以《大唐西域记》、《大慈恩寺三藏法师传》为主）→《大唐三藏取经诗话》→《西游记》杂剧、《西游记》平话→简

① 王国维.宋椠大唐三藏取经诗话跋.国学学报.1927.10：2卷8.9.10合刊.
② 鲁迅.中国小说史略.北京：人民文学出版社，1973：97.
③ 鲁迅.关于《唐三藏取经诗话》的版本——寄开明书店《中学生》杂志社.刘荫柏编《西游记研究资料》.上海：上海古籍出版社，1990：176.
④ 参见王力.《汉语史稿》（中），北京：中华书局，1980：413.
⑤ 参见李时人、蔡镜浩.《大唐三藏取经诗话》成书时代考辨，徐州师院学报，1982.3；刘坚.《大唐三藏取经诗话》写作时代蠡测，中国语文，1982.5.

易《西游记》小说→百回本长篇巨帙《西游记》这一完备的演化(阶段)排列得以确立。

据此言之,《诗话》是这一时期《西游记》研究最重要的文献发现,王国维《宋椠大唐三藏取经诗话跋》(1915 年)是目前所见 20 世纪最早的《西游记》研究论文之一。

2. 关于《长春真人西游记》

世本《西游记》问世时,作者佚名,"不知其何人所为",后被误植至元初道祖邱处机(邱本作丘,因避孔子讳改)名下。究其缘由,是邱处机曾著有《长春真人西游记》(其弟子李志常执笔),备载其游历西域时所见道里风俗,凡二卷,藏于《道藏》中,惟两书同名,且邱著"世鲜传本",故而后人不察,遂误为一书。清高宗乾隆六十年(1795 年),乾嘉学者钱大昕首度从苏州玄妙观《正统道藏》中抄出,真相始白于天下。①

20 世纪 20 年代,王国维开始整理蒙元史籍,择取文本即有邱处机《长春真人西游记》。1925 年亲手从道光《连筠簃丛书》杨尚文校本抄录,可见出其对该文本的重视。他利用辽金宋元明五正史以及《大唐西域记》、《元朝秘史》、《南村辍耕录》、《西使记》等各类史籍文献,对书中元蒙人物、史实和西域地理、风俗详加注释、考订,又对原刊本所有讹误错失、衍乙脱漏之处进行了全面校勘,较之《连筠簃丛书》本堪为脱胎换骨,质量精益求精。至 1927 年,历时二年有余,数易其稿,《长春真人西游记校注》定稿,由清华大学研究院正式出版。作为《长春真人西游记》的善本,学界公认,影响及至海外。

姑且不论《校注》的文献价值,仅举其对《西游记》研究的贡献如下:

其一,厘清《西游记》与《长春真人西游记》两书关系。

20 年代初期,鲁迅写成《中国小说史略》,胡适写成《中国章回小说考证》,已初步论定《西游记》的作者为淮安儒生吴承恩,其中褫夺邱处机著作权的主要依据即

① 参见段玉裁记载:"忆昔与竹汀(钱大昕)游元妙观,阅《道藏》,竹汀借此抄讫。"王国维.《长春真人西游记·附录》,清华大学研究院 1926 年排印本。

是钱大昕发现的道藏本《长春真人西游记》及其所写跋文,羽翼者为纪昀《阅微草堂笔记》卷九"如是我闻"中的一则材料。然而,其时"邱作"说惯性巨大,《长春真人西游记》又属阳春白雪,藏匿深闺,知者甚少,小说《西游记》与《长春真人西游记》两书混淆不清的局面并没有根本改变。王国维对《长春真人西游记》的整理和普及,在厘清两书关系方面起到了重要作用,从而为鲁迅、胡适的《西游记》作者考证提供了佐证。

其二,为研究《西游记》与全真教之关系提供文献史料。

《西游记》与邱处机无关,却与王重阳、邱处机的全真教有莫大关联。《西游记》虽叙佛教故事,但间有大量金丹术语,道家典籍,及全真七子诗篇,道教气场强烈,当是事实。其根本原因在于中国文化儒释道三家会通、交融,"红花白藕青荷叶,三教元来是一家"。作为传统文化载体,《西游记》的价值在于对中国主流文化的深度契合,其反映宋元以来道教主流全真教文化合情合理。《长春真人西游记》是全真教的原始典籍,也是《西游记》宗教文化研究,特别是《西游记》与全真教之关系研究不可或缺的第一手文献。从《西游记》学术史看,从柳存仁《全真教与小说〈西游记〉》到李安纲《苦海与极乐》,这些《西游记》宗教(全真教)研究的重要成果,都多得其襄助。全真教成为《西游记》研究的新领域,竟自王国维肇始,开垦之功,嘉惠后学,善莫大焉。

应予指出的是,无论是发现、研究《大唐三藏取经诗话》,还是校注《长春真人西游记》,都属于文学的"外部研究",为现代《西游记》研究构筑基础,其学术"正能量"罗列如上。然而另一方面,因为没有直接深入《西游记》文本,长期以来,王国维《西游记》研究的范式意义没有得到应有的重视,与一个红学史现象仿佛,王国维对《西游记》研究的意义可能为其"国学大师第一人"的声望所遮蔽。正如余英时曾指出的那样:王国维的《红楼梦评论》(范式)被历史遗漏,"遂成绝响",在红学史上"极值得惋惜"。① 同样,王国维《西游记》研究"范式"的"被遗漏",在《西游记》学术史

---

① 参见余英时.近代红学的发展与红学革命——一个学术史的分析,文史传统与文化重建,北京:生活·读书·新知三联书店,2004:314.

上无疑也是一件令人遗憾的事。

胡适：由痴迷到"发疯"

胡适痴迷古典小说，20 世纪 20 年代集中考证小说名著，相继写成《〈水浒传〉考证》《〈红楼梦〉考证》《〈西游记〉考证》《〈三国演义〉序》《〈镜花缘〉的引论》《〈儿女英雄传〉序》等考证文章，后结集为《中国章回小说考证》一书，构成现代学术史上所谓的"考证性范式"，其人则被学界誉为"善于给小说作考证的胡适之先生"。这种"痴迷"和"考证性范式"在《西游记》表现得尤其充分。

首先看其研究《西游记》的过程。胡适曾记述：

> 民国十年十二月中，我在百忙中做了一篇《西游记序》，当时搜集材料的时间甚少，故对于考证的方面很不能满足自己的期望。这一年之中，承许多朋友的帮助，添了一些材料；病中多闲暇，逐整理成一篇考证，先在《读书杂志》第六期上发表。当时又为篇幅所限，不能不删去一部分。这回《西游记》再版付印，我又把前做的《西游记序》和《考证》合并起来，成为这一篇。

这段话告诉我们：胡适的世纪雄文《〈西游记〉考证》实为渐次累积而成：先于 1921 年为上海亚东版新式校点本《西游记》写成《西游记序》，发表于《亚东图书馆馆刊》（1921 年 12 月）；紧接着于翌年在"病中多闲暇"之际，根据鲁迅、董作宾、钢和泰等人提供的新材料写成《〈西游记〉考证》，发表在当年《努力周报·读书杂志》第 6 期；后来又于 1923 年乘上海亚东图书馆再版《西游记》之际，把前述两文"合并起来"，遂成今日所见之长文《〈西游记〉考证》。该文收入《胡适文存》（四），由上海亚东图书馆 1924 年 11 月初版，又载于《读书杂志》民国二十年（1931 年）。胡适考证《西游记》持续三年，年年修正，篇篇出新，乐此不疲，达到痴迷的境地。

胡适《西游记》研究的实绩，即"考证性范式"的具体贡献，如考定《西游记》作者吴承恩，首倡《西游记》"游戏"说，推断孙悟空原型为印度神猴哈努曼，皆为前人未

发之论，至今早已被世人习知。特别是以如椽之笔横扫"谈禅"、"证道"一类明清旧说，直接推动《西游记》研究的现代转型，其意义与推倒"旧红学"、创立"新红学"异曲同工，影响延绵不绝，学界至今奉为圭臬。而作为胡适《西游记》研究的特殊贡献，也是其"考证性范式"的补充，其亲自操刀改写"第八十一难"之事却鲜为人知，值得回味。

关于兹事缘起，胡适有专文《〈西游记〉的八十一难》记载：

> 十年前我曾对鲁迅先生说起《西游记》的第八十一难（九十九回）未免太寒伧了，应该大大的改作，才衬得住一部大书。我虽有此心，终无此闲暇，所以十年过去了，这件改作《西游记》的事终未实现。前几天，偶然高兴，写了这一篇，把《西游记》的第八十一难完全改作过了。①

据该文文末所署时间为民国二十三年，即公元 1934 年，十年前即 1924 年，正是胡适写定《〈西游记〉考证》长文（1923 年）不久。在持续三年的研究过程中，他发现《西游记》文本存在一些纰漏，为这部名著之微瑕，其中第九十九回所叙唐僧师徒求得真经返回东土途中，被通天河大白赖头鼋打入江中一难（第八十一难）太过谫陋粗糙，有凑"九九归真"之数的嫌疑，与前述八十难（包括清初汪澹漪增补之前四难）决不相配，因而在结构上虎头蛇尾，欠缺平衡。这一意见大约曾得到鲁迅的赞同。约十年后，他完成改作并应当时的《学文月刊》之邀公开发表，后来又收在1935 年商务印书馆出版的《胡适论学近著》第一集里。

查该改作文本，胡适旨在弥补《西游记》结构"虎头蛇尾，欠缺平衡"的弊端，从"玉兔烧身""扫（三兽翠堵波）塔入梦""割肉布妖"等内容看还带有着力美化唐僧形象、强化作品佛教教义的主观意念。作为文学创作，其成败得失殊难定评。② 然而

---

① 胡适. 西游记的第八十一难. 学文月刊，1934.3. 转引自刘荫柏编.《西游记研究资料》. 上海：上海古籍出版社，1990：266.

② 《四百年〈西游记〉学术史》（复旦大学出版社 2006 年版）对此有详尽介绍，可聊备参考。

作为学术现象,这无疑是一段现代学术史上具有广泛影响的佳话。从中也可看出胡适的学术兴趣和志向——对于《西游记》,由痴迷而"发疯"。

众所周知,胡适遍考章回小说,但都止于学术研究一途,即使是开创新红学的《〈红楼梦〉考证》也是如此。唯有《西游记》,既有反复考证(凡三次),又有创作,增改文本。胡适曾说过中国小说经典是"奇书","在中国文学史上的地位比《左传》、《史记》还要重大的多",小说研究是一番"大事业","很当得起一个阎若璩来替他做一番考证的工夫,很当得起一个王念孙来替他做一番训诂的工夫",他从事小说考证并非是一时心血来潮的冲动——胡适自称为"发疯",或非应景之需(如接受出版界的要求),而是满足自己的"两种老毛病"——"历史癖与考证癖",像阎若璩、王念孙那样,采取乾嘉朴学考据、训诂等传统的治学方法,文史结合,文史互证,从事的是纯粹的学术活动。然而,其改作《西游记》第八十一难却是名副其实的"发疯",不是什么"历史癖与考证癖",而是创作癖。1920年8月,胡适撰《〈水浒传〉考证》怒斥金圣叹的评改"遂把一部《水浒》凌迟碎砍",言犹在耳,自己却欣欣然改作起《西游记》来,不是"发疯"是什么!

作为"五四"新文学旗手,胡适以新诗见长,鲁迅因小说卓著,故而对这次属于小说创作的《西游记》改作的价值评估,胡适有自知之明,甚至缺乏自信。在改作写就之际,胡适自嘲称"伪书",而后来亚东版《西游记》再版时,他也不愿意将这一改作插入到原本中去,致使所作之文备受冷落,几成绝版。在胡适文学生涯里,改作《西游记》第八十一难并非理性之举,扬短避长,其实堪比滑铁卢,但其中可看出他对《西游记》超乎寻常的痴迷。由痴迷而"发疯",则令后人唏嘘、赞叹。这里的"痴迷"和"发疯"绝无贬义,而恰恰相反。因为其中正显示出胡适《西游记》研究的强大动因和恣肆汪洋的学术个性,他的卓越成绩和"范式"都由"发疯"催生,都是其学术个性使然。事实上,正是由于胡适的青睐,《西游记》研究在其时奇峰突起,有直逼"新红学"之势,成为现代小说研究的重要一翼。

又及,胡适是现代学界领袖,除了学术成果丰硕,还善于擢拔后学,网罗俊才,故有"独为神州惜大儒"(陈寅恪语)的美誉。新红学殿军周汝昌,《水浒传》名家罗

尔纲,都因胡适的赏识、培养而暴得高名,涉及《西游记》,则有胡适援手钢和泰,钢和泰"指引"胡适探寻孙悟空来源、首倡"印度佛经说"之事。

钢和泰(Alexander von Staël-Holstein,1877—1937),俄国贵族,著名汉学家,擅长梵文,早年只身徒步考察印度,对印度佛经产生兴趣,继而扩展至藏汉佛典。1916年来华研读梵藏汉佛经及回蒙文献,恰逢十月革命推翻帝俄,家破人亡,财产籍没,遂因生活困顿而滞留中国。胡适等学界名流及时援手,为其谋求教职,度厄解困,胡适甚至还为他的学术演讲充任翻译。期间两人论学频繁,切磋相契,钢和泰向胡适学习中国文化,胡适向钢和泰学习梵文,互多教益。① 尤其是钢和泰精通梵藏汉佛经,对《西游记》传主玄奘大师所译佛经有深入考辨、专研,胡适研究《西游记》从钢和泰那里得到"指引",并无奇怪。

在《〈西游记〉考证》中,胡适劈首说:"这一年中,承许多朋友的帮助,添了一些材料,……遂整理成一篇考证。"据文献显示,这"许多朋友"主要是鲁迅、董作宾和钢和泰。关于孙悟空原型,胡适明确说:

> 因此,我依着钢和泰博士的指引,在印度最古的纪事诗《拉麻传》(Ram-ayana,今通译罗摩衍那)里寻得一个哈奴曼(Hanu-man),大概可以算是齐天大圣的背影了。

这就是《西游记》学术史上关于孙悟空来源两大对立学说之一的"印度佛经"说(另一说是鲁迅"本土文化"说)。胡适援手钢和泰,钢和泰对胡适的《西游记》研究有启予之功,学界一向传为美谈。

陈寅恪:原型研究的渊源学意义

陈寅恪,现代学界学贯中西、通彻古今的匡世奇才,其文史著述"字字精金美

---

① 参见钱文忠.男爵和他的幻想:纪念钢和泰,读书,1997.1.

玉"(吴宓语)，凡登坛演讲，常有大牌教授入室旁听，故有"教授的教授"之令名。陈氏治学广博，精华在东方学和佛经考订，精通梵文、巴利文、突厥文、波斯文等"珍稀——已死"语言，《西游记》论著不过是其"佛教故事在印度及中国文学上之影响及演变"专题研究的衍生品。然而究其对玄奘弟子的原型考稽，竟是开辟了《西游记》渊源学研究的新领域，成为现代学术中最具典范性和影响力的成果之一。

陈寅恪在"副业"收获杰出成绩并非偶然。《西游记》记叙唐玄奘西天取经故事，佛教徒尝有"《华严》别体"之誉，陈氏以印度东方文化和梵汉藏佛经为研究中心，即与《西游记》结下了不解之缘。兹有二事足见其对《西游记》怀有特殊的兴趣与机缘：

其一，1927年，陈寅恪任教清华大学国学研究院主讲"西人之东方学之目录学"课程，内含"佛学校勘——佛教经典各种文字译本之比较研究"，其缘起即在"发现以前玄奘之翻译，错误很多，不如鸠摩罗什找几个懂他意思的中国人译得好。原因是玄奘都用意译，而鸠摩罗什于意译困难时则用音译。"[①]《西游记》记载玄奘取回真经三十五部，涉及佛经多达四十四种[②]，必然引起他的注意。特别是《心经》因《西游记》而普及天下，陈寅恪更是专门著文《敦煌本唐梵翻对字般若波罗蜜多心经跋》，校勘讹误。

其二，1932年，陈寅恪在清华大学应中文系代理系主任刘文典之邀为招生考出试题，曾有求对子一题，给出的上联竟是"孙行者"。求对为题本已新颖，以说部《西游记》虚拟人物为题更是闻所未闻，一时引起议论纷纷。据资料显示，陈寅恪拟定的下联（标准答案）为"胡适之"，周祖谟（今北大教授）、张政烺（今中国社科院研究员）等人都答"胡适之"。可是当陈寅恪看到有人答出"祖冲之"时，不禁击节赞

---

① 陈哲三. 陈寅恪先生轶事及著作，传记文学，1970.3.

② 据曹炳建《〈西游记〉中所见佛教经目考》，唐僧取回的35部经目以及《西游记》文中提及的18种经目（剔除两者重叠的数目）合计44种，可分为与佛教经目全同者、与佛教经目基本相同者、无此佛教经目然与佛教有一定关系者、查无所据者四类。河南大学学报，2004.1.

叹。① 这一神思奇想或许偶然,却也全在与《西游记》的冥冥因缘。

至 20 年代中期,陈寅恪展开"佛教故事在印度及中国文学上之影响及演变"课题研究,择取文本即有百回本小说《西游记》,并先后写成一组与《西游记》相关的论文:《忏悔灭罪金光明经冥报传跋》、《敦煌本维摩吉经文殊师利问疾品演义跋》、《西游记玄奘弟子故事之演变》、《敦煌本唐梵翻对字般若波罗蜜多心经跋》、《西夏文佛母大孔雀明王经考释序》等。其中以《西游记玄奘弟子故事之演变》②最为重要。

该文对《西游记》研究的贡献是多方面的,录其大端如下:

首先,考稽玄奘三徒原型,揭橥故事渊源及演变。

《西游记》唐僧师徒四人,惟玄奘是真实的历史人物,两《唐书》本传和《高僧传》所记甚详,悟空、八戒、沙僧都属虚构,其原型和故事来源多有不明。陈寅恪从众多佛教经传中考出:一、《贤愚经》壹叁中顶生王升天争帝因缘故事与"闹天宫"故事雷同,印度史诗《罗摩延传》(今译《罗摩衍那》)中工巧猿造桥渡海神技与美猴王探险水帘洞、上天入地诸般故事相似。两者捣合,当是"《西游记》孙行者大闹天宫故事之起源"。二、义净所译佛经《根本说一切有部毘奈耶杂事》叁所载牛卧苾刍惊犯宫女和天神化大猪故事,与猪八戒调戏嫦娥、化为猪身眸合,当为"《西游记》猪八戒高老庄招亲故事之起源"。三、《大慈恩寺三藏法师传》壹描写莫贺延碛(沙河)"上无飞鸟,下无走兽,复无水草"的流沙景象必为《西游记》八百里流沙河之蓝本,"即《西游记》流沙河沙和尚之起源"。这三大考证结论除第三例胡适《〈西游记〉考证》已论及,为"世人习知"外,皆为陈寅恪首度在佛经中发现。

其次,原型研究的渊源学意义。

陈寅恪的原型研究具有自觉的渊源学追求。他说:

① 参见王子舟.陈寅恪读书生涯.武汉:长江文艺出版社,1997:58.

② 陈寅恪.西游记玄奘弟子故事之演变,国立中央研究院历史语言研究所集刊,1930 年二本二分册,收入《金明馆丛稿二编》,以下引文均出此文。

　　若能溯其本源，析其成分，则可以窥见时代之风气，批评作者之技能，于治小说文学史者傥亦一助欤？

　　运用佛经文献"溯其本源，析其成分"，或说"考其起源，究其流别"，概括了陈寅恪渊源学研究的方法论原则，是其"三重证据法"——倡导以"异族之故书"、"外来之观念""与故有之材料互相参证"——在小说研究中的具体表现。所以，对玄奘三弟子的溯源例证，其渊源学意义不限于人物自身孤立的考证，而是相应地代表着小说"故事演变之公例"，文学原型演变的普遍规律。要而言之表述为"三公例"：

　　一曰：仅就一故事之内容，而稍变易之，其事实成分殊简单，其演变程序为纵惯式。（沙僧）

　　二曰：虽仅就一故事之内容变易之，而其事实不似前者之简单，但其演变程序尚为纵惯式。（猪八戒）

　　三曰：有二故事，其内容本绝无关涉，以偶然之机会，混合为一。其事实成分，因之而复杂。其演变程序，则为横通式。（孙悟空）

　　三例由简而繁，囊括纵横两个流向，由个案追溯、分析总结小说"故事演变之公例"，也即原型演变的普遍规律。因为三例皆有事实印证，且考释翔实，不仅耳目一新，而且极富说服力。正是陈寅恪的独特视野和治学实绩，使其时的渊源学研究别开生面，直接推动了小说（文学）渊源学的形成。

　　再次，探索、阐发佛经与小说的关系。

　　陈寅恪不仅从佛经中勾稽《西游记》人物原型，总结其演变规律，而且还进一步将其上升为理论研究，探索佛经与小说的关系，揭示小说文体的佛教源头和嬗变机制。其中犹可注意者有二：其一，陈寅恪认为中国章回小说的文体生成存在多元源头，神话、文言笔记的影响为人注目，而佛经与小说的关系遭到忽视，"此为昔日吾国治文学史者所未尝留意者也"。其二，陈寅恪根据佛经与小说多方对读互勘，

寻找到大量两者间的"对应点",断定佛经的故事必然为小说吸纳,其形式——韵散互用之体——也必然为小说所沿袭。具体为:佛经中以散文体为主间夹诗歌者,蜕变为章回小说,以韵文体为主间夹散文或散韵合体者,则演为弹词、鼓书之类。总之,从佛经与小说的关系看,"益可推见演义小说文体原始之形式,及其嬗变之流别"。①

由上可知,陈寅恪的《西游记》原型考稽具有开创性,并且取得了非凡的成就。后来,胡怀琛、赵景深、许郭立诚等人相继赓续这一研究,分别从印度佛经和敦煌变文中勾稽出许多《西游记》的人物和故事原型,致使《西游记》渊源学研究呈现一时云集景从、新论迭出的繁兴局面。

简短的结语:大师的当代启迪

时至当下,大师渐行渐远,成为世纪性的经典令人缅怀。结合如今之学术环境和现状,昔日大师们的学术成果、治学精神和学人品格,更富有启迪和昭示的意义。

其一,开创"范式",指引后世学术路径。

所谓"范式",指的是那些凝结卓越成绩,为后学导夫先路,提供线索和范本的治学模式,其意义在于以新颖的、带有根本性的原则和规则引发一个时代学术思想和治学方法的变革。大师是人文学者"独立之精神,自由之思想"的楷模,恪守"为学术而学术",不受教条禁锢和世俗羁绊,故能摒弃旁骛和偏见,专注学问,发挥神思,抒发新知,创建学术范式。纵观《西游记》研究,硕果累累,"范式"繁富,成为现代学术的一道绚烂风景。

其二,恪守学术公器理念,培育学人品格。

"夫学术者,天下之公器,人皆不可得而私之。"这一学界古训正是昔日大师们恪守的学术理念,他们以追求学问、探索真理为终极目的,孜孜矻矻,带宽不悔,不结党类,不计私利,不弄虚作假,不汲汲于功名,在《西游记》研究中表现出宽宏的学

---

① 陈寅恪:《敦煌本维摩吉经文殊师利问疾品演义跋》,《国立中央研究院历史语言研究所集刊》1930年二本一分册,收入《金明馆丛稿二编》。

术胸襟和高尚的学者品格。究其琦言懿行，不胜枚举。

例如：胡适与俞平伯在红学是盟友，共创"新红学"学派，但在《西游记》摇身一变，竟成对手，在《西游记》作者问题上尖锐对立。胡适于俞平伯有师友之谊，他们之间的学术争论，秉持的是"学术至大天下为怀"的精神，体现出"我爱我师，我更爱真理"的学者风骨。

再如：鲁迅与胡适共同考定《西游记》作者为吴承恩，携手清洗明清"谈禅"、"证道"、"说儒"一类旧说，是现代《西游记》研究的实际开创者。在研究过程中，他们互通信息，共享文献，不断磋商讨论，并且都以极大的热情引录和推介对方的研究成果。但在孙悟空来源问题上却分持"印度佛经"说和"本土文化"说。且几度论争，十分激烈。可见，在学术上无论是盟军，还是对手，也无论是激赏，还是驳难，大师们总是以坚持真理为指归，直抒真言，从不因私情颜面而作阿谀之相、吞吐之言。

又如：郑振铎是鲁迅晚辈，在《大唐三藏取经诗话》版本问题上因坚持王国维"宋刊"说，受到过鲁迅的"严厉"批评，鲁迅对其学问也似乎持有一些不屑的态度；然而就《西游记》祖本问题，郑振铎以《永乐大典》平话本纠正鲁迅关于阳至和《西游记传》是《西游记》祖本的观点，鲁迅却主动改变己说采纳郑说，不耻下问，向郑振铎虚心认错。

20世纪初叶，学界风云际会，大师辈出。他们创立的"范式"是中国学术的宝贵资源，他们高尚的学人品格是后世学者永恒的楷模，连同他们的名字都业已成为后人翘首瞻望的学术现代化的辉煌"地标"，我们理应沿着大师的足迹，站在巨人的肩膀上，奋发图强，继往开来，籍此开辟《西游记》研究的新领域、新阶段，再创新的辉煌。

·方家之见·

论子弟书对"西游故事"的艺术重构

——基于文体成规的考察①

赵毓龙　冯　伟②

摘　要：在对"西游故事"的艺术重构过程中，子弟书的文体成规发挥了重要作用。从体式看，作为"零出"叙事，子弟书对故事进行了二重选择，从中截取、放大与自身艺术成规相适应的情节区间，这些区间既不一定来自百回本小说，也未必以"斗法"为情节主体或焦点。从体性看，作为一种"诗化"的说唱艺术，子弟书为故事注入了更多人情、世情的成分，淡化了神魔色彩，是"西游故事"晚清近代以来持续人情化、世情化之艺术经验准备的显著一环。

关键词：子弟书；西游故事；文体成规；重构

以往，学界对以《西游记》为题材的各类文艺作品的讨论，大都是在"一个中心，两个命题"的框架内展开的。所谓"一个中心"，就是以百回本《西游记》小说（尤其"世德堂本"，以下简称"世本"）为中心；"两个命题"，指"成书问题"与"影响问题"。

————————

①　基金项目：本文为国家社会科学基金重大项目《〈西游记〉跨文本文献资料整理与研究》（17ZDA260）、国家社会科学基金一般项目"'西游'说唱文献整理与研究"（17BZW012）的阶段性成果。

②　作者简介：赵毓龙，文学博士，辽宁大学文学院副教授，硕士研究生导师；冯伟，辽宁大学文学院硕士研究生。

可以说,在相当长的历史时期内,几乎所有的讨论都是在此框架内兜转的。与之相应,所有相关的文艺作品,也都以"中心"为界,被归入"前世本"与"后世本"两大阵营,并被赋予后天阐释的功能性:"前世本"时期的作品,作为用以描述"成书"历史的坐标;"后世本"时期的作品,则被视作印证百回本"影响"结果的注脚。

这其实不符合相关作品生成、传播、互动的真实生态。"前世本"时期的作品,无论晚唐五代的《大唐三藏取经诗话》,还是宋元时期的《西游记平话》,抑或元末明初的《西游记杂剧》,以及其它已知、已见的小说、戏曲、说唱、图像,没有哪一部是以帮助"最终形成一部繁本小说"为编创宗旨的。恰恰相反,以上所举每一部,都是在其所处时代和文本系统内讲述"西游故事"的集大成之作。"后世本"时期的作品,也不一定都是受到小说的直接影响,进而明确扮演"注脚"角色,用各自的符号系统去图解、诠释小说。比如,清代许多"西游戏"并没有直接借鉴"世本"的叙事经验,反而选择绕开这部"终极文本",从更早的《西游记杂剧》等作品中汲取艺术经验,进行重新加工。①

当然,应当承认,在"后世本"时期,确实有相当一部分作品是以百回本小说为"蓝本"的,但这与亦步亦趋地敷演小说是两回事。戏曲、说唱、图像等文本形态,有各自的艺术成规和经验传统,它们可能吸收、借鉴了百回本小说的主题、情节、角色、名物(是否直接来自小说,其实是值得怀疑的),但必须根据自身的艺术成规(特别是文体成规)对其进行改造,亦步亦趋敷演小说的情形其实极为少见。

所以,笔者主张将目光从百回本(尤其"世本")上拉回,把对象还原为"西游故事",无论"前世本"时期的作品,还是"后世本"时期的作品,都是再现、重述"西游故事"的参与者。前者所面对的故事系统,尚处于频繁裂变、聚合、演化的活跃状态,后者所面对的故事系统则相对稳定,但并非僵化,甚至固化。不同的作品,基于不同的文体成规,可以对故事进行有别于"世本"的艺术重构,在这方面"西游"子弟书

---

① 参见赵毓龙、胡胜. 清代"西游戏"重构故事的独异性——以牛魔王家族故事为例,吉林大学社会科学学报,2018.6:170.

就很有自身的特点，本文即拟对其进行一番考察和分析。

一

就俗文学研究一隅而言，与小说、戏曲等体式相比，说唱文学与文体学的结合是最为滞后的。尽管目前几乎所有关于"说唱文学史"专题的著作或文章，都是以"文体学"的形式结构起来的，言说者的思路基本都是：在文学史（书写）的时间线索中，描述说唱文学各体式的生成、演化、蜕变、消歇过程，及其彼此间的历史因缘关系。

从本质上来看，这是一种附庸于文学史子系统的分类编年。它固然是文体学的"题中之意"，但只是一部分。诚如钱志熙先生指出的："文体学以'设文之体'为主要的研究对象。但是，'设文之体有常'与'变文之数无方'是相对而又相成的。……文体学的研究，如果只注意研究'有常'之体，那就会将文体简单化为文体分类学。合理的方法，应该是将'设文之体有常'与'变文之数无方'同时纳入文体学的研究范畴。"①说唱文学与文体学结合的滞后性，主要就表现在对"变文之数无方"的考察与讨论还很不足，尤其是对具体文体，讨论作为文学的各重要因素，在相关作品编创过程中对能动作用的关注不够，例如编创者是如何认知该种文体的，如何进行文体观念的"文本化"实践的，文体与其它文学结构（从叙事的角度讲，则主要体现在"素材—故事—文本"三层面）的结合过程与效果，等等。

究其原因，固然是多方面的，但很重要的一点，是研究者大多基于一般印象，先入为主地判定说唱作品在题材内容与艺术经验等方面的被动接受地位。尤其是子弟书这样的体式，生成时代晚，流通时空有限，面对的又是众多已然成为"公共经典"的名著，以及小说、戏曲等高度成熟的体式，在题材内容和艺术经验上，不可避免地要受其影响。学者从"改编"的角度切入讨论，也是自然而然的事情。

但子弟书的文体个性是十分突出的。换句话说，在大约同时期的说唱体式中，

---

① 钱志熙. 再论古代文学文体学的内涵与方法，中山大学学报（社会科学版），2005.3：22.

子弟书"设文之体有常"的特征是比较抢眼的，而在面对特殊题材故事时，其"变文之数无方"的能动作用又特别值得我们关注。具体到"西游故事"，子弟书在对其进行重述、再现时，既充分吸收、借鉴了其它文体的艺术经验，又与自身文体成规有效结合，将以"斗法"为情节主体或焦点的神魔故事，敷演为"写情则沁人心脾，写景则在人耳目"的人情、世情小段。① 准确地说，"西游"子弟书并不是在机械、被动地改编百回本，而是基于文体成规，对"西游故事"进行个性化的艺术重构。

子弟书的文体特性，很早就有人注意到了。《绿棠吟馆子弟书选》即言："其为文也，则似诗而非诗，似词而非词"。② 确实，作为一种"纯唱"的文艺样式，子弟书的体式更近于诗体文学。但它既不像诗歌那样句式整饬，又不像长短句一般看似句式参差，实则受到固定格式的严格约束，而是以七言为主，辅以衬字，可多至十余字。这就形成一种相对灵活又不至散乱的新颖的"诗体"，如启功先生言："觉得它应叫'子弟诗'才算名副其实。这个'诗'的含义，不止因为它是韵语，而是因它在古典诗歌四言、五言、七言、杂言等路子几乎走穷时，创出来这种'不以句害意'的诗体。"③

这种"诗体"既善于抒情，又长于叙事。所谓"似诗而非诗"，也可以从形式（似诗）与内容（非诗）重新组合的角度来理解，即子弟书是以"诗体"来"讲故事"。今人多习惯为子弟书贴上"叙事诗"的文体标签，如崔蕴华言："在文体上，子弟书对中国传统叙事诗而言具有革新性的意义"，"子弟书吸收了从唐宋开始的说唱曲艺如变文、词话、弹词等文本活泼自由的文体特征，从而为传统叙事诗注入了新的血液，完成了文体的继承与发展。"④这种"叙事诗"的形态，固然是以民间叙事诗与文人叙事诗的交互影响为基本语境的，但其更直接的渊源，则是"词文—词话—鼓词"的文

① 傅惜华. 曲艺丛谈. 上海：上海文艺联合出版社,1953:98.
② 绿棠吟馆子弟书选·序,清抄本,首都图书馆藏.
③ 启功. 启功丛稿(论文卷),北京：中华书局,1999:321.
④ 崔蕴华. 书斋与书坊之间——清代子弟书研究,北京：北京大学出版社,2005:35.

体序列。① 同样是"纯唱"的曲艺形式，同样以七言为主，同样以叙事为首务，子弟书体制的最终成型，主要得力于元明以来"七言纯唱体"的持续发展。而与词文、词话、鼓词相比，子弟书的句式更为灵活，单句的"延展性"更强，非七言句的比例也更大，这就保证了叙事成分在文本中拥有更多的腾挪空间。

这种活泼的"纯唱"体式，一旦参与对"西游故事"的重述、再现活动，很容易赋予故事以灵动气质。现存"西游"子弟书共9种：《反天宫》（快书）《高老庄》《撞天婚》《火云洞》《观雪乍冰》《子母河》《芭蕉扇》《狐狸思春》《盘丝洞》《子弟书全集》全部收录。② 另有《罗刹鬼国》一种，取材《后西游记》，暂不计入。与"红楼""三国""隋唐"等题材的子弟书相比，"西游"子弟书的体量不算大，也没有得到学界重视。近年来，只有笔者《重人情而轻神魔：论"西游"子弟书的叙事倾向》一文，③对其进行专题考察，但仅针对叙事倾向一点。本文则拟从文体成规的角度，对其重构"西游故事"的活动进行更为全面而深入的考察。

二

子弟书的一个最为直观的文体特征，是单篇小段的形式。从广义分类看，子弟书属于鼓词系统。鼓词分长篇（俗称"蔓子活"）与小段两种。而现存的子弟书篇幅都不长，"仅有少数几篇达到了二十回以上，大多在十回以内，以中短篇居多。"④但所谓"中篇"，也仅就子弟书内部而言，其每回多不超过百句，合计二、三百句的篇幅，与长篇大套的"蔓子活"比较起来，实在是"小巫见大巫"。尤其"西游"子弟书，最多只有六回，是标准的小段。

① 崔蕴华. 书斋与书坊之间——清代子弟书研究. 北京：北京大学出版社，2005：18.

② 黄仕忠、李芳、关瑾业. 子弟书全集（第三卷）. 北京：社会科学文献出版社，2012；1107—1174.

③ 赵毓龙、胡胜. 重人情而轻神魔：论"西游"子弟书的叙事倾向，辽宁大学学报（哲学社会科学版），2014；5.

④ 崔蕴华. 书斋与书坊之间——清代子弟书研究. 北京：北京大学出版社，2005：19.

　　同时,这些作品多是单篇流传。其原本可能存在联系,如《撞天婚》头回开篇言:"唐三藏剃度沙僧归一体,策马西行日渐沉。"则此前似有《流沙河》一篇,又如《芭蕉扇》头回开篇言:"且说那猴王二调芭蕉扇,为保唐僧过火焰山。"则此前似有《一调》一篇。但这些只是推测,从现存情况看,"西游"子弟书都是单篇作品,首尾自足,彼此间没有联系。

　　这一单篇小段的文体特征,很显眼,却也很容易被忽视——毕竟,它不是为子弟书所独有的,而是鼓词小段的普遍特征。但从重构故事的角度来看,该特征就不能被越过,因其决定了子弟书叙事的第一重逻辑,即以"零出"的方式去重述、再现故事。

　　"零出"是一个戏曲概念,即折子戏,如李渔《比目鱼》第十五出所谓:"不演全本,要做零出。"①这里借来指称子弟书从原著中截出单元故事独立敷演的形式。

　　以往,研究者多从原著的后世影响与传播的角度来理解该形式,将其置于被动叙事的地位。但事际上,"零出"叙事仍是主动叙事,它是一种选择的结果,而选择本身就是一种叙事策略——哪些故事单元可以被截出?被怎样截出?这不仅取决于故事自身的发育形态,以及原著在该单元的叙事品位,也必然受制于"选择者"的文体成规、艺术传统、媒介特质等因素。更重要的是,子弟书篇幅短小,即便截出单元故事,也不可能全部敷演,哪些情节需要被删省,哪些情节应当被保留,并进一步皴染,也是"选择者"叙事策略的题中之意。这就意味着,子弟书对"西游故事"的重构,首先要经过"两重选择"的过滤。

　　从第一重选择看。"西游"子弟书所截出的单元故事,未必都出自百回本。换句话说,其"零出"叙事的经验,并非都来自小说原著。

　　尽管从情节来看,除《狐狸思春》以外,其余八篇子弟书都可视为"取材于小说",许多着意敷演的部分,也正是百回本的精彩处。如《撞天婚》第三回的主要内容,是八戒借口放马,私定因缘,而这也恰是百回本第二十三回的重点,"李评"即赞

---

① 李渔. 比目鱼,《李渔全集》(第五卷). 杭州:浙江古籍出版社,1991:155.

赏其笔墨如"画"。同时，一些细节也确实出自小说，如本篇提到的对联："丝飘弱柳平桥晚，雪点疏梅小院春。"就出自小说，仅改动一字。又如《高老庄》第五回，悟空叫八戒："两扇耳从脖后泯，一张嘴向领中插。"也出自小说，第二十回里，悟空叫八戒"把那丑也收拾起些"，"把那个耙子嘴，揣在怀里，莫拿出来；把那蒲扇耳，贴在后面，不要摇动"。① 可见，子弟书对百回本的内容进行了充分借鉴和巧妙整合。但与此同时，也有与百回本不合处。如《高老庄》交代八戒遇高小姐："这一日高女清明来祭祖，正遇着八戒游春旧病儿发。"不见于小说。"西游戏"中却有类似情节，《昇平宝筏》丙集第七出"花底游春偏遇蝶"即演此情节。② 《狐狸思春》则完全是从《昇平宝筏》截出的一段，连唱词的匹配度也极高。可见，子弟书"零出"叙事所依据的原著，其实不专指百回本小说。

　　从第二重选择看。子弟书往往对截出的单元故事作进一步剪裁，尤其在首尾两处。"西游"子弟书引入故事，大都十分简净。《高老庄》头回省去高才受命寻降妖人，路遇唐僧师徒的情节，直叙唐僧师徒投宿高员外家（员外名高才），《火云洞》头回省去悟空拦阻唐僧搭救红孩儿的情节，径言："且说那唐僧正走西方路，见个小孩儿高吊在树林哭。因此上大发慈悲来救下，又命那行者背他走路途。"而其收煞，也大多敷衍潦草。《火云洞》结尾观音收红孩儿的情节，在小说中占多半回的篇幅，子弟书则仅用十句交代完毕，细节全部删省。《盘丝洞》结尾处，小说原有蜜蜂、牛蜢、蜻蜓等小妖迎战悟空、八戒情节，子弟书也删掉了。《子母河》更是将与如意真仙赌斗的情节整个剜去。

　　当然，子弟书的二重选择不止"掐头去尾"这样简单，即便在中间部分，子弟书也常删削情节，如《高老庄》第四回结尾处叙悟空按倒八戒，现出原形，第五回开篇八戒即交代出身，讲明前因，随悟空谒见唐僧，中间二人打斗至云栈洞的情节（占百回本第十九回一半篇幅）被全部删去。可见，子弟书的二重选择也未必遵循小说的

---

① 《西游记》（世德堂本）. 上海：上海古籍出版社，1991：472.
② 胡胜、赵毓龙. 西游戏曲集. 北京：人民文学出版社，2018：789—792.

案头经验，许多百回本的"叙事重点"，子弟书却毫不吝惜地予以删削。

这种删削，并非简单意义上的叙事潦草，子弟书之所以删削这些情节，主要是为其它叙事成分让出足够的腾挪空间，而这些叙事成分，正是子弟书的文体特性的体现。

三

文体之"体"，大致可分为"体式"与"体性"两层意思，两者都是文体成规的题中之意。从体式看，子弟书属于纯唱体中短篇"零出"叙事作品，这其实无法将子弟书与其它鼓词体小段从根本上区别开来；从体性看，子弟书的"诗化"倾向明显，删省叙述性语言，铺排情语、景语，叙事时间拖沓、停顿，这是子弟书区别于其它鼓词体小段的本质特征。

尽管同是场上文艺，但与戏曲不同，说唱不是纯粹的代言体叙事，叙事者可在叙述体与代言体之间来回切换，这使得说唱在叙事形态上更接近于小说，即：以叙述化话语（narratized discourse）串联场景（scene）。叙述化话语，是"一种用叙述者的语词来再现人物说话方式和言语思想的话语类型。"①场景是"把戏剧的原则吸纳入叙事中。在这种情况中，故事与话语有相对等同的时长。它有两个常见成分，一是对话，二是较短时长内的显见的身体动作。"②说唱主要是通过这两种叙事结构的结合，以实现故事的文本化，如《捉季布传文》里的一段：

> （汉王）走到坡下而憩歇，重整戈牟问大臣："昨日梁军排阵战，忽闻二将语纷纭，阵前立马摇鞭者，骂詈高声是何人？"问讫萧何而奏曰："昨朝二将骋顽嚣，凌毁大王臣等辱，骂骷（触）龙颜天地嗔。骏马雕鞍穿锁甲，旗下依依认得真，只是季布钟离末，终之更不是馀人。"汉王闻语深怀怒，拍案频眉巨耐嗔。③

① ［美］杰拉德·普林斯. 叙述学词典，乔国强、李孝弟译，上海：上海译文出版社，2011：151.

② ［美］西摩·查特曼. 故事与话语. 徐强译，北京：中国人民大学出版社，2013：57.

③ 王重民等. 敦煌变文集. 北京：人民文学出版社，1957：53.

加点部分可视作叙述化话语。而这种文字组合,在说唱文本(尤其鼓词体)中俯拾即是。子弟书也采用这一叙事形态,但场景部分的对话,往往用大量的排比句,以角色语言铺陈心理活动,有学者将其定义为"心语化"。① 如《高老庄》第四回,叙事者连用 4 个"奴为你"、4 个"可怜我"、4 个"叹奴家",继以"羞只羞""恨只恨""愁只愁""怕只怕",总计 16 句来抒写高翠莲"思夫"之情。《狐狸思春》第四回连用 10 个"再不愁"、10 个"从今后"抒写玉面狐狸听闻獾婆说亲之后的喜悦心情。《芭蕉扇》头回连用 4 个"你睄我"、第二回连用"娇滴滴""笑吟吟""颤巍巍""软怯怯"形容铁面公主酒后情态。崔蕴华在描述这种"心语话"段落时说:"在叙述情节时,叙述者惜墨如金,而在人物情感的某一刻,叙述者泼墨如斗,时间也在这里凝固,作家们为之咏叹,为之驻足,为之倾注生命。"笔者以为,时间是否"在这里凝固"值得商榷,因为这些段落毕竟还是以人物对话的形式出现的,是一种场景,而场景的时长与故事时长是大约相同的。但这些铺排的文字,又确实脱离了日常言语的形态,更接近戏曲的"曲文",尤其是戏剧化的内心独白,② 而"复沓"特征更为明显,使得叙述时间被拉长,并在延伸的时间内填充情绪。

如果说抒情段落会造成叙事时间拖沓的话,写景段落则会导致叙事时间停顿。叙事本质上是一种时间艺术,但叙事文本中经常出现一种"故事时间停止了,而话语仍然继续"的情况,③ 即停顿(pause)。该情况主要出现在描写中。子弟书篇幅短小,容量有限。但即便如此,还是给物象描绘留出充足空间,以致在不长的叙事区间内,故事时间屡屡停顿。这种物象描绘,被称作"物语化",崔蕴华认为,它"将眼前景物充分渲染出来,从而达到一种情感转移与释放"。④ 这种寓情于物的描写,在子弟书中却是比较常见,但不是所有"物语"都带情的。如《高老庄》头回末尾至第二回开篇,作者描写高家招待唐僧师徒的素席:

① 崔蕴华. 书斋与书坊之间——清代子弟书研究. 北京:北京大学出版社,2005:72.
② 郭晓婷、冷纪平. 从子弟书看戏曲对说唱文学的影响,民族文学研究,2013.2:37.
③ 〔美〕西摩·查特曼. 故事与话语. 徐强译,北京:中国人民大学出版社,2013:58.
④ 崔蕴华. 书斋与书坊之间——清代子弟书研究. 北京:北京大学出版社,2005:75.

但则见破碎纯油加豆豉,白糖满碗盖锅渣。小妙蘑菇拘团粉,大炸面觔撒芝麻。滚热的香蕈飘紫菜,冰凉的木耳拌王瓜。焦黄的面裹嫩山药,酥脆的冰波甜藕芽。醋溜酸甜的肥白菜,油烹稀烂的软黄花。滑溜溜的笋丝儿多顺口,颤巍巍的素扣子不沾牙。饱餐得粉汤馒首粳米饭,又献上三杯漱口六安茶。

这14句根本谈不上什么情致,不过是一种世俗趣味。

正是这些心语化、物语化的文字段落,挤占了有限的叙事空间,导致子弟书叙事时间的拖沓、停顿,但对"西游故事"的艺术重构而言,是有一定价值的。

在漫长的演化历史中,"西游故事"逐渐涤散宗教、历史的氤氲,蜕变为充满市井烟火气的神魔故事,并以斗法为情节焦点或主体,百回本《西游记》作为整合、提升故事的集大成之作,并未从根本上改变其形态。鲁迅先生虽称该书"神魔皆有人情,精魅亦通世故"[①],但主要指作者以现实"寓诸幻笔"的处理方式和效果。细察其文本,"人情"的成分其实依旧有限。如作者写悟空变化高翠兰,只交代:"摇身一变,变得就如那女子一般,独自个坐在房里,等那妖精。"更多的笔墨,依然留给"斗法"情节。"李评"即惋惜:"行者妆女儿处尚少描画,若能设身做出夫妻模样,更当令人绝倒。"[②]子弟书恰恰在这方面进行了弥补。

晚清近代以来,在"西游故事"的赓续演化过程中,尽管"斗法"依旧是主要的表现内容,但"人情"往往成为主要卖点,尤其是在其场上传播过程中,一些原生故事单元(如"火焰山故事""盘丝洞故事""无底洞故事")的"人情"成分被截取、放大。[③]子弟书的艺术重构方式,可算作这一潮流的得风气之先者。

综合以上,可以看到:无论体式,还是体性,在对"西游故事"的艺术重构过程

① 鲁迅. 中国小说史略. 北京:人民文学出版社,1973:139.

② 《西游记》(李卓吾评本). 上海:上海古籍出版社,1994:239.

③ 赵毓龙、胡胜. 论后百回本时代"西游故事"的场上传播——以清代"牛魔王家族故事"为例,华中师范大学学报(人文社会科学版),2018.6:116.

中,子弟书的文体成规都发挥了重要作用。作为"零出"叙事,子弟书对故事进行了二重选择,从中截取、放大与自身艺术成规相适应的情节区间,这些区间既不一定来自百回本小说,也未必以"斗法"为情节主体或焦点。而作为一种"诗化"的说唱艺术,子弟书为故事注入了更多人情、世情的成分,淡化了神魔色彩,是"西游故事"晚清近代以来持续人情化、世情化之艺术经验准备的显著一环。这也提醒我们:在对后百口本时代的"西游"文本进行考察与分析时,不能拘囿在"影响研究"的思维定式中,而要结合时代、地域、媒介、文体、风格等多重因素,具体问题具体分析,以发现相关作品或文本系统在参与、重述"西游故事"时的一般规律和个性化特征。

也谈西游故事研究的"视点西移"①

——致蔡铁鹰学友

马旷源②

编者按：马旷源先生现任职于云南省楚雄市政协，曾任教于楚雄师范专科学校，是一位卓有建树的文史专家，在西南地区文脉演变和文化蕴藏研究方面有颇多成果。马先生对于《西游记》研究尤其是成书演变的研究有长期关注，1993年曾经将多年发表的论文整理为《西游记考证》（云南人民出版社出版）一书，其中的主要参照虽然是家喻户晓的鲁迅《中国小说史略》，但解读与结论均有所发明；尤其在使用西南地区文史资料方面，勘称先驱。

在阅读了《西游记文化研究》第一辑之后，马先生欣然致信本刊，表示祝贺并发表了自己新的学术意见，其关于《西游记》与西南文化地理关系的意见，对形成完整准确的"西游故事"演化研究，应有重要启示意义。现征得马先生同意，本刊对马先生的信件略加整理，发表如下。

铁鹰兄：

您好！

接获您寄赠《〈西游记〉成书的田野考察报告》（蔡铁鹰、王毅著）、《西游记文化研究辑刊》（创刊号）并《吴承恩与〈西游记〉》（蔡铁鹰著），快何慰之！乐何喜之！

---

① 指蔡铁鹰先生提出的《西游记》研究应当"视点西移"的观点，详见蔡文《〈西游记〉研究的视点西移及其文化纵深预期》，《晋阳学刊》2008年1期。

② 作者介绍：马旷源，云南省楚雄市政协副主席，作家、文史专家、西游记文化研究学者。

多年来,严肃的《西游记》研究专著已经不多,坊间所见所购,"戏说""我说"居多。之前许多年,李安纲、曹炳建二位均曾来信,邀请我参加学会活动,均未成行,说来脱离《西游记》研究主流已久。不意现在吴承恩本土的淮阴师院,又取得北京高层支持,再聚群雄,再振雄风,将活动搞得风生水起,成果如火如荼。感佩!感佩!

我的《西游记》研究小店,早已歇业。《〈西游记〉考证》多年增补,已出四版。字数由初版本 18 万字,增加到了 60 万字。退休以后,一是受马诺贝(悦然)启发,将《西游记》中的全部诗词审读加注;二是将《〈西游记〉考证》四版出后,历年所写关于《西游记》和相关三教九流的文章,汇集拢来。又编了一本小书《〈西游记〉诗话》,正在排印中。写法从《考证》的字字有出处,句句有用典,一变而为独抒性灵,自说自话,有一点思辨,一点注疏,但更多是随意性笔札,上不着天,下不接地的戏语,也算对《西游记成书研究田野考察》的一点回声,或可称为"击掌呼应"。

得到赠书,速即读完。有一些零零碎碎的感想,尤其是对《考察报告》有一点感触,再联系到你前次提出的"西游记研究视点西移"的观点,就写在下面吧,当然既不严肃,也不严谨,介乎戏说与(旅)游说之间,不甘放弃,有点像孙悟空那条尾巴,放在小庙后面,虽被二郎神一眼看穿,但那条尾巴是有血有肉的,在哈努曼那里,做过桥,放过火,实堪大用。

先说人。没有想到,您也退休了。读您的文章、文集,一直感到有一种青春的气息,一种《西游记》一路克难西进,奋勇直前的精神。所以印象中,您要比我小许多。这次才搞清楚,您不但不比我小,还大我两岁。精气神在,永远年轻。

次说书。三部书中,以《〈西游记〉成书的田野报告》最翔实。种种新说尽出其中。也难怪,这是立项的国家级社会科学研究项目,有团队,有经费。团队转战南北,走通西域,进抵东南亚。资料多出第一手,有原创价值。

这里做提要性简说如下,并略加赞语:

新说集中于《绪论》,份量占全书近半。分取经故事为六个阶段:

一、零星原生的取经故事。推测跟随唐僧返回东土、在西域分手的七众僧人，是零星西游故事的原创者。但仅止于推测，没有实证。七僧去向不明，没有任何文字留存。又据种种迹向推断：取经原生故事，产自西域，一步步扩充成形。然后沿北方丝绸之路，一路向中原推进，演成"西游"传说大宗。有一定凭证，也能自圆其说。可取。

二、早期结集的取经故事。将《大唐三藏取经诗话》，重新定位为《大唐三藏取经记》。亦可取。但是说《取经记》所写唐朝皇帝不是太宗，而是玄宗，则系妄断。唐玄宗先精明，后昏庸，一手造成"安史之乱"，将盛唐拉入衰唐，罪不可赦，没有如此大的气魄。而且，太宗有造庙，命唐僧著书、作序等一系列实证可援。玄宗没有。又说《取经记》的主角是三藏法师不空，不是玄奘。将整个取经故事，从历史到小说，彻底颠覆。不可取。

自称坚定不移的"外来说"，排斥否定"本土说"。但又自创"阶段影响说"，根基是西域创始说。西域说又一分为二：北丝路引进说；麝香之路（青藏路）引进说。"佛典猴"中，已有穿白衣的猴神。孙悟空的正式封号是"大力明王菩萨"。前一说自成体系，可成一家之说。后一说可补充藏地传说，人类是由猴子与罗刹女婚配生成的。更近原生态。猴子——孙悟空；罗刹女——铁扇公主。后世《西游记》戏说者，干脆让二位结为夫妻，生下儿子。

三、世俗形态的取经故事：队戏脚本《唐僧西天取经》。"补齐了一个关键的环节。"孙悟恐、朱悟能出场。时在明初。

四、重新整合的取经故事：杨景贤（原先误作吴昌龄）作杂剧《西游记》。关键词"西游"，最先出自这个剧本，之前没有"西游"说。杨景贤是《西游记》的始作俑者。他的功劳有三：先是嫁接了齐天大圣与孙悟空；再是揉入了江流儿与猪八戒；还有是将"取经"换成了"西游"。

三种别本：（一）南宋中瓦子张家印《大唐三藏取经记》。（二）走入民间的队戏《唐僧西天取经》。（三）日本发现的《唐僧取经图册》。均与吴承恩笔下的《西游记》迥异。不是一个路子，是原生态取经故事的另外三种形态。

五、语体转换的取经故事：平话《西游记》。此外有罗教教典《销释真空宝卷》。

六、文化定型的取经故事：吴承恩著《西游记》。吴"是重铸取经故事灵魂的创造者"。他融三教为一体，"赋予了《西游记》更广义的文化精神"，是艺术上的集大成者。"诙谐幽默是读者接受《西游记》的重要原因。"但是，引木仙庵一章诗作证，不妥。前人早已考定：木仙庵一章是后人加上去的，不是吴承恩原著。

一个重中之重的"新发现"：齐天大圣自成一体，原初不在取经系列中，是杨景贤加进去的！齐天大圣最初（延至今日）存在于南方（主要是福建）民间信仰中，属邪神、淫祀类，有一个庞大的猴精家族。一称通天大圣、丹霞大圣、白大圣、黑大圣、赤大圣。今日隶属道教，庙宇遍布福建各地，以顺昌、福州最盛。"盗仙衣、仙酒"，"娶金鼎国王女为妻"，都是他的故事。所以，"杂剧《西游记》里的齐天大圣孙悟空，其实是由两只来源完全不同的猴构成的"。在杂剧中，"西游"最终取代了"西天取经"。"齐天大圣"这个名号，最初诞生在南方民间，有自己一系列的独立故事。现如今，福建顺昌县为了开发文化旅游业，将"齐天大圣"作为一张土著名牌，大炒特炒。到 2014 年，已经举办了四届"齐天大圣祭典"。

三部大作，创意不少。读后使我大开眼界。评判，不敢，不能。前面说过，我早已退出"西游界"，更早已退出严肃、严谨的"学院派"。

受铁鹰兄"西移"（西北方、西域创始后移来）说启发，我也来谈点"西移"。不过，铁鹰兄的"西移"，是"西北移来"。我的"西移"，是"西南移来"，更近戏说。但肯定也能自圆其说，自成体系。

取经必须依托古代中西方交通干道，西游故事同此。以神魔小说论：北方丝绸之路产生了《西游记》；海上丝绸之路产生了《西洋记》（比唐僧们走得更远，到达了中亚天方国）。那么，更其古老的南方丝绸之路呢？

有证据表明，南方丝绸之路是三条古道中最好走、最近人气、历史最悠远的一条道。

这条古道主要由商人和当地土民共同开发，远古时已经开通。春秋战国时，通

过这条古道的中西贸易已经十分兴旺。证据是云南大量挖掘出土的贝币（产自印度洋）与伊拉克产玻（琉）璃。张骞通西域，开通北方丝道，是因为在大夏见到由这条古道出口的中国物产，受到启发所为。汉时，甚至有希腊、印度、掸国等地杂技团队，经此道到达洛阳演出。也是汉时，秦相吕不韦一族，被流放到云南保山。所以保山初名不韦县。其中一支，远走滇、缅、印交界处的野人山，自称"大汉人"，正名"那加族"（龙族、龙的传人），至今生活在野人山中。

以密宗论，最早进入中国的传教僧人，也从这条古道而来。唐、宋时期，一度独立南滇的南诏国、大理国，根本就是以密宗立国，奉密宗作为国教。民间有印度阿育王派人入滇传教说。故大理又称"妙香国"。其建国神话，源自密宗系统的男性观音（阿嵯耶观音）。观音授于王权、观音征服罗刹、观音开辟鹤庆坝子、观音负巨石退兵……密宗大神大黑天神，也幻化成了两国的土主神、本主神。入境传教的密宗大师赞陀堀多，且被封为国师，招为附马。（详见我的《密教入滇路线考》、《滇密·藏密·阿叱力教》。）比较而言，北方毗沙门天王的神通，远逊于大理观音。不空三藏在一时一地的影响，也不及赞陀堀多。

接通这条古代大道的，还有一条便道，从保山沿怒江峡谷进，直抵西藏、印度。吐蕃征服南诏，占据中甸、丽江等地，走的就是这条道。藏秘也自此道传入滇中。近世称之为"茶马古道"。抗战时期，因滇缅路失陷于日寇之手，还一度重新启用过。待修建的滇藏铁路，也沿此道设计而行。大道不论，此便道的繁荣，远胜"麝香之道"。

以地域性民间故事论：大理辖境，遍布密宗传说。有如来讲经处，有迦叶道场鸡足山。《大唐西域记》明载：迦叶"将入定灭，乃往鸡足山。"自昆明起程，碧鸡关、炼象关，已有取经故事。牟定晒经坡，松树一律矮小，长不高。传说即唐僧在此处晒经，压后所致。祥云（彩云南现处。最早的云南。以后由县名，而府名，而省名，一路升格。）大庄坝子也有晒经坡。更妙的是，离此一箭之遥的清华洞，被说成是"盘丝洞"原型。当地文人并据此著有长篇神魔小说。一路西去，保山有高老庄。庄人自称系猪八戒直系后裔。腾冲有白玉祖师庙。西双版纳有流沙河。临近边界

的一个小镇，名字叫作"支那"。有学者说：古代印度称中国为"支那"，原本于此。

著作：就在明代，距吴承恩写书时间不远，云南嵩明人兰茂著有百回本《续西游记》。一般认为：所续者，不是吴承恩的《西游记》，而是另有所本。铁鹰兄发现的另外三种"西行取经"系统，为此提供了可能。又对作者有所怀疑，不作认定。对此，我曾写有《兰茂的〈续西游记〉》、《性天风月通玄记》两文加于辨证。如果说，吴承恩是《西游记》作者的铁证之一，是他还写过神魔小说集《禹鼎志》（已佚）。那么，兰茂写的《性天风月通玄记》杂剧，更是铁证。有同一情怀，同一爱好，同一风格，而且今存。所写神仙大多曾到云南游历，有鲜明的地域特色。

最具特色的，是少数民族写本、再创作本。举几例：

彝族：《唐王游地府》。韵文。由《西游记》改写，列入毕摩经典系列。1980年代初见，译文发表在楚雄州编印的《文献译丛》上。我据此写了《论唐王游冥府神话在彝族、回族民间文学中的变异》（回族传说见我整理出版的《回回原来》一书）。2007年，根据原始文本重新翻译后，由云南民族出版社正式出版。列为《彝族毕摩经典译注》（我任副总编。全套书106卷，耗资二千万元。可摆满一屋子）第五卷。韵文，5000余行。写成于明、清之际。共分七节：翠莲蒙冤死，龙塔纪告状，天子赴阴间，唐王游地府，刘全送葫芦，得善得福禄，善恶自公断。引几段：

龙塔纪告状：算命者乃一老祭司。"话音随风传，雨滋大海中。两个小水妖，听到渔人话，急速回龙宫，禀报龙王爷。龙王得禀报，龙颜大发怒。心里忿不平，暗自在骂娘：难怪一月来，龙子和龙孙，日复一日少，原是他捕去。这个老祭司，设法得撵走，否则断龙种，不然绝龙孙。"化装进城，私减雨水。被魏徵所杀。

唐王赴阴间："龙王爷的魂，拿着告状书，赶到阴府里，呈交阎罗王。状告大唐王，夺了他的命。祈求阎王爷，帮他雪冤耻。"阴间初见："帝王唐天子，跟着两阴差，一路赶阴府。到了阴间门，出来三阴差，奔出一群狗。后随三阴官，带兵三万六。成千上万狗，拥到唐王前，嗅闻唐王身。阴差撵开狗，唐王得前行。到了阴阳桥，唐王回头看，三个阴差役，不见有踪影。唐王孤单单，独行阴路上。"

彝族信仰巫教、多神教，相信人死为鬼。所以，改写本中虽有西行取经故事，却

被大大浓缩了。只有阴间故事，不但扩大，而且改名换姓，完全地方化、彝族化。因为是毕摩做法事时所诵，也大大神秘化了。这本彝经，完全受《西游记》本土因素影响，没有佛教传经的痕迹。

彝族还有《唐僧取经》长诗。《南诏野史》、《西南夷风土记》中也有记载。见184页。

云南"十里不同天，十里不同雨"。文化创造、传播上也同样如此。仅仅相隔百余里地的傣族文化，便呈现出了完全不同的风格。我曾将彝族文化概括命名为"火文化"，傣族文化概括命名为"水文化"。已获学术界普遍承认。

表现在《西游记》文化的变异上，也是如此，差异极大。

傣族，住居中国。与泰国的泰族、缅甸的掸族，都是一个民族。文化传承上，深受小乘佛教影响。（注意：不是大乘佛教，也不是大理国的国教密宗。）而且是全民信教。

铁鹰兄在泰国见到《拉玛坚》壁画，深感震撼，愈加坚信孙悟空源自印度神猴哈努曼的"外来说"。

其实，罗摩故事在东南亚广为流传，斯里兰卡（锡兰）、孟加拉、泰国、缅甸……都有流变。并不神圣，也不神秘。泰国不但有改写的长诗《拉玛坚》，还有泰戏。中国的傣族也是。我的朋友、云南省社会科学院研究员王国祥兄是这方面的专家，30余年前就已写过系列文章评介。

由西向东，大致可以说：因为地域关系，《拉玛坚》受佛教影响很大。至掸地以后，渐渐地域化、民族化。再到傣族地区，罗摩故事与《西游记》嫁接，成为中西合璧的产物。进至大理地区，观音已变成了地方性主神，与西方如来系统关系不大了。再进至楚雄地区，罗摩已经不见，只剩下《西游记》（汉族文化）与土主神话。依托皇室推介，如此强大的宗教文化势力，却没有能够循此古道挺进中原。

宗教排他性极强。在云南，怒江以西的德宏、西双版纳傣族信奉小乘佛教；金沙江西北面的香格里拉藏族信奉密宗系统的喇嘛教。千百年来，不论宗教界，还是国家法规，都不允许过江半步。甚至连一度信奉密宗的大理地区，也不准喇嘛教

进入。

引傣族《兰嘎西贺》为例:《兰嘎》是罗摩故事在中国傣族地区的改编本。收集到的,有好几种版本。一般分为《大兰嘎》和《小兰嘎》。我引用的是全本《大兰嘎》。韵文,一万多行。署名苏达万著。与《罗摩衍那》体例相同。中国社科院云南少数民族文学研究所、云南省社科院民族民间文学研究所、中国民间文学研究会云南分会译印。1981年2月内部发行。列为"云南少数民族文学资料"第4、第5辑。

引几段与哈努曼(傣族长诗改名为阿奴曼)有关的诗节:

江水将阿奴曼的母亲喃裴冲到下游岸边。风神叭鲁天天拿风来喂养她。喃裴长大以后,爱上了叭鲁。叭鲁知道后,让喃裴"喝下自己的小便"。喃裴怀孕,生下阿奴曼。"十个月后她在野外分娩,一个小儿子从她嘴巴跳出来。可孩子不是人,而是一只猴子。猴子一出世就飞上天空,速度像一阵风那样快,眨眼功夫就飞出八十约(每约一视限,约10公里),转眼又飞回到母亲身边。"一出世就惊动了天地,飞行速度快得惊人。与孙悟空可比性很强,但不是罗摩故事带来的。

阿奴曼天生猴性,十分顽皮。他先是将太阳误认作芒果摘食,被神王英达用破斧击得昏死过去。父亲叭鲁上天为他求情,要求神王:"让他恢复生命与活力,让他具备从未有过的本领。让阿奴曼的神力和本领,大过原来几百倍。大江激流淌不走,烈焰滚滚燃不起,刀斧铁链害不死,千打万捶伤不着。还要允许他长生不老,万年亿年健康长寿。让他的威力和智慧天下无敌,一切疾病和灾难不挨身。"阿奴曼因祸得福,这一切本领都具备了。

他又去戏弄森林里静修的和尚,将他们的黄袈裟撕破,经书乱撒一地。和尚们怕他,全都跑了。"阿奴曼忍不住哈哈大笑。"和尚去找大佛爷库龙告状。库龙诅咒他:"该死的白猴让你得病,让你力气减退,让疾病缠住你身体,让你睁着白眼病不愈。"阿奴曼果然害了大病,"要死要活全身无力",眼看就要死了。他只好去找占卜师摩米龙求情。摩米龙看到阿奴曼认了错,答应痛改前非。于是,帮助他恢复了神力。但是告诫他:"你要修身行善,区别人间善恶,赞助世道正义。"而且,"只准你飞八十约。"还不放心,又把他送到低沙猴国,交给猴王巴力莫管束。

这一段阿奴曼前史,《罗摩衍那》里面根本没有。极类《西游记》中孙悟空拜师学艺、大闹天宫一段。学艺,闯祸,因祸得福。偷吃仙桃、仙酒,成为金刚不坏身;在太上老君炼丹炉里,又炼成了火眼金睛。为求"放心",如来将他压在五行山下500年,放出来做了佛教的护法神。立意、作为、磨难、教诲、前途,二者完全相同。所以说,本质上,阿奴曼还是一个中国(傣族)创造的猴神。只是在后来的征战中,才借鉴了印度猴神哈努曼的故事(详见《小乘佛教与傣族神话》)。

引述至此,我也来戏说(纯属戏说!):西游取经故事是沿南方丝绸古道形成的。有近因,有远因,有西来(舶来)因素,也有内地(如铁鹰兄所证福建齐天大圣)因素。但是更多的,是云南因素,是云南本地因素。《西游记》源流演变,由西向东,在云南有一个堪称完备的发展系统。云南出产了《西游记》!

这封信,写着写着就不像信了,但基调是"戏说"。说些大话、天话,引《西游记》读者、研究者一笑。

笑是《西游记》数百年来吸引广大读者(周作人说:上至80岁的老者,下至4、5岁的孩童。)的最根本因素。笑即幽默,即诙谐,即好玩,即戏说。四大名著中,只有《西游记》的主旨是笑。笑一笑,百年少。鲁迅因此指它的宗旨为"游戏说"。那是天眼开,大智慧,大艺术论。艺术起源有诸多说法:劳动起源、宗教起源、教育起源、游戏起源……我到晚年,只信两种:理智的——宗教起源;艺术的——游戏起源。中国神话不如希腊神话完整系统,鲁迅早已指明:就是古代中国人游戏时间太少,忙于生存奋斗所致。后来出了一部《西游记》,成为中国人的神话宝典、游戏宝典;同时也成为了道教徒的传世经典、神仙总汇。《西游记》的横空出世,改变了儒家文化严肃、严谨、呆板的大一统局面。如清风,似明月。"明月松间照,清泉石上流。"为什么还要将它弄呆、弄木,弄成几个研究者书斋里的小摆设呢?

"田野调查",好! 我也来谈两点生活在田野、山野中的闲人闲语:

一、《西游记》在美学上弘扬一个"喜"字。喜笑颜开、嘻嘻哈哈、嬉皮笑脸。《西游记》喜,一往无前;孙悟空喜,从不言败;猪八戒喜,大肚能容;沙和尚喜,任劳任怨……美丽的一定是欢天喜地的。也有凄美,归入丑学一脉,中国文学中很多很

多。四大名著中，有三部是悲剧，只有《西游记》是喜剧。喜剧艺术在吴承恩手上得于最后完成，从而开创了中国古典文学的新局面，审美艺术的新视野。

老来心境，受不得罪，更受不得委屈。要长命百岁，就去读《西游记》。我是从读书开始，就将《西游记》与《李太白全集》，一直摆放在枕头边上的。"读了《西游记》，到老不成器。"不成器好！那棵金玉其表、败絮其里的攀枝花树（英雄花树），就是成不了材，所以才不会挨刀砍，不会遭火烧，得于延年益寿的。

二、弥勒佛是未来佛，掌控如来佛之后的世界，即掌控未来。老来，我很欣赏《西游记》的兼包、兼容，得饶人处且饶人，不把事情做绝的风范。中国人是"杂种"，中国文化是杂交、杂色。现如今反对美帝国主义的经济侵略，中国人大肆弘扬的，也是共存共赢——多边主义。研究学问，还是应该取"百家争鸣"的态度。没有必要执定一辞，在一棵树上吊死。

《西游记》历数百年演变，到吴承恩手上成就为艺术精品。题材上是兼收，写作上是独创。他的个性诙谐幽默，喜说笑话，喜读闲书杂撰。没有这个创作主体，就没有《西游记》的亮色、美学观，孙悟空也就不会那么光彩照人。

刘三姐唱："铜钱无脚走千家。"民间文学尤其如此。传唱、传讲者常常有自己的变化，有时发挥，有时删削，有时横岔一枝，有时甚至胡说八道。种种说法，不可能整齐划一。《西游记》在吴承恩定稿之前，讲说者不一，绝对是民间文学。定稿以后，又流入民间，讲说者各取所需，再度成为民间文学。有《说唱西游记》、彝族《西游记》、傣族《西游记》可证。有的讲前史，有的叙后史。《西游补》中，孙悟空进入了情界（青青世界）。《大话西游》里，孙悟空不但成了赌神，还是一个大情种……以文学的广大性、包容性而论，皆无不可。这许多"胡编乱造"，恰恰证明了《西游记》雄强的生命力、繁殖力，证明了《西游记》作为代表中国、中国代表的文学经典名著走向世界的强劲风头。

《西游记文化研究辑刊》征稿启事中说："以《西游记》、吴承恩为主要研究对象。""旨在促进学术研究，培育西学新人，传播西游文化。"很好。建议加上一条：

为了扩大西学研究阵容，不妨包容各个方面、各种观点的研究成果。包括本土说、戏说和我的"西南移"说。成功的政治，就是将人团结得越多越好。文学也是。《西游记》传播研究更是。

　　这些文字，算是我近年读《西游记》，近日读三部大作的一点心得。引论并不严谨（不想再去翻查旧书了），行文恐有轻慢。均请您原谅包涵。只是戏说，当不得真。

　　此上，颂

大安！

马旷源

2019 年 6 月 22—27 日

·续书仿作研究·

明清"西游故事"续衍的文化重释

——《续西游记》略论

张怡微①

摘　要:《续西游记》是一部并不流行、且文学评价普遍不高的《西游记》续书。但爬梳《续西游记》的发现及传播史,会发现这种带有"偏见"的文学评价并不公正。原因在于,《西游记》续书所依据的底本不统一。基于不同底本所创作的续书作品应该依据什么样的标准进行评价有待商榷。《续西游记》在美国、日本的接受史或能给我们更广阔的视野重新审视它独立的文学价值。《续西游记》的故事通过叙事使命的转移,和对孙悟空能力的刻意降低,实现了特别的意图。这些都将为未来的西游续书研究带来启迪。

关键词:《续西游记》;续书研究暴力;叙事转向

一、偏见的产生:从"未见"到"蛇足"

《续西游记》是一部并不流行、且文学评价普遍不高的《西游记》续书作品。主要内容是写唐僧四众取经东归途中一段经历。唐僧徒众历八十一难到达灵山雷音寺,佛祖如来担心四人难以保护真经回去,询以本何心而取真经。唐、孙、猪、沙分

---

① 张怡微,复旦大学中文系讲师。主要研究方向为明清小说,创意写作。

别答以志诚、机变、老实、恭敬四心,孙悟空还随口答以机变心对付八十八种邪心。如来恐孙悟空机心生变,难保真经,派比丘僧、灵虚子两人暗中保护,携带八十八颗菩提珠和木鱼梆子,辅助取经师徒净心驱魅,护经返程。后四众在路遭遇诸多妖魔。最终,孙悟空等顿悟机心乃起魔之根,于是灭机心,笃真经,于路无阻,顺利归于大唐。然而无论是从传播度、影响力,及其在学界的关注程度,都不如其它两部《西游记》续书《西游补》、《后西游记》。长久以来,《续西游记》仅仅被视作《西游记》的影响效应而被讨论到。但若仔细爬梳《续西游记》的出版与传播历史,会发现以上"共识"并非没有值得再商榷之处。

首先,《续西游记》虽然经常被一般小说史所提及,但真正看过它的人并不多。蔡铁鹰编《西游记资料汇编》时曾提到一些普遍的研究共识,"前人对《续西游记》多有言及,但大多云'未见',自郑振铎始才陆续发现一种同治渔古山房刻本。《续西游记》叙唐僧师徒取经到灵山,返回途中又经八十一难。有研究者认为,本书中提到的唐僧等去程八十一难,与现行的西游记取经故事并不相同,可能另有所本。《续西游记》问世的时间,根据刘廷玑《在园杂记》提及的情况看,当在清前期。关于作者有三种意见,一是认为作者是清初人季跪;一是认为明初人兰茂;再一即是据下引《序》文,认为与《西游记》作者为同一人"①。在孙楷第《中国通俗小说书目》卷五"明清小说部乙""灵怪第二"中有条目"续西游记一百回":"存。清同治戊辰渔古山房刊本。封面题'《绣像批评续西游真诠》'半叶十行,行二十四字。首真复居士序。有图。明人撰,《西游补》所附杂记云:'《续西游》摹拟逼真,失于拘滞,添出比丘灵虚,尤为蛇足。'"②关于《续西游记》,比较重要的专门考据文章有郑振铎的《记

① "编者按",蔡铁鹰编:《西游记资料汇编下册》(北京:中华书局,2010 年,第 814 页)。蔡铁鹰辑录的资料有二,一则是《明滇南诗略》卷一的"兰茂"条,提及"惟传其《续西游记》、《声律发蒙》二种……";二则是清人毛奇龄《季跪小品制文引》中"季跪为大文,久已行世,而间亦降为小品。尝见其座中谭义锋芒,奇谐多变,私叹为庄生、淳于滑稽之雄。及进而窥其所著,则一往谲觺,至今读《西游记续》,犹舌挢然不下也。"

② 孙楷第.中国通俗小说书目.北京:人民文学出版社,1982:193.

一九三三年间的古籍发现》①，他也是最早提到《续西游记》版本的学者；此外还有张颖、陈速的文章《古本〈西游〉的一部罕见续书》②。

程国赋在《明代书坊与小说研究》一书中，以"万历二十年《西游记》刊刻以后，到崇祯十四年（1641 年）董说《西游补》的刊刻"作为时间标的，统计共有 25 部神魔小说出现于书坊（包括明末佚名《续西游记》一百回）③。说明《续西游记》的刊刻发行渠道与《西游补》有重叠。可既然看过《续西游记》的人并不多，那围绕着它的不高的文学评价是怎么产生的呢？

刘廷玑在《在园杂记》中曾言及"如《西游记》乃有《后西游记》、《续西游记》，《后西游》虽不能媲美于前，然嬉笑怒骂皆成文章。若《续西游》则诚狗尾矣。"④到了后世，王旭川认为"《续西游记》成就相对最差。"⑤考证过《续西游记》作者的刘荫柏认为它"简单粗糙、不合时尚……情节不生动、叙述粗糙、缺乏文采"，与《西游记》相比，"无异于'蚍蜉'去撼参天'大树'"⑥等，这都是《续西游记》具有代表性的评价。这些评价其实都值得商榷。如鲁迅借《西游补》附在清朝初期《说库》版中的杂记说"《续西游》摹拟逼真，失于拘滞，添出比丘灵虚，尤为蛇足"来评判，但鲁迅当时并没有看到过《续西游记》。刘荫柏将《续西游记》与《西游记》进行内容比较，却疏忽了对于《续西游记》而言，'底本'是哪一部《西游记》都还未曾严肃地厘清。如果"底本"都不一样，那么依照不同底本所做的续书，又应该以什么标准比较它们的文学价值？

———————

① "《续西游》则极为罕睹。我求之数年未获。五年前，尝在苏州某书店乱书堆里，检获一部，系嘉、道间所刊之袖珍本。……历经大乱，此书遂失去。到北平后，又遍访诸书肆，皆不能得。终于松筠阁得之。版本亦同苏州所得者。"郑振铎. 记一九三三年间的古籍发现. 收入于氏著《中国文学研究下册》. 北京：作家出版社，1957:1373.

② 张颖、陈速. 古本〈西游〉的一部罕见续书，收入于《续西游记》. 沈阳：春风文艺出版社，1986:778—799.

③ 程国赋. 明代书坊与小说研究. 北京：中华书局，2008:253—262.

④ 刘廷玑. 在园杂志. 张守谦点校，北京：中华书局，2005:124—125.

⑤ 王旭川. 中国小说续书研究. 北京：学林出版社，2009:206.

⑥ 刘荫柏. 西游记发微. 台北：文津出版社，1995:233.

第二，根据郑振铎早年提供的搜索信息，张颖、陈速逐渐考证出《续西游记》目前共有三部半存世，都是同治渔古山房刻本，但指出同治本《续西游记》远非原本（第783页），又根据袁文典《明滇南诗略》记载认为，"续西游记"至少应有嘉庆本行世（第783页）①。另根据三种作者说法的辨析，他们认为《续西游记》应该有明代以前的传本（第788页）。他们还得出了一个比较重要的结论，"《续西游记》可能是一部明或明以前的早期古典章回说部著作。如确认《续西游记》写定于明季或明季以前，意味着：……《续西游记》的许多故事内容，恰恰证明现存《续西游记》不是今本百回《西游记》的续书。"重要依据是，《续西游记》中反复说到了"八十一难"，说明取经人上灵山拜佛前，来路已经经历了八十一难（第789页），而世本中取经人遭逢的第八十一难是在回程中才发生的，除此以外，在其它情节中亦有端倪。在详细爬梳了《续西游记》情节与现存《西游记》古本残篇中的差异之后，张颖、陈速认为："元明或元明之前，在现存片段的古本《西游记平话》以外，必定另有一部今尚未见古本《西游记》章回说部存在。现存之一百回本《续西游记》，正是那部比《西游记评话》更罕见之古本《西游》或《西游》前记的一种续书。"（第796—797页）程毅中和程有庆从《永乐大典》和《朴通事谚解》所引述，推论"在《大唐三藏取经诗话》到世德堂百回本《西游记》之间，存有多种的西游故事古本小说……而从《永乐大典》和《朴通事谚解》所引西游故事版本到百回本之间，必然经过多次的删改增订，出现不同版本"②。

而在1986年版沈阳春风文艺出版社排印版的《续西游记》序言中，还提到了张颖、陈速所藏的同治七年版详情："原书装订十册，扉页右上端署'同治戊辰镌'，左下方署'渔古山房'，中题《绣像批评续西游记真诠》，作双行刻，首为'《续西游序》'五页，序署'真复居士'题。次为'《新编续西游记》目录'十一页，书口作'《续西游记》目录'。再次附图三十九页、七十八幅。正文书题《新编续西游记》，书口作《续

---

① 王旭川提及"《续西游记》一百回，又称《新编续西游记》，题记为《新编绣像续西游记》，现存有嘉庆十年刊金鉴堂藏本。"（王旭川. 中国小说续书研究. 上海：学林出版社，2004：189.）

② 程毅中、程有庆.〈西游记〉版本探索，收入于梅新林、崔小敬主编.《20世纪〈西游记〉研究 上卷》. 北京：文化艺术出版社，2008：176.

西游记》。半页十行，行二十四字。"这篇考证长文获得了美国汉学家白保罗（F. P. Brandauer）的高度关注，白保罗不仅是《西游补》研究专家，也写作了一篇关于《续西游记》的重要评论《'狗尾'的意义：〈续西游记〉的评论》①。针对张、陈两人的考据内容，在第九个注释中，白保罗提出"关于这个判断有一些问题需要提出，张颖和陈速相信郑振铎的复本是同治（1862—1875 年）版本，但郑振铎自己声称这个版本是嘉庆道光年间的。张颖和陈速似乎没有意识到中国有 1805 年版本的存在。这个版本由下文提到的 1986 年江苏文艺版的校点者路工发现。看起来郑振铎的版本和路工发现版本是一致的，而不是现存于北京图书馆的那个版本"。此外，白保罗同样否定了《续西游记》和《西游记》是同一作者这一说法："这部作品的作者和撰写流行的吴承恩版本的作者为同一人是不太可能的。两部作品叙述风格的不同，使得很难将之当作严肃的可能性来考虑。此外，正如张颖和陈速指出的，两部作品之间有数不清的内容不符合之处。最严重的问题是我将在下文中所指出的一点：续书作者直接表明了对于母本许多问题的立场的反对。……这部小说中提倡的是不同于我们能在其它三部西游小说里找到的禅宗思想。禅宗强调的是顿悟，也没有将真经传统当作有价值的东西。启迪经验在其它三部西游小说中都是突然的，与真经只有很少的、或几乎没有什么关联。在这部续书中则相反，孙悟空的教化启迪是循序渐进，并且真经在这整个过程中具有中心地位。……因此，我们在《续西游记》中发现了作者对早前传统显明的反对立场。"事实上，《续西游记》仍然有不少"禅宗"思想的印记，对于"经"的理解，也勾连着文字的辩证，是十分复杂的议题。但白保罗看到了续书文本与原著中的巨大差异、甚至是对立的立场，据此判断二者并非出自同一作者的论点是可信的。

同在 1986 年，江苏文艺出版社也出版了一本通行本《续西游记》，由路工、田牧校点。在前言部分提及"今所见最早刊本，是清嘉庆十年金鉴堂所刻。扉页上题

---

① ［美］白保罗（F. P. Brandauer）："The Significance of a Dog's Tail：Comments on the *Xu Xiyouji*"，*Journal of the American Oriental Society*，Vol. 113，No. 3（Jul. -Sep. ，1993），pp. 418 - 422。引文部分为作者自译。

'贞复居士评点'。正文前有插图五十幅,有贞复居士序文。贞复居士是别号,不知真名。每回后有他所写的总批"。值得注意的是,江苏文艺版提到的是"贞"复居士,而不是"真"复,而所有"真复居士"依据的都是同治本作为底本。除此以外,沈阳版排印本删去了所有回评。而淮阴版①排印本删去了"很少的一些空洞无物的教条式玄理。目的是为了方便阅读"②。故而这是一部内容上的删节本。值得注意的是,1986 年以后,《续西游记》在中国大陆的通行本就很多了③。但针对不同排字本的介绍与解释却很稀少。关于 1986 年这两个排印本《续西游记》,苏兴做了订校工作《标点本〈续西游记〉读校随记》④,他曾于 1977 年北图柏林寺分馆得目验原郑振铎藏《全像续西游记真诠》刻本,但未标明梓行时间。对照郑振铎藏本的复印本,苏兴指出"江苏本比春风本讹字少,标点也精审一些,且把没回的总批'全部按原文排印'了。而春风本却'回评尽删'。虽如此,春风本还是比较忠实于原刻的,不轻易订改原字、词。江苏本则太大胆了,随便删削,比春风本的少七、八万字……如仔细通校,春风本整理时的可商榷之处会更多;江苏本问题也应不少(第 14 页)"。并在阐述"补字"之前提及原郑振铎藏渔古山房刻本"漫患特甚(第 19 页)"。但无论是哪种版本,都不是《续西游记》原本,这也是《续西游记》在当代的刊印传播的特征

① 白保罗可能根据该版本版权页的信息认为"淮阴新华印刷厂印制"代表出版社在淮阴,便在论文中以"淮阴版"与"沈阳版"区分 1986 年的这两个标点版本。本论文则使用出版社名指代。以免地名发生混淆。译文则依原样保留。

② 路工.《续西游记》前言,路工、田牧校点,南京:江苏文艺出版社,1986:1.

③ 如中国大陆河北人民出版社(石家庄,1989 年)、河北美术出版社(武汉,1989 年)、上海古籍出版社(影印本,4 册 1788 页,上海,1990 年)、上海古籍出版社(上海,1993 年)、岳麓书社(长沙,1994 年)、华夏出版社(北京,1995 年)、晨光出版社(昆明,1997 年)、岳麓书社(长沙,2003 年)、齐鲁书社(济南,2006 年)、凤凰出版社(南京,2011 年)、中国经济出版社(北京,2012 年)、岳麓书社(长沙,2014 年)均出版了《续西游记》新版,几乎每十年都至少有两到三个版本,至今并未中断。而台湾在 1995 年由台北建宏出版社出版过《续西游记一百回》,标注为"季跪撰;钟夫、世平标点",后就没有《续西游记》的通行本出版,可见两岸《续西游记》的可见度是有差别的。此外,中国湖北美术出版社的连环画《续西游记》,曾在上世纪八十年代影响了一代《西游记》爱好者。是为对于续书的改编,可视作《续西游记》在现代出版历史上的衍异过程。

④ 苏兴.标点本《续西游记》读校随记.苏铁戈整理,古籍整理研究学刊.1999.5:14—20.

之一。

二、《续西游记》的作者之争：一场特殊的文学讨论

在作者考证方面，1984 年刘荫柏发表《〈续西游记〉作者推考》①，认为"《续西游记》可能是在吴承恩小说之前的作品，而它所续者乃元人之平话。……为明初人兰茂撰，并非讹传（第 101 页）"。1998 年有黄强《〈续西游记〉的作者不是季跪》②，针对这一篇文章的观点，侯美珍在论文《毛奇龄〈季跪小品制文引〉析论》中提出异议，她认为《季跪小品制文引》中的"'西游续记'、'续西游'应为同一书。"……但今日尚能见到的《续西游记》是否为季跪所续，"文献不足，不敢定论。其二，'小品制文'不是指《续西游记》，也不是'一本阐述《西游记》意蕴的八股小品文集'。"③

真正令这部《西游记》续书作品获得关注，可能得益于 2010 年 8 月 6 日《云南日报》刊登了一篇容津簃作《兰茂与最早的〈西游记〉》④，文中认为"兰茂所续的……是对玄奘的《大唐西域记》未写之事进行文学想象而写成的新作。"但文章没有给出具体的爬梳和证明。文章透露了另一个讯息是，"2000 年，（作者）无意间得知扬州韦森先生家里收藏有嘉庆十年（1805 年）金鉴堂刻版本《续西游记》……借得珍贵善本，如获至宝，疾抄 20 余日……又细心与上海古籍出版社出版善本仔细核对，确定无一差误……加之将刊印的《续西游记》，谨以此纪念先贤兰茂诞辰 613 年……"这一版本后来并未问世，2011 年，徐章彪在《也谈〈续西游记〉的作者问题》一文中提及，"容老所在的'兰茂学园'在'重新整理出版'《续西游记》（其实是自费找印刷厂印制，现在因为欠费，大部分书尚被厂方扣押在厂）时已将书名改为了《南西游记》，并且在封面上标明作者及籍贯为'明　止庵兰茂著古滇杨林石扬山'，出

---

①　刘荫柏.《续西游记》作者推考，云南社会科学，1984.3：106—107.

②　黄强.《续西游记》的作者不是季跪，晋阳学刊，1998.5.

③　侯美珍. 毛奇龄《季跪小品制文引》析论——兼谈"稗官野乘，悉为制义新编"的意涵，台大中文学报，2004.21：192—195.

④　后刊发于期刊。容津簃、纪兴. 兰茂与最早的《西游记》，国学，2012.11：26—27.

版者为'兰茂学苑戏学部组编',这个不伦不类的书名让我十分纳闷：到底是南游呢还是西游……"①本文认为此处"南游"恐怕指的是"滇南"之"南"。但徐章彪最终的爬梳，却指向"《续西游记》是《西游记》之后的作品"，从目前学界的研究共识来看同样有待商榷。

因为涉及到云南地方文化建设，这篇副刊的非学术文章很快"引起了较大社会反响……云南省文联为此专门召开了分析听证会。"冉隆中于 2010 年 10 月 15 日发表《关于〈续西游记〉的几点意见》，肯定了兰茂的作者身份，并且延续容津簪称呼"兰茂的《西游记》"的说法，认为"兰作者的东西在写作出来后 400 年，才有人想起刻印……它的名字很委屈地被称作《续西游记》"，其实很不可靠。因为缺乏具体的证据，并且《续西游记》的内容分明是"东归"，不应该草率地认为兰茂先于世本《西游记》写了兰茂版的《西游记》，仅仅因为刊刻晚就被世人所误会。李孝友在《关于〈续西游记〉》一文中指出了这一讨论结论的草率问题，阐明"云南最早的通志《(正德)云南通志》在外志卷二十一为兰茂立传时，介绍了兰茂止庵生平的二十三种著作……没有提到《续西游记》。乾隆年间，师范纂辑《滇系》介绍兰茂著述，也未有《续西游记》。清道光年间，阮元纂修《(道光)云南通志·艺文志》在'滇人著述之书'中，也没有讲到著有《续西游记》。以后周钟岳纂修的《(民国)新纂云南通志》在'艺文考'中，于兰氏著述也未见有《续西游记》。晋宁藏书家方树梅编制《明清滇人著述书目》在子部小说类……都没有兰茂的《续西游记》。……文章谈到兰茂《续西游记》抄本之底本，来自扬州私人藏书嘉庆十年金鉴堂刻本，根据瞿冕良先生编著的《中国古籍版刻辞典》没有金鉴堂书坊……"②除了昆明文学研究所所长徐章彪、云南省文史研究馆馆员李孝友之外，这一场由《云南日报》所引发的文学讨论在《边疆文学》期刊上的"争鸣"还有一篇文章，为苏国有的《兰茂和〈续西游记〉的关系》③，刊发于李孝友文章之前，长达九页，李孝友的文章只有一页。苏国有从《续

---

① 徐章彪. 也谈《续西游记》的作者问题, 边疆文学, 2011. 1：28—30.
② 李孝友. 关于《续西游记》, 边疆文学, 2010, 10：25.
③ 苏国有. 兰茂和《续西游记》的关系, 边疆文学, 2010, 10：16—24.

西游记》敷演脉络、到云南方言、再到兰茂著述思想、文化传承等方面分析并得出结论:"《续西游记》中保留的方言词告诉我们,该书的作者,当为明代及以后云南昆明地区之人。……从《续西游记》的内容来看,……与明初滇中名士兰茂(1397—1470年)的思想颇有相似之处。……《续西游记》应早于吴本《西游记》。"值得注意的是,苏国有的服务单位是"昆明市委办公厅"。仔细来看,2010年这一场堪称"意外"的文学讨论,围绕"兰茂"与《续西游记》的作者之争繁荣了《西游记》续书的讨论。一部内容为"东归"的小说却被冠以《(滇)"南"西游记》的命名历程,恰好反映了作者极其复杂的传播深意。在此之前,《续西游记》甚至极少以单篇的讨论对象为研究者所关注,对《续西游记》的讨论一般基于明清小说续书研究的视野之下,占据极少的篇幅,自郑振铎一九三三年发现该书刻本至今八十多年来,《续西游记》的研究并没有什么太大的进展。

三、域外传播的启迪

中国大陆零星有一些单独讨论《续西游记》的文献①、及在"续书研究"脉络下中讨论到《续西游记》的文献②。台湾地区方面也有一些研究成果③。海外汉学的

---

① 依时间顺序排序有:熊发恕《〈续西游记〉评介》;马旷源《〈西游记〉研究两题》;王增斌《机心灭处诸魔伏自证菩提大觉林——禅学的心界神话〈续西游记〉》;王增斌、李衍明《〈续西游记〉主题探奥》;勾艳军《日本近世小说家曲亭马琴的〈续西游记〉评价》;桑禹《〈续西游记〉研究》(内蒙古民族大学,2014年硕士论文)等。

② 依时间顺序排序有:陈惠琴《善取善创别开生面——〈西游记〉续书略论》;周维培《荒诞神奇的〈西游〉续书》;冯汝常《中国神魔小说文体研究》(福建师范大学,2004年博士论文);段春旭《中国古代长篇小说续书研究》(福建师范大学,2004年博士论文);王旭川《中国小说续书的历史发展》(上海师范大学,2004年博士论文);田小兵《〈西游记〉续书研究》(暨南大学,2006年硕士论文);李秀花《孙悟空形象在明末清初续作中之演变》;左芝兰《对明末清初〈西游记〉续书的研究》;陈会明《古代小说续书研究探寻》;于冬《明末清初〈西游记〉接受状况探析——从〈续西游记〉〈西游补〉〈后西游记〉切入》(黑龙江大学,2007年硕士论文);左芝兰《明末清初〈西游记〉续书研究》(四川大学,2007年硕士论文);胡淳艳《心路历程——论〈西游记〉三部续书的传播》;石麟《〈西游记〉及其三种续书的哲理蕴涵》;李蕊芹、许勇强《接受视野下的明末清初〈西游记〉续书》;赵毓龙《西游故事跨文本研究》(上海师范大学,2013年博士论文);齐裕焜《〈西游记〉的续书》等。(转下页)

部分,除了有前文提及的白保罗的评论,另有李前程为黄卫总主编的《蛇足:中国小说传统中的续书和改编》(Snakes' Legs:Sequels,Continuations,Rewritings,and Chinese Fiction)一书所撰写的第二章〈猴形象的变化〉(Transformations of Monkey:Xiyouji Sequels and the Inward Turn)。高桂惠为此书撰写的书评也可一同参考。①

值得注意的是,在1833年(天保四年)日本近世小说家曲亭马琴(1767—1848年)撰写了《続西游记国字评》,是《续西游记》重要的海外评论,目前藏于日本早稻田大学。勾艳军引介了这篇长文评论,说曲亭马琴“在开篇总评中,他对《续西游记》的版本进行了描述,并指出该书作者或许就是为之作序的‘真复居士’:‘是书,清人之戏墨,全部一百回,分二十册,收于两帙,一帙各十册。且卷一表纸里有【嘉庆十年新镌,贞复居士评点】,又序落款有真复居士,想来上面之‘贞’复为‘真复’之误,作者不详,通过序文及每回批语可猜,或为此真复之作’”②。可见曲亭马琴看到的也是“贞”复,和前文提及的嘉庆本一致,且他认为这是写错了。其实未必。在内容方面,在江户时代持有“劝善惩恶小说观”(勾艳军语)的曲亭马琴“认为《续西

(接上页)依时间顺序排序有高桂惠《〈西游记〉续书的魔境——以〈续西游记〉为主的探讨》、翁小芬《论〈续西游记〉之寓意及其写作艺术》。在“续书研究”脉络下中讨论到《续西游记》的文献有2000年国立中山大学林景隆的硕士论文《西游记续书审美叙事艺术研究》;2000年中国文化大学张家仁的硕士论文《〈西游记〉与三种续书之比较研究》;2000年中国文化大学张家仁的硕士论文《〈西游记〉与三种续书之比较研究》;2006年淡江大学庄淑华的硕士论文《〈西游记〉续书论——人物主题转变与新类型之建立》;曾永义主编、翁小芬所著《〈西游记〉及其三本续书研究(上)、(下)》(花木兰出版社出版,2011年);2013年国立高雄师范大学林景隆的博士论文《明代四大奇书之续书文化叙事研究》;2016年台湾政治大学李宛芝的硕士论文《〈西游记〉续书之经典转化:以明末清初和清末民初为主》。

① 高桂惠. 评 Snakes' Legs:Sequels,Continuations,Rewritings,and Chinese Fiction。黄卫总主编(Martin W. Huang). 台北:中国文哲研究集刊,2005,27:317—322.

② 转引自勾艳军. 日本近世小说家曲亭马琴的《续西游记》评价,收入于科学发展·协同创新·共筑梦想——天津市社会科学界第十届学术年会优秀论文集(上),天津:天津市社会科学界联合会,2015:201—202.[日]曲亭马琴. 续西游记国字评(电子版),早稻田大学图书馆公开古籍书,1833:23.

游记》最大的功绩在于否定'机变'，否定杀生。……具有警世教诫的积极意义。"（第202页）而对于"续书"，曲亭马琴提出了"隐微①论"，"前记之隐微，续记予以发挥而已，续记如同前记之注释文（第四条）"。（第204页）勾艳军指出曲亭马琴对机变的实施主体辨认不明，对淫奔情节非常排斥，是因为将《续西游记》定义为"佛书"并不准确（第205页）。重要的是，在清代以降中国文人几乎一面倒地认为《续西游记》价值不高的状况下，曲亭马琴是唯一一位早在道光年间就对《续西游记》持有正面评价的海外学者。且曲亭马琴自己不仅是评论家，也是一位创作者，身兼多重身份，他的名作《南総里见八犬伝》（《南总里见八犬传》），是日本古典文学史上最长篇的巨著，这部作品就大量借鉴模仿了中国《水浒传》的素材。勾艳军总结，"总体而言，曲亭马琴对《续西游记》表现出赞赏的批评姿态，并表达出同为稗史小说家的苦辣共鸣，其原因正如他在文中讲到的：'稗史之作，悦里巷小儿易，为君子挂齿难，世上批评稗史者多，思量作者苦心者寡。好坏暂且不提，写此百回之长物语，应羡其文华笔力。'（第二十条）的确，同为地位不高且从事改写、续写工作的稗史小说家，曲亭马琴对《续西游记》的作者表现出深切的理解与共鸣"（第206页）。这段评价不仅对《续西游记》很重要，对作为写作方法、策略的续书研究也是极其少见的资料。从中我们不难看出，藉由《续西游记》的阅读，曲亭马琴对于作为"末技"的小说地位有清醒的认知，且认为这种评价遮蔽了小说价值与作者的"苦心"。曲亭马琴对于《续西游记》和续书本身作为文学策略肯定值得关注。

简而言之，目下学界对于《续西游记》的研究是不够充分的。《续西游记》之于"西游故事"群落的文学意义是什么呢？其最显著的叙事策略有二，一是"西游故事"叙事重心的转移，二是对孙悟空形象的故意消解、使之泯然于众人的意图。

四、"西游故事"叙事重心的转移

高桂惠指出，"相较于《西游补》对人的处境的刻画，《续西游记》、《后西游记》则

---

① 据勾艳军分析，"隐微"是曲亭马琴晚年经常使用的文学批评术语，所谓隐微，"乃作者文外之深意，待百年后有知音者悟之"。

侧重在'经'的对待上：《续西游记》中妖魔多欲抢夺经担，以得其庇护。"①仅在《续西游记》一百回回目中，就出现了 27 次"经"字，"西游故事"的主旨从取经过程的克难行旅，转移至"经"本身。

《续西游记》中，"真经""经包""经卷""经担""经柜"指向了取经队伍具体取回的三十五部经书，且"经"也有了自己更具体的特性，即《续西游记》第四回神王所言："经文与耙、棒并行不得。"甚至连与之同行的禅杖也使用不得（如第五十三回，"掣杖便离了经"），与板斧也不得同行（如第八十四回，"三藏说：'徒弟们！快把此斧埋入山岗土内，莫要带他前行，这器械原与我经文不容并行的'。"）真经的用处体现为"真经到处，消灾释罪，降福延生，允为至宝""（蠹妖说经文）食尽了，必获通天彻地不老长生"（第五回）。世本《西游记》中也出现过"至宝"的符码，如太上老君的金丹、铃铛、通关文牒、锦襕袈裟、紫金钵盂都曾被称为"至宝"，唐僧的元阳也是"至宝"（"我的真阳为至宝"，《西游记》第五十五回）。所以，《续西游记》中的"真经"实际上替代了世本《西游记》中唐僧身上最被妖怪所觊觎的性质。至于这种替换为什么会发生，《续西游记》也给出了解释，第十二回赤花蛇精说，"有人说：'唐僧十世修行，吃他一块肉，成仙了道。'那时不曾捉得他。问知他近日从灵山下来，已证了仙体，不但有百灵保护，便是捉了他，也吃不得了。只是闻得他取来的真经，大则修真了道，小则降幅消灾。我等可不摄取了他的，做个至宝。"与此同时，二鼍怪偷得的照妖镜是道家法器，与这三十五卷真经也不得并行（第六十三回，"此宝即真经，不容并立。"）。所谓"替代"，就是不能并存。"西游故事"中的度亡释厄主题被道教的"长生"所替代了。经文替代了唐僧，成为了长生不老药②的象征。妖精靠"吃经"、"摄取经"来达到不死的目的其实也源自道教"服食"的方法。而与"经"相关的破坏

---

① 高桂惠.《西游记》续书的魔境——以《续西游记》为主的探讨，收入李丰楙、刘苑如主编. 空间、地域与文化——中国文化空间的书写与阐释. 台北：中研院中国文哲研究所，2002：214.

② "经"的医疗功能在《续西游记》中不止一次出现，如第二十回，唐僧给莫耐山下的聋瞽老婆子治病："三藏道：'悟空，自你去后，我便念一卷《光明经》，那婆婆眼便说看的见。又诵了一卷《五龙经》，他便叫耳听得说。'"

或捍卫行为也有了新的衍生。如：

《续西游记》第九回：

三藏听了一个"妖怪骗经"，就慌张起来道："悟空，若是妖怪来骗经，却怎么了？你快与八戒、沙僧赶上夺下来，莫着妖怪骗去，空向灵山一番劳苦！"

《续西游记》第六十九回：

那妖鹊们齐诧异起来，道："经在哪里？"行者跳出柜子，说，"我便是经。"老鹊叫："再开那经担！"只见八戒在里钻出来，道："我就是经。"沙僧也一样钻出担子来，说，"我就是经。"老鹊见了，向众鹊道："是了，是了。不差，不差。和尚是经。经是和尚。"

在《续西游记》中被物质化的"真经"，不仅仅具有了实体形态，更被放大了物质特征。如经文到了比丘僧和到彼僧手中，屡次可以被菩提珠子所替换，为的是不被妖怪偷走。经包在比丘僧和到彼僧授意下可大可小，和孙悟空的变化设计差不多。又如第四回如来对三藏所言"非人不可轻传，善士尤当钦重"，吃不到经的妖邪或其他僧人又反复要求唐僧"开经"、"看经"、或令其"抄经"，针对的都是有形有体的经，以期改变经的保存状态或唯一性，唐僧也因"诵经"有了平妖、拔苦的技能。《续西游记》中的"经"以绝对的主角面貌出现在了续书文本的意图中，唐僧甚至都不再是取经核心，取经团队所取经文才是这段取经路的最大主角，所有的取经人只是为护经而行，这是其它西游续书作品所不曾开拓的意义。它的凭据来源于何处呢？

《续西游记》故事展开的契机可能是撷取自世本《西游记》第九十九回"欲夺所取之经"的暗示：

师徒方登岸整理，忽又一阵狂风，天色昏暗，雷烟俱作，走石飞沙。但见那：一阵风，乾坤播荡；一声雷，振动山川。一个闪，钻云飞火；一天雾，大地遮漫。风气呼号，雷声激烈。闪擘红绡，雾迷星月。风鼓的尘沙扑面，雷惊的虎豹藏形，闪幌的飞禽叫噪，雾漫的树木无踪。那风搅得个通天河波浪翻腾，那雷振得个通天河鱼龙丧胆，那闪照得个通天河彻底光明，那雾盖得个通天河岸崖昏惨。好风！颓山烈石松

篁倒。好雷！惊蛰伤人威势豪。好闪！流天照野金蛇走。好雾！混混漫空蔽九霄。唬得那三藏按住了经包，沙僧压住了经担，八戒牵住了白马，行者却双手轮起铁棒，左右护持。原来那风、雾、雷、闪乃是些阴魔作号，欲夺所取之经，劳攘了一夜，直到天明，却才止息。

"夺经""护经"曾作为险难出现于《西游记》原著中，《续西游记》的发展并非无中生有。一般而言，"西游故事"的基础使命和故事核心就是玄奘取经，其它取经人只是辅佐唐僧西行。到了《续西游记》中，妖怪不再想要吃唐僧肉来长生，转而抢夺经卷，要服食仙字，这也使得世本《西游记》中的唐僧总是"担惊受怕"自己会被杀害、或被摄阳的焦虑被替代了。唐僧不再愁苦自己，转而担心自己一路辛苦会白忙一场。唐僧的使命和徒弟们的使命在此同一了。如：

《续西游记》第五回，唐僧对蠹妖哭诉：

列位善人，莫要造次扯夺。慈悲我弟子十万余里程途，十四多年辛苦取得来的……

《续西游记》第七十八回：

三藏道："徒弟呀，不是这等说。当初来时只是空身，没有挂碍，遇了妖魔要捆、要吊、要蒸、要煮，拚了一个身子！今日取经回来，万法传流尽在我们身上，干系甚大。万一有些差池，亵慢真经，岂不失了西来本义？东土永不沾恩。虽然走过许多路程，古人云：'为山九仞，功亏一篑。'以此一发要小心。"

《续西游记》围绕着"经"的续衍，实现了大量的"替代"。孙悟空的"多心"替代了世本《西游记》中唐僧的"多心"，也就替代了引难的主体；灵虚子、比丘僧与实体化的"真经""替代了"孙悟空"的护法效用；"度亡"使命，被道家求长生的"服食"欲求所替代；世本《西游记》中怕山、怕死、怕结婚的唐僧，在《续西游记》中开始怕"亵慢真经"，取经人焦虑同样被替代了。康韵梅曾爬梳《大唐大慈恩寺三藏法师传》中故事源流，认为"极度刻画法师西行所遇难堪的孤绝和多重的危难便形成了一种叙事的张力，即法师越处于孤绝和危难，越能彰显出佛法的神圣和效能。沙河的历险

便在法师不断默念观音和《心经》下,终梦大神指引①"。这种救援符码在《西游记杂剧》中体现得最为鲜明,一直延续到世本《西游记》中,《续西游记》将南海观音的救援作用移除了。作为圣灵显像的"经"文与可被俗人所抄誊、甚至可被妖邪觊觎服食的"经"字都面临着神圣意义的解构与降格。如果如刘琼云所言,《西游记》中的经文"从无字真经到有字真经的降格"②。取经人在《续西游记》中总是"守着经柜",防止经文的丧失和破坏,因为这是艰辛西行的功果象征。奇怪的是,正邪双方并没有要争夺经文"意义"的主权,也不关心"意义"的发生。道士讲佛经头头是道,妖精取用佛经尚且讲究一个"礼"(如《续西游记》第十四回,赤蛇妖说"非焚香不可展开看阅,非斋戒不可造次课诵"),讽刺之笔可见一斑。

五、反噬悟空形象的深意

李前程认为,"《续西游记》不仅是对原著通篇的批判,对待猴王的态度更是尤为严厉",这是显而易见的,他进而指出,"猴王逐渐被驯服:他从一个掌有神力的超凡人物(larger-than-life)最终泯为众人,但也习得了正道。猴王既是这段旅程的灵魂,亦打开了原著的另一个世界,但若猴王不再是过往的模样,我们不免疑惑,究竟还留存着多少西游记的影子:可以说,小说偏离西游记太远,被称为反西游记(anti-xiyouji)亦不为过。尽管如此,作者所提到的问题是相当重要的,尤其是小说宣扬的平和主义(pacifism),还有对猴王嬗变(transformation)及其狡猾头脑的鄙夷(disdain)"③。由此,孙悟空成为了续书教谕的牺牲者与奉献者。

《续西游记》第七十八回:

行者只听得一句"又要寻个和尚作奇肴",暗忖道:"此必是妖魔要捉我等蒸煮。

① 康韵梅. 从文本演绎历程论《西游记》文学经典意义之形成,收入于郑毓瑜主编. 文学典范的建立与转化. 台北:学生书局,2011:18.

② 刘琼云. 圣教与戏言——论世本《西游记》中意义的游戏,中国文哲研究集刊,2010,36:26.

③ 李前程. 猴形象的变化(Transformations of Monkey:Xiyouji Sequels and the Inward Turn),自译,收入于黄卫总主编. 蛇足:中国小说传统中的续书和改编. 第58页.

我如今没有了金箍棒，又不敢背了师父不伤生之心，只得隐忍……。"

《续西游记》从外部不断削弱着孙悟空能术的力量，令孙悟空"只得隐忍"。与此同时，孙悟空三次重回灵山偷盗金箍棒的情节设计，其实也凸显了续书作者对于"西游故事"的理解和发挥，倾向于认为在西行之路上孙悟空降妖除魔主要靠的是金箍棒（暴力）。《续西游记》将世本《西游记》武器和机变的作用放大了，认为这是不符合佛教理念的设置。如《续西游记》第三回如来佛对于金箍棒就有直接的责备："吾正为汝恃这一根金箍棍棒，亵渎了多少圣灵，毁伤了无限精灵"，金箍棒在此成为了杀伐的图腾。

《续西游记》不提"斗战胜佛"，却也不见了限制孙悟空暴力实施的"紧箍儿咒"。《续西游记》中能够制服孙悟空的不再是唐僧，而是戒除机变的劝导。无论这些劝导是来自于神王、灵虚子、比丘僧还是孙悟空自己，为的是让他彻底放弃"机变心"。《续西游记》似乎为我们提供了一个"隐微"的注释，即西行时唐僧的确是需要孙悟空的暴力和机变心保护的，但东归时唐僧对妖邪的吸引力已被经文所替代，经文并不需要暴力和机变心的守护。

李前程所言的"反西游记"不无道理，《续西游记》其实主要反的就是孙悟空。反孙悟空的主体力量是谁？比丘僧和灵虚子虽然分解了孙悟空的能力，却没有妨碍悟空发挥作用，并不是由他们没收了孙悟空的金箍棒，他们也没有能力阻止孙悟空动机变心，与孙悟空相似的是，灵虚子经常表现出慨叹和无奈，与对"不得不机变"谅解地批判。如真复居士《续西游记序》所言，"助登彼岸"、"还返灵虚"是两个新人物真正的意涵。当这佛界圣地、终极彼岸的名色符码随行取经人，也照应了真复居士所言的"即经即心，即心即佛"、照应了《续西游记》第六十九回行者、八戒、沙僧所言："我就是经"的指涉。《续西游记》中取经人不断问路，殊不知圣路一直尾随着他们。只是他们的心路上仍然匍匐妖邪。世路又为感官上的惫懒、酸疼、饥饿所牵累。《续西游记》中的取经人要比在世本中更多的抱怨东归之路的辛苦疲惫。

到了第九十二回，孙悟空连"拔毛机变"都戒除了，彻底成为一个普通的僧人。白保罗（Frederick Brandauer）曾经在《西游小说中的暴力与佛教理想主义》

(Violence and Buddhist Idealism in the Xiyou Novels)①一文中借《西游记》、《西游补》、《后西游记》三个文本讨论到"西游故事"中的暴力问题。他提出了一个非常尖锐的观点,即为什么这三部"西游故事"明明是佛教背景的小说,却充满了打斗、血腥的暴力场面。《续西游记》被排除考察这一组文本之外,恐怕是因为它是这个故事群落中唯一真正、明确反对暴力的作品。也正因如此,小说变得不那么精彩,它的文学评价反而是三部作品中最低的。

在这篇少有人提及的文章里,白保罗认为,"西游记的读者会发现这些作品相当引人思考,这些作品持续地以独特的佛教视角,展开对生命及世界的关照,就叙述内容而言,它却描绘了某些在中文小说传统中最为暴力的行为。诚然,中文小说素来映照现实生活的人生百态,对暴力的相关描述理当被期待纳入其间。而这些诉诸暴力的中文小说,也正是藉其独特的叙述风格,得以在其他伟大的世界文学传统中占据一席之地,然而,由于这些作品主要由佛教的信仰体系所支撑,对其更合理的期待或许是少一些对暴力的着墨,挹注更多篇幅传递和平的讯息"②。他指出,"许多《西游记》读者最开始阅读文本的时候都是孩提时,毫无疑问认为(暴力)首先是一种具有想象力的素材,就算不完全是,也是为了小说的娱乐价值。"③正因如此,西游故事中的暴力元素被娱乐性遮掩了。显然,《续西游记》渴望读者们严肃地注意到这个问题,并且严厉批判这种在佛教系统中混入暴力元素的小说叙事方式。而《续西游记》的作者采取的续书策略是针对孙悟空而来,通过彻底削弱他的力量,而不是通过别的方式,解决这个问题。

《续西游记》对孙悟空人物形象的"反噬"付出了很大的代价,使得孙悟空泯然于众人,甚至谁都可以变成他,护经人、取经人、妖邪可以变成孙悟空和其他任何取

———————

① Violence and Buddhist Idealism in the Xiyou Novels,收入于"*Violence in China：Essays in Culture and Counterculture*", Edited by KipmanJonathan N. and Harrell Stevan. , University of New York Press, 1990. pp. 115 - 148.

② [美]白保罗. 西游小说中的暴力与佛教理想主义,自译,第 115 页.

③ [美]白保罗. 西游小说中的暴力与佛教理想主义,自译,第 119 页.

经人,对孙悟空的形象破坏可见一斑。《续西游记》第一百回蝠妖变成唐僧时说:"当年妖怪怕我徒弟孙行者,如今的妖怪不怕我那徒弟孙行者。"孙悟空丧失了武力、丧失了威信,反噬也表现为一种惩罚。东归朝圣之后的情节,《续西游记》着墨极少,只写了取经人重归灵山成佛,不分佛号,也无加冕仪式。可见为取经队伍最终的去阶级化,也是《续西游记》的书写目的之一。西行不再是一种提升意象,相反为西游故事脉络增衍了一组冗长的平移,将取经人去差别化。

六、结论

对于明末清初的《西游记》续书而言,《续西游记》是唯一一部对"底本"提出问题的作品,由"底本"问题,也对续书研究中文学价值的评价标准提出了质疑。在《续西游记》的传播史上,曾经出现过一场有趣的文学讨论,表面上看似在为《续西游记》考证作者,实际却存在有文学之外的利益较量。在《续西游记》的海外研究中,白保罗与曲亭马琴反而去除了偏见,对续书的价值做出了高于国内普遍评价的肯定。而《续西游记》本身也通过叙事使命的转移、对主要人物的反噬实现了续作的野心。这些都将为未来的"西游故事"研究带来启迪。

《西游记》刊印研究资料索引①

程国赋　郑子成②

　　一、本索引所收范围主要包括以下几个方面：1. 中国历代参与《西游记》刊印的书坊（或书局）及书坊主研究。2.《西游记》刊刻与传播研究。3.《西游记》版本研究。4. 与《西游记》刊印密切相关的刊印机构、刻书家及刻书家族、刊印地域、刊印版式刊印技术、写工、画工、刻工、印工、小说销售版画序跋等研究成果酌情收录。5. 少数《西游记》抄本与刻本关系密切，相关研究成果亦酌情收录。作者研究、题材研究、叙事研究等与本书关系不大的研究成果一般不在本书收录之列。

　　二、第一部分"《西游记》研究著作"收录以《西游记》为研究对象的相关著作，以初版年份为序，同一年内出版的著作则以著作名音序排列，少数著作初版时间失考，则以可考最早出版年份为准。初版以外，除有增订，不另收录。不同作者之间以顿号相隔，若有多个作者，则列前三位并加"等"字；作者与译者（或整理者）之间以分号相隔。

　　三、第二部分"相关著作"分"古代著作"和"现当代著作"两类，收录小说研究以外的著作"古代著作"先区分朝代先后，再根据出版年份排列。格式及排序同上。

　　四、第三部分"学位论文"分"博士论文"和"硕士论文"两类，以答辩年份为序，同年则以论文题目音序排列。

　　五、第四部分"单篇论文"，以小说成书时代或研究对象所处时代分类（主要参

　　①　基金项目：本文系 2015 年国家社科基金重大项目《中国历代小说刊印文献汇考与研究》阶段性成果。

　　②　程国赋，暨南大学文学院院长、教授、博士生导师。广东省高校"珠江学者"特聘教授，教育部"长江学者"特聘教授，国家"有突出贡献中青年专家"。郑子成，暨南大学博士。

考《中国古代小说总目提要》（朱一玄等，人民文学出版社 2015 年版），"明代以前"为一类，"明代""清代"、"近代"各为一类，若研究对象涉及两个及以上的朝代则归于"综论"；明清两代的经典作品亦各为一小类，以音序排列。个别论文涉及两个或两个以上的专题，则在几个条目下同时收录。以论文出版年份及期数先后为序，连载论文则按第一篇发表时间为准，期数相同者以论文题目音序排列；专著中析出的文献放在每年最前面。不同作者间以顿号相隔，作者与译者间以分号相隔。所录各大学报均为社会科学版，故不做标注。

六、第五部分"外国论著"分"欧美论著"、"日本论著"及"其他国家论著"三类。收录学者在海外出版社出版的著作、在海外报刊发表的文章以及在海外高校完成的学位论文。"欧美论著"以论著出版年份及期（辑）数先后为序，同年之中，专著在前，其次为学位论文，最后为期刊论文，同期者按作者姓名音序排列。文献类型在题目后标注，［J］为期刊论文，［D］为学位论文，［M］为论著。"日本论著"除出版年份及期数相同者按论著题目音序排列外，排序方式同上。在文字收录上则尽量保持原貌，以便于读者进一步检索利用。"其他国家论著"以论著出版（答辩）年份先后为序，在出版单位前以括号标注国家，同年之中按音序先后排列。

七、本索引所搜集的资料，自 1990 年起，至 2016 年底，以中国大陆地区论著为主，兼收部分港台地区以及海外相关论著。涉及港台地区的出版机构、报刊、高校，前以（港）（台）注明。

八、索引的资料来源，包括中国期刊全文数据库，全国报刊索引数据库，台湾学术文献数据库（人社版），中国古代小说研究网，海内外各大高校、研究机构的电子资源，中国人民大学书报资料中心《中国古代近代文学研究》，于曼玲《中国古典戏曲小说研究索引》（广东高教出版社 1992 年版），京都大学《中国文学报.最近文献目录》，各种文学、史学论著、研究综述、论文索引等。欧美汉学家的中英文名主要参考匹兹堡大学东亚图书馆张海惠研究员"Chinese Studiesin North America Research and Resources"课题的附录：English/Chinese Comparison Table for Names of Chinese Studies Scholars［北美中国研究学者英中姓名对照］。

一、《西游记》研究著作

《三国水浒与西游》,李辰冬,大道出版社 1945 年版

《吴承恩和〈西游记〉》,兆明,中华书局 1963 年版

《吴承恩和〈西游记〉》,王俊年,北京人民出版社 1973 年版

《西游记释义》,陈敦甫,(台)全真教出版社 1976 年版

《吴承恩和西游记》,胡光舟,上海古籍出版社 1980 年版

《西游记探源》,郑明娳,(台)文开出版事业股份有限公司 1982 年版

《西游记探微》,赵天池,(台)巨流图书公司 1983 年版

《〈西游记〉资料汇编》,朱一玄、刘毓忱,中州书画社 1983 年版

《西游补初探》,傅世怡,(台)台湾学生书局 1985 年版

《西游记及明清小说研究》,苏兴,上海古籍出版社 1989 年版

《西游新解》,吴圣昔,中国文联出版公司 1989 年版

《西游记研究资料》,刘荫柏,上海古籍出版社 1990 年版

《西游记考论》,李时人,浙江古籍出版社 1991 年版

《西游记论要》,刘勇强,(台)文津出版社 1991 年版

《西游记新话》(评介丛书),钟婴,辽宁教育出版社 1992 年版

《西游新证》,吴圣昔,新疆大学出版社 1993 年版

《西游记考论》,张锦池,黑龙江教育出版社 1997 年版

《西游记版刻图录》,江苏广陵古籍刻印社,江苏广陵古籍刻印社 1999 年版

《〈西游记〉成书研究》,蔡铁鹰,中国文联出版社 2001 年版

《探索西游记与镜花缘》,周芬伶,(台)台湾"商务印书馆"2006 年版

《〈西游记〉的诞生》,蔡铁鹰,中华书局 2007 年版

《〈水浒〉〈西游〉探源:世德堂古典小说研究丛稿》,侯会,学苑出版社 2009 年版

《西游记资料汇编》,蔡铁鹰,中华书局 2010 年版

《〈西游记〉版本源流考》，曹炳建，人民出版社 2012 年版

《〈西游记〉传播研究》，胡淳艳，中国文史出版社 2013 年版

《西游故事生成与传播研究》，李蕊芹，许勇强，中国文史出版社 2013 年版

二、学位论文

（一）博士论文

《西游记》探源，郑明娳，（台）台湾师范大学，1981 年

《西游记》论要，刘勇强，北京大学，1988 年

游词余韵，妙趣为文：世德堂本《西游记》韵文文本研究，冯大建，南开大学，2008 年

明代刊本《西游记》图文关系研究，杨森，上海大学 2012 年

中国古代小说在越南：以《三国演义》《水浒传》《西游记》为中心，黎亭卿，华东师范大学，2013 年

明末清初《西游记》再书写研究，张怡微，（台）政治大学 2016 年

（二）硕士论文

《西游记》研究，吴璧雍，（台）台湾师范大学，1980 年

《西游记》文本的传播与接受，苏静，武汉大学，2005 年

建阳刻本：朱鼎臣《唐三藏西游释厄传》与杨致和《西游记传》的研究，苏爱琴，福建师范大学，2007 年

明末清初《西游记》续书研究，左芝兰，四川大学，2007 年

晚明小说审美与大众阅读兴趣：以《西游记》为例的考察，刘志凤，南昌大学，2007 年

《西游记》的视觉传播研究，邵杨，浙江大学，2009 年

《西游记》文本在明代的传播与接受，徐超鹏，湖南师范大学，2009 年

明清时期《西游记》的传播，王大元，扬州大学，2010 年

三、单篇论文

（一）明代以前

关于"唐三藏取经诗话"，鲁迅，《中学生》1931 年第 12 期

（二）明代

古本《西游记》校读后记，汪原放，《亚东图书馆馆刊》1921 年

《西游记》考证，胡适，《读书杂志》1922 年第 6 期

读《西游记考证》，董作宾，《读书杂志》1922 年第 7 期

《西游记》考证，胡适，《努力周报·读书杂志》1923 年第 6 期

四游记杂识，赵景深，《文学周报》1929 年第 8 期，又收入《小说闲话》，北新书局 1937 年版

《西游记》玄奘弟子故事之演变，陈寅恪，《国立中央研究院历史语言研究所集刊》1930 年第 2 期

跋四游记本的西游记传，胡适，《国立北平图书馆馆刊》1931 年第 3 期

驳《跋销释真空宝卷》，俞平伯，《文学》1933 年创刊号

西游记的演化，郑振铎，《文学》1933 年第 4 期

《西游记》杂谈，赵景深，1937 年

西游记的再认识（上、下），李辰冬，《学生之友》1941 年第 1、2 期

关于西游记江流僧本事，台静衣，《文史杂志》1941 年第 6 期

"西游记"研究，袁圣时，（台）《台湾文化》1948 年第 1 期

关于《西游记》的版本，张左，《文学书刊介绍》1954 年第 8 期

论《西游记》的第九回问题，黄肃秋，《文学书刊介绍》1934 年第 8 期

论"西游记"，李祐，《湖南师院学报》1957 年第 2 期

谈《西游记平话》残文，赵景深，《文汇报》1961 年 7 月 8 日

关于《两游记》的几个问题，苏兴，《文学遗产》（增刊）1962 年第 10 期

四游记的明刻本：伦敦所见中国小说书目提要之一，（澳）柳存仁，（港）《新亚

学报》1963 年第 2 期

西游记的版本的源流及其异同,赵聪,收入《中国四大小说之研究》,(港)友联出版社 1964 年版

西游记祖本考的再商榷,(英)杜德桥(Dudbridge,Glen),(港)《新亚学报》1964 年第 2 期

再谈西游记的版本,赵聪,《华侨日报》1964 年 10 月 14 日

韩国流传之西游记平话遗本,罗锦堂,(港)《Journal of Oriental Studies》1969 年第 2 期

四游记有无明刻本,(澳)柳存仁,收入《论今人研究中国小说之得失》,(港)孟氏出版公司 1972 年版

跋唐三藏西游释厄传,(澳)柳存仁,收入《伦敦所见中国小说书目》,(台)凤凰出版社 1974 年版

百回本西游记及其早期版本(上、下),(英)杜德桥(Dudbridge,Clen),(台)《中外文学》1977 年第 9、10 期

读《四游记》,赵景深,收入《中国小说丛考》,齐鲁书社 1980 年版

国内发现明刊李卓吾评《西游记》,梦南,《文学遗产》1980 年第 2 期

谈谈《西游记》的一些问题:一九五五年三月二十七日在北京图书馆的讲演(提纲),严敦易,《文献》1981 年第 2 期

大唐三藏取经诗话成书时代考辨,李时人,蔡镜浩,《徐州师院学报》1982 年第 3 期

《大唐三藏取经诗话》写作时代蠡测,刘坚,《中国语文》1982 年第 5 期

《西游记》祖本考的再商榷,(英)杜德桥(Dudbridge, Clen),《中国古代小说研究:台湾香港论文选辑》,上海古籍出版社 1983 年版

重评朱鼎臣《唐三藏西游释厄传》的地位和价值,陈新,《江海学刊》1983 年第 1 期

略论吴承恩《西游记》中的唐僧出世故事,李时人,《文学遗产》1983 年第 1 期

失而复得倍觉亲：李卓吾评本《西游记》简介,邓平、式宁,《江海学刊》1983 年第 1 期

杨志和《西游记》摭谈,苏兴,《文学遗产》1983 年第 2 期

西游记若干情节的本源五探,曹仕邦,(台)《书目季刊》1983 年第 4 期

有关《西游记》的几个问题(上、下),张静二,(台)《中外文学》1983 年第 5、6 期

《西游记》的接纳与流传：以明代正德到崇祯年间为中心,(日)矶部彰;王孝廖,《中国古典小说研究专集》1983 年第 6 期

论西游记三版本间之关系,郑明俐,《中国古典小说研究专集》1983 年第 6 期

两部《西游记》比较谈,李忠昌,《社会科学辑刊》1984 年第 1 期

西游记若干情节的本源七探,曹仕邦,(台)《书目季刊》1985 年第 1 期

《西游记》的原本及其改作,(日)小川环树;胡天民,《明清小说研究》1985 年第 1 期

《西游记》的原本及其改作,(日)小川环树;赵博源,《中国古典文学丛考》1985 年第 1 期

《西游记》校者"华阳洞天主人"新考,陈澉,《明清小说研究》1985 年第 2 期

明刊朱鼎臣《唐三藏西游释厄传》,李时人,《明清小说论丛》1985 年第 3 期

后西游记略论,林保淳,(台)《中外文学》1985 年第 5 期

全真教和小说《西游记》(一至五),(澳)柳存仁,(港)《明报月刊》1985 年第 5 至 9 期

略谈《唐三藏西游释厄传》,程弘,《光明日报》1985 年 6 月 4 日

谈《李卓吾先生批评西游记》的板刻,苏兴,《文献》1986 年第 1 期

"四游记"版本考,李时人,《徐州师范学院学报》1986 年第 2 期

《鼎镌全相唐三藏西游释厄传》自身所揭示的几个问题,姚政,《明清小说研究》1986 年第 3 期

再论《西游记》的版本源流,陈新,《明清小说研究》1986 年第 3 期

百回本《西游记》的前驱：评朱鼎臣《西游释厄传》,陈君谋,《上海师大学报》

1986 年第 4 期

由重出诗探讨西游记与封神演义的关系,(美)康土林(Nicholas-Koss);吕健忠,(台)《中外文学》1986 年第 11 期

《西游记》祖本问题新论,方胜,《贵州文史丛刊》1987 年第 1 期

《西游记》与元明清宝卷,刘荫柏,《文献》1987 年第 4 期

西游记简本阳、朱二本之先后及简繁本之先后,(澳)柳存仁,(台)《汉学研究》1988 年第 1 期

善取善创,别开生面:《西游记》续书略论,陈惠琴,《明清小说研究》1988 年第 3 期

熊云滨与世德堂本《西游记》,方彦寿,《文献》1988 年第 4 期

《西游记》版本源流探幽,陈澂,《北方论丛》1988 年第 6 期

《西游记》祖本新探,邢治平等,《新疆社会科学》1988 年第 6 期

《西游记》的源流、版本、史诗与寓言(上、下),(美)余国藩,(Yu, Anthony C.)、李奭学,(台)《中外文学》1988 年第 6、7 期

《西游记》祖本新探,古月,《甘肃社会科学》1989 年第 2 期

《取经诗话》的成书及故事系统:孙悟空形象探源,蔡铁鹰,《明清小说研究》1989 年第 3 期

关于《西游记》的祖本和主旨问题,金有景,《南都学坛》1989 年第 4 期

关于《西游记》祖本问题的思考,熊秉尧,《内江师专学报》1990 年第 1 期

现存世德堂本《西游记》是否即熊云滨重刻本的探讨,苏兴,《文献》1990 年第 1 期

略论《西游记》续书三种:《续西游记》《西游补》《后西游记》考略,石麟,《明清小说研究》1990 年第 2 期

评《关于〈西游记〉的祖本和主旨问题》,吴圣昔,《南都学坛》1991 年第 1 期

回目对读的发现和启示:《西游记》版本研究之一,吴圣昔,《明清小说研究》1991 年第 2 期

《西游记》阳本是吴本"雏形"吗，吴圣昔，《盐城师专学报》1991 年第 2 期

《西游证道书》"原序"是虞集所撰吗：虞集《西游记序》真伪探考，吴圣昔，《明清小说研究》1991 年第 3 期

论《西游记》的成书，徐朔方，《社会科学战线》1992 年第 2 期

《西游记》第七回研究，苏兴，《社会科学战线》1992 年第 2 期

"大略堂《释厄传》古本"之谜试解，吴圣昔，《明清小说研究》1992 年第 3、4 期合刊

世德堂本《西游记》的夹批及其版本意义，吴圣昔，《淮阴师专学报》1992 年第 4 期

《西游记》研究，江津，收入《社会科学争鸣大系（1949—1989）：文学·艺术·语言卷》，上海人民出版社 1993 年版

从须菩提看《西游记》的创作思路，陈洪，《文学遗产》1993 年第 1 期

论《西游记》的原本和原作者，（美）余国藩（Yu，Anthony C.）；赵鑫虎，《伊犁师范学院学报》1993 年第 3 期

董说《西游补》考述，徐江，《中国社会科学院研究生院学报》1993 年第 4 期

西游记考证（三题），马旷源，《楚雄师专学报》1993 年第 4 期

《西游记》四题，竺洪波，《宁波师院学报》1993 年第 4 期

《西游记》祖本新探，王辉斌，《宁夏大学学报》1993 年第 4 期

关于《西游记》研究的几个问题，杨俊，《社科信息》1993 年第 6 期

《西游记》成书于蕲春，童德彦，《新华文摘》1993 年第 8 期

《西游记》质疑，张静二，（台）《中外文学》1993 年第 12 期

记味潜斋石印本《新说西游记图像》：附记《古本小说集成》本《新说西游记》，苏兴、苏铁戈、苏壮歌，《社会科学战线》1994 年第 4 期

两部神魔小说成书先后考：《西游记》成书过程新探之二，刘振农，《中国人民警官大学学报》1995 年第 1 期

李评本二探，吴圣昔，《明清小说研究》1995 年第 2 期

《西游证道书》杂考二题,吴圣昔,《文教资料》1995 年第 2 期

《证道书》白文是《西游记》祖本吗:与王辉斌《〈西游记〉祖本新探》商榷,吴圣昔,《宁夏大学学报》1995 年第 2 期

关于《二郎搜山图》,黄永年,《中国典籍与文化论丛》1995 年第 3 期

"华阳洞天主人"与《西游记》,杨俊,《明清小说研究》1995 年第 3 期

世本陈《序》的信息价值和疑歧透视:《西游记》版本研究之一,吴圣昔,《明清小说研究》1995 年第 3 期

《西游记》世本三题,吴圣昔,《古籍整理研究学刊》1995 年第 5 期

黄周星与《西游证道书》的新资料,(美)魏爱莲(Widmer,Ellen),收入《'93 中国古代小说国际研讨会论文集》,开明出版社 1996 年版

《朴通事谚解》与《西游记》平话,李伟实,《文史知识》1996 年第 2 期

《西游记》札丛(一、二),吴圣昔,《文教资料》1996 年第 3、5 期

从"乌鸡国"的增插看《西游记》早期刊本的演变,侯会,《文学遗产》1996 年第 4 期

宗教光环下的尘俗治平求索:论世本《西游记》的文化价值,张锦池,《文学评论》1996 年第 6 期

关于《西游记》祖本的再探讨:吴圣昔评文驳论,王辉斌,《宁夏大学学报》1997 年第 1 期

论《西游记》续书,郭明志,《学习与探索》1997 年第 1 期

说朱本是晚于世本和杨本的三缀本:《西游记》版本源流考论之二,张锦池,《北方论丛》1997 年第 1 期

《西游记》的宗教文字版本问题,陈洪,《运城高专学报》1997 年第 1 期

《西游释厄传》综考辨证录:兼谈王辉斌的"西游释厄传"论,吴圣昔,《宁夏大学学报》1997 年第 1 期

《西游记》"世补本"补说,侯会,《文学遗产》1997 年第 2 期

《西游记》版本探索,程毅中、程有庆,《文学遗产》1997 年第 3 期

关于《西游记平话》的几点考辨,李正民、宋俊玲,《晋阳学刊》1997年第3期

《西游记》西海龙王大名之失（外一题）,吴圣昔,《明清小说研究》1997年第4期

论《西游记》的前世本,吴圣昔,《临沂师范学院学报》1997年第5期

《西游记》小话,吴圣昔,《明清小说研究》1998年第2期

评李安纲《西游记》论的版本基础,吴圣昔,《山西大学学报》1999年第2期

《西游记》乌鸡国故事"增插"说辨证,吴圣昔,《明清小说研究》1999年第2期

关于吴承恩《西游记》祖本问题:兼与吴圣昔先生商榷,陈新,《文教资料》1999年第4期

谈《西游记》故事的演变,陈辽,《古典文学知识》1999年第4期

《西游记》版本浅说,吴圣昔,《古典文学知识》1999年第4期

原本不迷,解而益迷:与李安纲商榷,郑文,《第二届全国西游记文化学术研讨会论文集》1999年8月

知其一不知其二则迷:与郑文先生商榷,潘慎,《第二届全国西游记文化学术研讨过会论文集》1999年8月

论《西游记》鲁本和周本信息的异同性,吴圣昔,《上海大学学报》2000年第2期

《西游记》鲁府本指秘:兼谈登州府本之真相,吴圣昔,《明清小说研究》2000年第2期

《西游记》源流版本问题之我见:致陈新先生,吴圣昔,《文教资料》2000年第2期

《西游记》元批评发微,龚际平,《明清小说研究》2000年第2期

《西游记》成书过程探讨:从福建顺昌宝山的"双圣神位"谈起,齐裕焜,《福州大学学报》2000年第3期

《大唐三藏取经诗话》的成书时代与方言基础,袁宾,《中国语文》2000年第6期

也谈《西游记》的版本次第：评沈承庆先生《话说吴承恩》中的版本论述，李安纲，《山西大学学报》2001年第4期

《西游记》版本研究的共同坐标：试以"词话本→前世本→世本"三者关系为基点，吴圣昔、吴惟，《南京师大文学院学报》2002年第2期

《西游记》佚本知多少，吴圣昔，《古典文学知识》2003年第2期

论《西游记》与全真教之缘，陈洪、陈宏，《文学遗产》2003年第6期

从《至元辨为录》到《西游记》，胡小伟，《河南大学学报》2004年第1期

《心经》与"心猿"，程毅中，《文学遗产》2004年第1期

《西游记》朱、杨二本关系论，曹炳建、张彩丽，《明清小说研究》2004年第1期

《二郎宝卷》与小说《西游记》关系考，陈宏，《甘肃社会科学》2004年第2期

《二郎搜山图歌》与《西游记》，钟扬，《明清小说研究》2004年第2期

《西游证道书》成书年代考，王裕明，《明清小说研究》2004年第4期

杨闽斋《新镌全像西游记传》版本研考（上、下），吴圣燮，《明清小说研究》2004年第4期、2005年第4期

辨别《西游记》版本源流的语言依据，暴拯群，《中共郑州市委党校学报》2005年第2期

《西游补》所附"杂记"考辨，高玉海，《古籍整理研究学刊》2005年第2期

民国石印本《西游真诠》的变异：《西游记》版本中的一个案例分析，胡淳艳，《水浒争鸣》2005年第8期

董斯张《西游补》原本十五回考，傅承洲，《文献》2006年第1期

两套西游故事的扭结：对《西游记》成书过程的一个侧面考察，苗怀明，《明清小说研究》2007年第1期

尘故庵藏《西游记》版本述略，宁稼雨，《淮海工学院学报》2007年第2期

关于《西游记》世德堂百回本的创新意义，胡胜，《北京师范大学学报》2007年第2期

《朴通事谚解》与《西游记》形成史问题，石昌渝，《山西大学学报》2007年第

3 期

清刻《西游真诠》版本研考：《西游记》版本史之一，吴圣燮，《明清小说研究》2007 年第 4 期

探寻迷失的古道荒径：金元新道教与《西游记》成书之关系，王增斌，《明清小说研究》2007 年第 4 期

《西游记》、《金瓶梅》有关资料蠡测，苏铁戈，《明清小说研究》2007 年第 4 期

虞集《〈西游记〉序》考证，石钟扬，《明清小说研究》2007 年第 4 期

论《西游记》传播源流的南北系统：兼答蔡铁鹰先生，徐晓望，《东南学术》2007 年第 5 期

明朝后期《西游记》的集大成及其传播，（日）矶部彰；黄毅，《中国文学研究》（辑刊）2007 年第 8 期

以明清民间宗教宝卷考察《西游记》的版本演变，万晴川，《中国文学研究》（辑刊）2007 年第 8 期

从"己巳"纪年错误看《西游记》唐传的删落与版本流变，曹炳建，《明清小说研究》2008 年第 2 期

闽斋堂本《西游记》渊源初探，胡胜，《文学遗产》2008 年第 2 期

神性、物性与人性的结合：《西游记》小说版画的发展，胡淳艳，《艺苑》2008 年第 3 期

女儿国的变迁：《西游记》成书——一个"切面"的个案考察，胡胜，《明清小说研究》2008 年第 4 期

《西游记》在明代的文本传播，李蕊芹，《社会科学辑刊》2008 年第 5 期

《唐僧取经图册》探考，曹炳建、黄霖，《上海师范大学学报》2008 年第 6 期

《西游记》在清代的文本传播，许勇强，《社会科学家》2008 年第 10 期

明清时期《西游记》世德堂本及简本的传播，苏静，《明代文学与科举文化国际学术研讨会论文集》2008 年 11 月

从回目的比勘试探《西游记》版本问题，李小龙，《明清小说研究》2009 年第

1 期

金陵插图与《西游记》传播：兼谈金陵、徽州、建阳插图异同,乔光辉、郭威,《淮海工学院学报》2009 年第 2 期

《西游记》世德堂本研究二题,曹炳建,《东南大学学报》2009 年第 2 期

从明清金陵、苏州版画的演变观其风格的同异,周亮,《江南大学学报》2009 年第 3 期

《西游记》李评本成书考,黄玲贵,（台）《有凤初鸣年刊》2009 年第 4 期

论《西游记》故事的图像传播,孔庆茂,《江西社会科学》2009 年第 10 期

论《西游记》校改者唐鹤征：读陈元之序（一）,胡令毅,《昆明学院学报》2010 年第 1 期

《西游记》的传播与经典化的形成,陈宏,《文学与文化》2010 年第 3 期

世德堂刊本《西游记》传本考述,（日）上原究一,《文学遗产》2010 年第 4 期

坊刻的传播方略：以《西游记》为中心,朱燕、徐宝丰,《河北学刊》2010 年第 5 期

《西游记》的成书与俗讲、说话,张同胜,《中国古代小说戏剧研究》2010 年第 7 期

《西游记》现存版本系统叙录,曹炳建,《淮海工学院学报》2010 年第 10 期

《西游记》佚本探考,曹炳建,《明清小说研究》2011 年第 2 期

多源与多义：从成书过程看世本《西游记》文本的多义性,冯大建,《明清小说研究》2011 年第 4 期

《西游证道大奇书》及其相关问题,赵红娟,《文献》2011 年第 4 期

《李卓吾先生批评西游记》插图对版本考订的价值,杨森,《艺术探索》2011 年第 5 期

世德堂本《西游记》与《目连救母劝善戏文》的互文研究,杨森,《徐州师范大学学报》2011 年第 6 期

丹青妙手镌图像 幽艳恢奇演"西游"：论"杨评本"在"西游"故事演进中的地

位,杨森,《明清小说研究》2012 年第 1 期

明清时期《西游记》评点本的传播,苏静,《长江学术》2012 年第 3 期

金陵世德堂本《西游记》插图之于文本接受,乔光辉,《中国美术研究》2012 年第 4 期

沉情于文本之内,化境于图像之外:《李卓吾先生批评西游记》插图文人画特点,杨森,《艺术探索》2012 年第 5 期

抽象与世俗:建本《西游记》插图的文本接受,乔光辉,《东南大学学报》2013 年第 1 期

明代古本《西游记》与《目连戏》"图—文"互文性研究,杨森,《文学与图像》2013 年第 2 期

世德堂本《西游记》与《西洋记》"语—图"互文研究,陈晓,《明清小说研究》2013 年第 3 期

世德堂本《西游记》插图艺术特点,陈晓、杨森,《文艺评论》2013 年第 10 期

"图—文"互文视野下的《李卓吾先生批评西游记》插图"顷间"研究,杨森,《明清小说研究》2014 年第 1 期

浅析《西游记》明代插图本对孙悟空性格的阐释:以孙悟空的"跪拜"为例,张鹏、张祝平,《现代语文》2014 年第 1 期

新见巴黎藏明刊《新刻全像批评西游记》考,潘建国,《文学遗产》2014 年第 1 期

《西游记》古今刊本中唐僧家世的比勘,李洪甫,（台）《书目季刊》2014 年第 3 期

《西游记》"前世本"臆探,许振东,《河北学刊》2014 年第 3 期

《西游记》世德堂与李评本插图阐释的不同,张鹏、张祝平,《衡水学院学报》2014 年第 3 期

董说《西游补》的版本、序跋考辩,韩洪举,《浙江师范大学学报》2014 年第 5 期

"李贽批评本"《西游记》的几个问题,王辉斌,《南阳师范学院学报》2014 年第

7 期

《西游真诠》翠筠山房本与书业堂本图赞比较研究,李慧、张祝平,《现代语文》2014 年第 11 期

《西游原旨》成书考,张莹、郭健,《图书馆杂志》2015 年第 3 期

重新整理《西游记》补录唐僧家世的三个问题,沈海玲、李洪甫,《淮海工学院学报》2015 年第 12 期

甘肃地区"唐僧取经图"与《西游记》,霍志军,《明清小说研究》2016 年第 2 期

《朴通事谚解》及其所引《西游记》新探,潘建国,(港)《岭南学报》(复刊)2016 年第 6 期

四、外国论著

(一)欧美论著

Dudbridge, Glen. The problem of Xi You Ji and its early versions: a reappraisal *New Asia Journal*, 1964, 6(2).

Hegel, Robert. Picturing the Monkey King: Illustations of the 1641 Novel Xiyou bu. *The Art of the Book in China*, *Colloquies on Art&Archaeology in Asia*, 2006, 23: 175-191.

(二)日本论著

西遊記における呉承恩の改作,小川環樹,《東光》第 8 號 1949 年 3 月

西遊記の傳本,田中巖,《横浜国立大学論叢・人文科学研究》第 8 卷第 3 號,1957 年 5 月

東京所見「西遊記」の諸本について(一)(二)(三),鳥居久靖,《中國古典文學全集》月報第 17、18、19 號,1959 年 8、9、10 月

「新刻出像官板大字西遊記」記録補訂,鳥居久靖,《書誌学》第 13 號,1959 年

西遊記の成立について一仏教説話を中心に,内田道夫,《文化》第 27 卷第 1 號,1963 年 3 月

「銷釈真空宝巻」に見える「西遊記」故事―元本西遊記考,太田辰夫,《神戸外大論叢》第 15 巻第 6 號,1965 年 7 月,《中國關係論説資料第 2 分冊》第 4 號,1966 年 12 月

西遊演義枝譚:道書と見られた西遊記―唐僧取経嘆拾声――西遊記の草双紙,澤田瑞穂,《中文研究》第 7 號,1967 年 1 月

「唐三蔵西遊伝」考,太田辰夫,《神戸外大論叢》第 17 巻第 4 號,1967 年 3 月

「玄奘三蔵渡天由来縁起」と「西遊記」の一古本,太田辰夫,《神戸外大論叢》第 18 巻第 1 號,1967 年 6 月

明刊本「西遊記」考,太田辰夫,《神戸外大論叢》第 19 巻第 1 號,1968 年 6 月

「西遊記」の二異本,太田辰夫,《神戸外大論叢》第 20 巻第 3・4 號,1969 年 10 月

「西遊記」雑考,太田辰夫,《神戸外大論叢》第 21 巻第 1・2 號,1970 年 7 月、第 32 巻第 3 号,1981 年 10 月

《西遊証道書》考,太田辰夫,《神戸外大論叢》第 21 巻第 5 号,1970 年 12 月

清刊本西遊記考、太田辰夫,《神戸外大論義》第 22 巻第 4 号,1971 年 10 月

「西遊記伝」考,太田辰夫,《神戸外大論叢》第 23 巻第 1・2 号,1972 年 7 月

「西遊記」成立史の諸問題,太田辰夫,《日本中国学会報》第 24 巻,1972 年 10 月

「大唐三蔵取経詩話」の時代と社會と文學,磯部彰,未印刷 1973 年

「唐三蔵出身全伝」考,太田辰夫,《神戸外大論叢》第 24 巻第 1 號,1973 年 6 月

「元本」西遊記に欠けていたモチーフ,橋本尭,《島根大学文理学部紀要》第 8 號,1974 年 12 月

「西遊記論説目録版本所蔵目録與研究資料目録」,磯部彰編,自家出版,1977 年

西遊記成立史略,太田辰夫,《神戸外大論叢》第 28 巻第 3 號,1977 年 8 月

「元本西遊記」における孫行者の形成――猴行者 から孫行者へ,磯部彰,《集

刊東洋学》第 38 號,1977 年 11 月

「元本西遊記」をめぐる問題——「西遊証道書」所載虞集撰「原序」と丘処機の伝記,礁部彰,《文化》第 42 巻第 3・4 号,1979 年 3 月

中国における「西遊記」の受容と流布—明代正徳年間より崇禎年間を中心として,磯部彰,《東方宗教》第 55 號,1980 年 7 月

明末における「西遊記」の主体的受容層に関する研究——明代「古典的白話小説」の読者層をめぐる問題について,磯部彰,《集刊東洋学》第 44 號,1980 年 10 月

西遊記の成立,中鉢雅量,《中国文学報》第 35 号,1983 年 10 月

「元本西遊記」の形態について,磯部彰,《富山大学人文学部紀要》第 8 號,1983 年

西遊記の研究,太田辰夫,研文出版社 1984 年版

「西遊記」形成史に現われた密教文化の諸相,磯部彰,《密教図像》第 5 號,1987 年

読者人層の「西遊記」受容について,磯部彰,《富山大学人文学部紀要》第 12 號,1987 年

清代における「西遊記」の諸形態とその受容層について,磯部彰,《漢學研究》第 6 巻第 1 號,1988 年

[西遊記]形成史の研究,磯部彰,創文社 1993 年版

「西遊記」受容史の研究,磯部彰,多賀出版 1995 年版

「西遊記」物語絵史略,磯部彰,《東北アジア研究》第 3 號,1999 年

「西遊記」雍正刊本と絵畫について,磯部彰,《東北アジア研究》第 5 號,2000 年

西遊記と猪八戒——明代小説の絵画(東北大学東北アジア研究センター公開講演会東アジアの本とさし絵),磯部彰,《東北アジアアラカルト》第 9 號,2004 年

「西遊記」評点本の研究,宮坂智美,《金沢大学中国語学中国文学教室紀要》第8號,2005年3月

世徳堂刊西遊記の版本研究：明代における完成体「西遊記」の登場,磯部彰,《東北大学中国語学文学論集》第10號,2005年11月

福州平話西遊記からみる原「西遊記」,大塚秀高,《日本アシア研究：埼玉大学大学院文化科学研究科博士後期課程紀要》第3號,2006年3月

西遊記資料の研究,磯部彰,東北大学出版会2007年版

世徳堂本「西遊記」版本問題の再検討初探：他の世徳堂刊本小説・戲曲との版式の比較を中心に,上原究一,《東京大学中国話中国文学研究室紀要》第12號2009年10月

孫悟空の図像イメジ一小説本文と絵姿と,上原究一,收入《中國古典文學と挿畫文化》,勉誠出版社2014年版

（三）其他国家论著

关于小说西游记,梁建植,（朝鲜）《朝鲜佛教丛报》1917年5月3号

《西游记研究》,尹泰顺,（韩国）成均馆大学博士论文,1995年

《西游记》本色续书研究综述①

王玉梅②

中国古代，当一部小说盛行于世、家喻户晓时，各类续补便会随之出现于街头巷尾。为风行小说续书，是中国一大文化传统，此风尤以明清时期为盛。经典名著里，有《反三国演义》，有《水浒后传》《荡寇志》，有《红楼后梦》《红梦补梦》《红楼鬼梦》等等多部续书。"续的目的各不一样：有的商业味很浓，要借名头搭个便车，这类续书人大都是被书坊主人请出来的，有的干脆就是初具文才的书坊主人本人；还有的续书是因读书入了迷，恨原书作者说不深、说不透不如自己来写痛快淋漓；再就是存心与原书打擂台，逞才情一定要反其意而用之……凡此种种，不一而足。"③明代中叶吴承恩百回本《西游记》自问世以来，流传广，影响大，可谓是达到了古代长篇浪漫主义小说的巅峰。作为中国神魔小说的经典之作，和其他中国古典名著一样，自然也少不了相应的续书。

从目前已知的相关资料看，《西游记》的续书，种类繁多，既有正经续写的，也不乏低质恶搞的，可谓五花八门，良莠不齐。有些续书，身份比较明确，但有些则由于年代久远、作者不详等诸多因素，我们无法确定其具体的成书及流传状况。对目前所知的续书，大致可以粗略地分为：

明末清初：无名氏《续西游记》、无名氏《后西游记》、董说《西游补》和佚名

---

① 基金项目：本文为江苏省教育厅重大招标课题《〈西游记〉文化传播研究及数据库建设》子课题成果。

② 王玉梅，淮阴师范学院文学院副教授。

③ 蔡铁鹰. 西游记的前世今生. 北京：新华出版社，2008：211—264.

《四大妖精》等；

清代：无名氏《天女散花》、天生悔著《新西游》等；

清末民初：陆士谔《也是西游记》、陈景韩《新西游记》、李小白《新西游记》等；

现代：柏杨《西游怪记》、童恩正《西游新记》、钟海诚《新西游记》、今何在《悟空传》、《西游日记》、林长治《沙僧日记》等等。

石麟将明代至晚清时期《西游记》的续书分两大系列：一是明末清初的一批，主要有佚名《续西游记》一百回、董说《西游补》十六回、佚名《后西游记》四十回等，可称之为本色的"西游"续书，一是晚清的一批，主要有陆士谔《也是西游记》二十回、李小白《新西游记》三十回、冷血《新西游记》五回（未完）等，可称之为变异的"西游"续书。此所谓本色续书，指的是按照传统的续书方式，与原著保持着基本精神的一致，至少在主旨上有密切联系；而所谓变异续书，则指的是仅仅借用原著的名头而另起炉灶，写成别出心裁的作品。① 本文以下则沿用石麟先生提出的概念，对属于本色续书的《续西游记》《后西游记》《西游补》三种的研究状况作简要综述。

《后西游记》共四十回，作者不详，仅标明"天花才子评点"，大约出现在明末清初，今存乾隆五十八年金阁书业堂刊本。《后西游记》讲的是唐宪宗年间，唐玄奘当年所取回的真经为贪僧歪解，用作骗取银钱，如来遂封了经文，令唐玄奘师徒再到灵山求取真解，唐玄奘寻到正僧大颠，又集得孙小圣、猪一戒、沙弥，师徒四人历经千辛万苦取来真解，普渡众生，终成正果的故事。

《续西游记》共一百回，明代无名氏作，成书年代大约是明代晚期。《续西游记》从回程写起，描写的是唐僧师徒到达西天取得真经后，一路降妖驱怪，护送经文返回东土大唐的曲折经历。唐僧到西天后化为金身，妖魔食之不得，而真经能降福延寿，故事围绕夺经和护经，描写得别开生面。在返回之前，佛祖如来为戒杀生，收缴

---

① 石麟.《西游记》及其三部续书的哲理蕴涵. 内江师范学院学报，2010.11.

了悟空、八戒、沙僧的器械，给他们归途中降妖增添了重重困难，从而使矛盾更加复杂，斗争更加剧烈，情节更加曲折。

《西游补》十六回，明末清初人董说撰，有崇祯年间刊本。《西游补》卷首乃接续吴承恩的《西游记》第六十一回《孙行者三调芭蕉扇》后开始写起，故事是主角孙悟空外出化斋为鲭鱼精所迷惑，进入梦境中的"新唐国"，"拟寻秦始皇借驱山铎，驱火焰山，徘徊之间，进万镜楼，乃大颠倒，或见过去，或求未来，忽化美人，忽化阎罗"，后经虚空主人呼喊，始离梦境。

一、三部本色续书对《西游记》的继承与发展

就续接方式而言，三部续书的创作思路不尽相同，《续西游记》按顺序的方式，《西游补》按截续的方式，《后西游记》则是后代的续接方式。不管以何种方式续接，《西游记》的三部续书能流传至今，无疑是在继承原著的基础上在某些方面又强化甚至超越了原著，从而成为具有一定文学价值的较为成功的续书。

1. 三部续书对原著的继承

董说《西游补答问》："子补《西游》，而鲭鱼独迷大圣，何也？曰：孟子曰：'学问之道无他，求其放心而已矣。'"直接引孟子语来阐发作者"求其放心"的写作目的。真复居士《续西游记序》云："俾去来各有根因，真幻等诸正觉。……即经即心，即心即佛。有觉声闻，园实功行。助登彼岸，还返灵虚。化不净根，解亡涂缚。作者苦心，略见于此。"他明确指出作者发扬佛教教理的良苦用心。而施清《后西游记序》则云："佛心清静，而庄严假相，佞入迷途；性体光明，而扑灭慧灯，锢居暗室。……施开妄想，首祸究及慈悲；果炫诳言，下根因之堕落。"不少研究者依据古人的观点，认为三部续书都继承了原著哲理化的题旨。

李蕊芹、许勇强认为，作为《西游记》的衍生物，明清之际的三部续书对原作的接受主要表现为主题思想、题材、叙事结构和艺术风格等的步武摹写。文章认为，三部续书都接受并继承了原作《西游记》哲理化的主题。这三部续书都善于发掘原作所蕴藏的哲理深意。此外，在情节设计上，《续西游记》和《后西游记》套用原作降

妖伏魔的叙事模式,内容上也表现了诸多一致性,多对一些佛门弟子的丑恶进行揭露,在全书结构上《续西游记》和《后西游记》也多套用原作模式。在讽喻社会题材方面尤以《西游补》对现实的讽喻最为辛辣。①

左芝兰也认为《西游记》续书继承了原作"写心"的哲理化倾向。作者在《明末清初〈西游记〉续书对原著的继承》一文中分析:《西游记》续书集中出现在明末清初,这与人们对《西游记》的接受与理解有很大关系。在明清时代,《西游记》被普遍认为是宣传佛、道、儒三教的所谓"证道"之书。明末的读者们在把《西游记》当作心性之作的同时,更为关注现实,认为《西游记》不仅谈道,更兼讽世。所表现出的对宗教、对皇权、对世俗生活的诙谐与嘲弄形成了读者对《西游记》关注的重要对象,《西游记》续书的作者就是在这样的接受背景下进行创作的,因而他们也受到这种背景的影响,既要阐释"心"的哲理,又要传递讽世之意。不过,作者也指出:同为写心,在《西游记》中,纯心正性的宣言与形象本身是一致的。《续西游记》则处处宣扬佛理,人物显得生硬拘滞,有空洞说教之嫌。同为写心,《西游记》表现的是对取经事业、西天之路的坚定与自强不息的进取精神,其基调乐观而充满希望。但在《西游补》中,写心是置于"情幻"的构架之内,表现的是"客尘为据,主帅无饭,一叶泛泛,谁为津岸"的迷茫,是大梦将残、情缘破灭的悲哀。而《后西游记》紧扣"心生种种魔生,心灭种种魔灭"。与《西游记》中取经师徒相比,求解众人在西行的路上遇到磨难时的态度要理智、冷静得多。此外,左芝兰在文中还分析了续书对《西游记》的继承还体现在故事框架安排上,即"在路上"这种框架结构。"《西游记》以取经为终极目标,师徒四人历经坎坷,终成正果。其续书基本上都因循该结构,只不过目标的叫法有所差异而已,或曰寻找驱山铎,或曰护送经卷,或曰求解。让作者倾注大量笔墨的依然是对路上情节的渲染。"

郭明志《论"西游记"续书》认为,产生在明清易代之际的《西游记》续书都在一定程度上延续了"西游"的大旨精神,这种大旨精神主要体现在:其一,依傍旧题,

<hr />

① 李蕊芹、许勇强. 接受视野下的明末清初《西游记》续书. 成都理工大学学报,2011.1.

注重写心的哲理化倾向。《西游记》续书注重写心首先体现在作者的直接揭示和点明题旨上，如《后西游记》第二十三回写小行者自我介绍的一首诗中写道："自从仙祖劝皈依，方把放了收拾妥。"这是以诗点题。其二，立足当代，具有针砭世相的讽喻化特色。《西游记》"讽刺揶揄则取当时世态"，《西游记》的几部续书也都具有这个特点，表现出相当强烈的救世意识和愤世感慨。如董说《西游补序》："欲见秦始皇，瞥面撞着西楚，甫入古人镜相寻，又是未来；勘问宋丞相秦桧一案，斧越精严，销数百年来青史内不平怨气。"

石麟《略论〈西游记〉续书三种——〈续西游记〉〈西游补〉〈后西游记〉考略》：续作者要想写成一部既具《西游记》风采、又具各自特色的续书，必须在借鉴原著艺术经验的基础上，各自寻找一定的突破点，来发扬各自的创作个性和特长。《续西游记》得《西游记》情节之变化曲折而发展之，《西游补》得《西游记》之批判现实精神而发展之，《后西游记》则得《西游记》哲理之深邃隽永而发展之。如《西游记》往往通过曲折细腻的情节插写来实现斗争情势的瞬息万变，《续西游记》深得其趣，不少情节的构思、细节的插绘都达到了"摹拟逼真"的境地。《西游记》是一部神魔小说也是一部现实小说，同时还是一部哲理小说，《后西游记》对《西游记》所继承、发扬的，主要在于哲理性的一面。通过神奇莫测的神魔世界的描写投影般地反映现实从而显示出作者强烈的批判现实的精神，是《西游记》的又一大特色，而《西游补》对《西游记》的补充、发明正在于此。

2. 三部续书对原著的发展

《西游记》续书的成就虽然无法与原著相比，但续书能体现明末清初那个时代续作者与读者对《西游记》的理解与感受，尽管这种理解未必是对原作的真解，但续书所传达的是离原著最近的那个时代的思想和心声，这就是它们的特殊之处。

《接受视野下的明末清初〈西游记〉续书》认为，明清之际《西游记》的三部续书作为原著的衍生物，对原作的接受主要表现为对主题思想、题材、叙事结构和艺术风格等的摹写。但由于时代环境的变迁，续书又表现出与原著不同的时代新变，这主要体现为思想主题上的"收心""实用"倾向，表现手法的"意识流"倾向和艺术形

象上的进一步虚化等,而这正是三部续书的价值所在。续书的形象塑造艺术在继承原书的同时又加以发展,出现更多的象征型、抽象型的神魔形象,同时继承原作的人物形象也表现出与原作完全不同的形象特征。《西游记》的三部续书在艺术上都表现出自己的创作特色,尤其是《西游补》的作者在审美追求上另辟蹊径,探索小说的新路,它完全打破了现实客观的顺序,打破了传统小说的时空观,构建了一个由深刻哲理构筑的梦幻世界,这正是表现手法上的"意识流"倾向。

《孙悟空形象在明末清初续作中之演变》一文从续作中的孙悟空形象具有收心之势、务实之气、悲苦之音三个方面讨论分析了孙悟空形象的演变,认为续作在继承孙悟空厚德载物、自强不息精神的同时,也赋予了他新的面貌、新的时代精神和文化内涵,而这也是和那个时代的读者的心态与阅读兴趣吻合的。作者认为《西游记》续作在继承了原作写心的大旨精神基础上,对孙悟空形象的伟大意义进行了发扬光大和再一次证明。①

《心路历程——论〈西游记〉三部续书的传播》认为续书在主旨和艺术等方面既继承原著,又有所超越。文章通过对《西游记》续书的序言、情节和内容的安排、设置的分析,认为续书作者是在继承了明代人对《西游记》主旨的认识的基础上,将修心宗旨贯穿于续书情节之中,并把对心的阐释置于小说的主导位置。文章分析:《西游记》以《心经》为指导思想,强调修心,又反复强调"即心即佛"、"见性成佛"。但是在续书中,《心经》,即《定心真言》的作用大大下降。《西游补》中未提,《后西游记》中只提两次,《续西游记》中三藏认为悟空"无叛道之心,我便无降汝之咒",《心经》失去了原著中的核心位置而降为和《观音经》等一样的佛家经典。也就是说,续书不再以《心经》作为指导思想。然而续书对于心的强调非但未减弱,反而大大加强。这一方面是对原著的延续,同时又在心的内涵上与原著有了差异。正是这一差异,导致了续书不同的传播流向。作者认为,《西游记》续书延续、发展了明代人对《西游记》心学和佛学的阐释的传统,而更倾向以佛学,特别是禅宗进行传播。

---

① 李秀花. 孙悟空形象在明末清初续作中之演变. 明清小说研究,2006.4.

郭明志认为,《西游记》的几种续书虽在总体成就和规模方面不及原作,但在题材、情节、人物塑造、艺术表现等方面,在针砭现实的角度、深度方面,都能有所创新,有的方面甚或可与原作相媲美。如续书都继承了原书针泛世相时弊的特色,而又莫不立足于所处的时代。作者以《西游补》为例,嘲讽那些受科举制度毒害的头脑僵化的读书人是"只会写纱帽文章"的"无耳无目,无舌无鼻,无手无脚,无心无肺,无筋无骨,无血无气之人"。对科举制度的这种痛快淋漓的嘲讽批判是前所未有的,而且开后来《聊斋志异》《儒林外史》批判科举制度的先河。①

关于《西游记》续书的研究,学界关注比较多的,除本文综合列举的上述几个方面,还体现在对续书成书年代、作者及其籍贯等方面的研究上。苏兴《试论〈后西游记〉》通过对书中所用通俗词语的考察,认为《后西游记》的作者应为吴语区人。郑智勇《〈后西游记〉与潮人》从小说的用词习惯认为作者可能是闽方言区人,甚至可能是潮州方言支的人,最起码也是在这个方言区生活过的人。刘洪强《〈后西游记〉作者及成书年代考》则根据郑智勇的考证,加上对广东圆岭山的特点的考察,推测《后西游记》的作者可能是广东人。对《西游补》的讨论主要集中在作者为谁的问题上。20 世纪 80 年代以后,学界形成了董说作、董斯张作两种观点,后来还出现了二人共作的观点,相关研究成果非常丰硕。如胡旭伟《董说和他的〈西游补〉》,傅承洲《〈西游补〉作者董斯张考》,冯保善的《也谈〈西游补〉的作者》,苏兴《〈西游补〉作者及写作时间考辨(上)》,王洪军《董斯张:〈西游补〉的作者》,杨峰《董说与〈西游补〉三题》等等,学者们有理有据,各执一词,研究还在继续。

二、古今学界对三部本色续书的评价

刘廷玑《在园杂志》论及:"作书命意,创始者倍极精神,后此者纵佳,自有崖岸,不独不能加于其上,即求媲美并观,亦不可得。"此话道出了作续之难之艰。的确,一般来说,在人物形象、故事情节、创作手法、思想主旨等方面,续书是很难全方位

---

① 郭明志. 论"西游记"续书. 学习与探索,1997.2.

地超越经典原著的。而正是因为原著的光环过于耀眼,所以才有了对续书褒贬不一的评价。其实,除了作续者自身因素之外,由于时代的更替,思想观念的差异,不同的作者对作品的解读不尽相同,也会导致对续书的评价不一。

1.《后西游记》

对于《后西游记》的文学价值,清人刘廷玑评价较高。其《在园杂志》卷三:"如《西游记》乃有《后西游记》《续西游记》。《后西游记》虽不能媲美于前,然嬉笑怒骂,皆成文章……"此语足以可见对《后西游记》评价之高。

相比于《西游记》的其他续书,不少学者认为学界对《后西游记》的研究还很薄弱。《从逻辑视角探析〈后西游记〉价值缺陷》一文认为:"《后西游记》兼具神魔小说与寓言小说的双重文学特性,在学界并未得到足够重视,其自身价值所蕴含的特质与弊端一直被学界所忽略。"①《心路历程:〈后西游记〉的根本寓意》:"自问世三百多年来,批评家从来没有看重它,只是囿于成见,把它当作二、三流作家的劣质仿制品。"②

确实,过去对《后西游记》的研究不仅在数量上很少,而且对其评价也不高。比如民国八年上海民权出版部出版有冥飞等著的《古今小说评林》,书中用较为尖锐的语言对《后西游记》作了否定的评议:"……《后西游记》乃捏造出大颠求真解解真经,又写出许多胡说,皆可以喷饭之作也。但《西游记》之文,讽刺世人处尚少,《后西游》则处处有讽刺世人之词句,其写解脱大王、十恶大王、造化小儿、文明天王、不老婆婆等,无非骂世而已。于此,可见作者之一肚皮不合时宜也。"

对于《后西游记》,鲁迅也有一番自己的看法:"《后西游记》六卷四十回,不题何人作。中谓花果山复生石猴,仍得神通,称为小圣,辅大颠和尚赐号半偈者复往西天,虔求真解。途中收猪一戒,得沙弥,且遇诸魔,屡陷危难,顾终达灵山,得解而返。其谓儒释本一,亦同《西游》,而行文造事并逊,以吴承恩诗文之清绮推之,当非

---

① 林海曦.从逻辑视角探析《后西游记》价值缺陷.长春教育学院学报,2010.4.

② 刘晓廉.心路历程:《后西游记》的根本寓意.运城高等专科学校学报,2002.6.

所作矣。"

相比于鲁迅，有不少研究者对《后西游记》还是比较看好的。谭正璧与鲁迅看法不同，他在《古本稀见小说汇考》里评述："《后西游记》毫不复蹈前书，一概为作者创作，而且又加以说明每一妖魔成就的原因和打破的理由，此着较胜于前书。"

张颖、陈速《继往开来，写好中国小说史——评鲁迅〈中国小说史略〉》一文中有一段关于《后西游记》的摘要，他们认为：鲁迅对《后西游记》"行文造事并逊"的评价并不准确。他们认为《后西游记》与《西游记》具有不同的艺术特色，《后西游记》"着眼于封建末世一般的社会世情，从而对它进行讽刺和批判"。且《后西游记》里"每一个大小故事，都是一篇很优美的童话故事，也是一篇很风趣的寓言文学"。

《〈后西游记〉作者及成书年代考》也给予了较高的评价："不但是一部优秀的《西游记》续书，而且也是一部优秀的讽刺小说，开创《斩鬼传》《何典》等小说之先声……"①

"小说以嬉笑怒骂、斐然不俗的文彩，对当时社会中存在的贬低佛教、指斥异端的儒学文化风气，进行了直面的讽刺和尖锐的批判……"②《〈后西游记〉的文化批判性研究》作者对其文学艺术价值也作了较高的肯定。

1992年刘晓廉就发表了以《后西游记》为研究对象的博士论文，即《佛心的〈奥德赛〉：〈后西游记〉的讽喻》。刘晓廉将《后西游记》看做中国寓言叙事文学的"杰作"，他还认为《后西游记》的作者"作为中国早期小说家，将寓言变成全景式的、复杂的叙事方式，他对中国小说与寓言传统做出了重要的贡献"。

《心路历程：〈后西游记〉的根本寓意》一文认为：《后西游记》是中国最早最完整的寓言小说之一，它的重大意义一直被原作《西游记》的巨大成功所遮掩。……《后西游记》与《西游记》的故事情节、人物刻画和文句修辞相比，确实是逊色不少。但这并不妨碍我们认识续集的文学艺术成就。尽管与《西游记》使用类似的结构模

---

① 刘洪强.《后西游记》作者及成书年代考.潍坊学院学报,2011.3.
② 宋珂君.《后西游记》的文化批判性研究.北京科技大学学报,2009.2.

式和同样的佛教人物,但《后西游记》的作者在许多场合并没有过多地依赖前辈吴承恩创造的情节和人物,而是展开了广阔而新奇的想象。《后西游记》的写作成就不仅仅局限于艺术的结构和表现,而且更重要的是,它是唯一的一部具有象征模式的寓言小说。这种模式,中国的作家并不陌生,只是很少连续大量地在通俗小说或是其它虚构作品中运用。文章作者指出,大多数的当代批评家认为《后西游记》是神魔志怪小说,或者是讽刺佛教徒腐化堕落,步入邪魔歪道的文学作品。而作者却高度评价《后西游记》是中国寓言小说的辉煌范例。《后西游记》在象征文学上成功地讲述了一个意味深长而重大的故事,在文字表达上也体现了饶有兴趣和美味十足的艺术水平。①

我们认为,蔡铁鹰《西游记的前世今生》对《后西游记》的评价较为客观,既肯定优点,又指出不足:"《西游记》以奇幻见长,要想从它的框框里再翻出什么新玩意儿,不是易事。这本《后西游记》的文采较《西游记》逊色,人物形象也远不如唐僧师徒那么生动,但它在主题上却非常鲜明。它批评过分崇佛以致忽略儒学的做法,认为这样做的后果也是值得担忧的,这其中表现出的批判精神,虽未必比《西游记》深刻但要直率一些。"

无论是在哪个时代,对续书的评价褒贬不一这是很正常的。张怡微《20 世纪以来〈后西游记〉研究述评》统计得出:作为一部普遍被认为文学价值不高的《西游记》续作,作于清初的《后西游记》在清末民初出版时可谓繁荣,铅字排印本多,到了当代反而没有《续西游记》的通行本多,出版频率也不及《续西游记》频繁。一般而言,《后西游记》的早期评价不高,直到 20 世纪 80 年代,才获得了海内外学人的关注,其文学价值和意义被重新思考。

2.《续西游记》

相比于对《后西游记》的赞誉,刘廷玑对《续西游记》的评价则显得苛刻了:"……则诚狗尾矣。"《续西游记》一百回,明无名氏撰。《续西游记》的流传和影响也

---

① 刘晓廉.心路历程:《后西游记》的根本寓意.运城高等专科学校学报,2002.6.

许并不是很大,许多学者都只是耳闻而已。鲁迅《中国小说史略》云:"又有《续西游记》,未见。"北京大学中文系编《中国小说史》亦仅提到"出现了《续西游记》"而未作介绍。孙楷第《中国通俗小说书目》著录此书。此书今存最早刊本是清嘉庆十年金鉴堂刊本。扉页题"贞复居士评点",卷首有贞复居士序。

鲁迅先生虽然未见过《续西游记》,但认为名著续书是中国的一大文化传统,因此他肯定了此书是《西游记》的续书,并在《中国小说史略》中引明代董说在《西游补》中所引杂记,指出了《续西游记》的美中不足:"《续西游记》摹拟逼真,失于拘滞,添出比丘灵虚,尤为蛇足也。"

《续西游记》流传极少,不过学界普遍认为《续西游记》虽然不能与原著相媲美,但也不是单纯的模仿,它在原著的基础上有一定的发展与创新,具有自己独特的艺术风格,不少研究者对其给予了较高的评价。

郑振铎的《清初到中叶的长篇小说发展》对《续西游记》既指出了特色又点出了不足,同样作出了较为客观的评价:《续西游记》全脱《西游记》的窠臼,别展二境,原是将无作有,故竖空中楼阁,却也头头是道,可证作者设想之奇。……以三藏、悟空等四众,在取经的归途里所遇到的诸难为题材,处处指点出诸魔近在方寸。为了较浅显明白,又过于回回一律,令人生单调厌倦之感。①

《〈续西游记〉主题探奥》对《续西游记》评价甚高,说它是"中国小说史上一部绝无仅有的奇作"。文章认为:《续西游记》一百回,是明代出现的《西游记》三部续书中规模最大的一部。《续西游记》最具创作特色的是,该书作者对《西游记》的基本思想意旨有独特的理解,并在此基础上写就的。《续西游记》在思想内容、人物形象、艺术结构等方面的独特之处,使它成为中国小说史上一部绝无仅有的奇作。作者认为《续西游记》一书在题旨上是对前《西游记》的反拨,抛却所谓前《西游记》"金丹大道"要义于不顾,表现出佛教禅宗"明心见性"的思想。人物形象上,唐僧四众

---

① 郑振铎.清初到中叶的长篇小说发展.郑振铎古典文学论文集.上海:上海古籍出版社,1984:453.

基本上是以人的心路历程的演绎象征来塑造的;结构上《续西游记》一书更紧密化、网络化,总特点是利用明暗两线往复照应,以成整体;主题上,《续西游记》一书可称为我国文学史上一部特色独具的心界神话小说。①

上述几位研究者对《续西游记》的评价确实不低。蔡铁鹰先生则如是说:"这本《续西游记》论新奇,论文采,既不如《西游记》,又不及《后西游记》,但它也反映了一种认识,即作者认为吴承恩还没有把'心生种种魔生,心灭种种魔灭'的道理说清楚,而悟空仍有逞强好胜之嫌,此与佛家修行宗旨不合,应还多经磨难。其实这位作者真是画蛇添足,《西游记》借取经事为由,并不真写佛家修行事。"②

郭明志《论西游记"续书》里分析:同为写心,在《西游记》中实践与理性是一致的,直接的议论宣言与形象本身的寓意是一致的,但在《续西游记》中实践与理性,议论与形象却呈现相当大的对立与冲突。文章举了悟空、八戒、沙僧失去战斗武器后处处挨打,悟空三番五次想盗回金箍棒的例子,认为:"作品一面喋喋不休地重复着'正心'的说教:'正了念头!''使不得这个机心!',又一面反复生动地显示了取经四众被动、挨整、遭难的局面。无怪乎读了会让人气闷,这被动、屈辱的东归之路哪如当年西行之路豪迈痛快!无怪乎当时人读了会感叹:'摹拟逼真,失于拘滞。'"作者在文中指出,《续西游记》之所以显示出理性与实践处处相悖的二难状态,宣扬佛理显得生硬拘滞,这固然是由作品的整体构思所决定的,从另一方面来说,这实际也反映了对"正心"说的怀疑。

3.《西游补》

《西游补》是《西游记》续书中影响最大的一种续书,学界对其评价较高。清初笔记小说家钮琇、清中叶戏剧家焦循、清末学者张文虎,都对《西游补》发出过赞叹。清人钮琇在《觚剩续编》中说《西游补》"尤奇":"吴兴董说,字若雨,华阀懿孙,才情恬旷,《西游补》一书,俱言孙悟空梦游事,凿天驱山,出入庄、老,而未来世界历日,

① 王增斌、李衍明.《续西游记》主题探奥.山西大学学报,2001.5.
② 蔡铁鹰.西游记的前世今生.北京:新华出版社,2008:211—264.

先晦后朔，尤奇。"

鲁迅对《西游补》思想内容的评价一般，认为其"未入释家之奥，主眼所在，仅如时流，谓行者有三个师父，一是祖师，二是唐僧，三是穆王（岳飞）：'凑成三教全身'（第9回）而已。"但对《西游补》的艺术成就评价颇高，称"惟其造事遣辞，则丰赡多姿，恍惚善幻，奇突之处，时足惊人，间以俳谐，亦常俊绝，殊非同时作手所敢望也"。①

赵红娟的《〈西游补〉与〈西游记〉关系新探》认为《西游补》是一部成功的续书，对它的文学价值给予了很高的评价："《西游补》既是一部自成体系的别开生面的小说，也是一部名副其实的续书，它时时处处在加强与《西游记》的关系。这样的续书在我国小说史上仅此一例，它的意义在于适当处理了续书与原著的关系，既不脱离原书又能自具面目。可以说，《西游补》是中国续书的最佳例子，值得续书者借鉴。"

袁行霈主编的《中国文学史》："作品构思奇特，变幻莫测，上下古今，熔于一炉，似真似假，如梦如幻，嬉笑怒骂，皆成文章，在对历史的反思、人生的感叹、现实的批判之中，情抒发了胸中的垒块，表达了对'情'的理性思考。"

郭明志《论"西游记"续书》："《西游补》的思想内容和写作手法都很独特，作者自出机抒不落俗套，堪称是天地间一种奇绝文字。借虚幻世界和荒诞情节的描写，表达作者对人生的体悟，对明季世风的批判。"文章认为《西游补》在写法上打破了传统小说的时空观，人物可以同时生活在当代古代未来的三维时空里。让时间倒流，使未来提前，这在现实生活中固然荒唐，但作为一种精神漫游，写意识的流程，写人的心理体验，"以意兴之所至为之"，这又很有其合理性。所以，作者高度评价《西游补》在构思和写法上，与前著有异曲同工之妙，而这种颇具现代小说特色的构思和写法，不仅很适宜表现写心的哲理化题旨，同样也很适宜表现针砭世相，讽谕人生的题旨。

朱萍《文人小说的理性高度——〈西游补〉的意蕴与风格初探》评价："《西游补》与《西游记》不同，没有跨越几百年时空的漫长的成书过程，篇幅也短小精悍，便于

---

① 鲁迅.中国小说史略.北京：东方出版社，1996：139.

表达作者独特的创作主旨。"作者认为《西游补》是一部优秀的文人小说（才学小说），其文学价值应当得到恰如其分的认识。作者还从文人小说的角度分析《西游补》，认为"可知其一向为人诟病的赘笔其实并非赘笔，而是逸笔，瑕疵也非瑕疵，而是作者个性色彩与'以文为戏'的创作思想在作品中的闪现。"当然作者认为《西游补》并不是毫无缺陷、十全十美的艺术品，"但领略其文人小说的实质，将有助于人们深入理解和赏析这部特色独具的作品，省察作者凝聚在小说中的深邃复杂的思想和灵魂"。

在国内，《西游补》的呼声较高，在海外，由于它的审美观念和中国小说的传统截然不同，所以也深受追捧。蔡铁鹰《西游记的前世今生》："它所运用的变形、怪诞、象征、独白等表现技法及时空概念的超越、思维意识的流动等艺术表征，与二十世纪才出现并风靡一时的意识流小说十分近似。有人甚至因此说意识流小说的发源地在中国，在三百多年前的中国。"

三、关于《西游补》是否属本色续书的争议

1.《西游补》非《西游记》续书

一种较为普遍的看法是《西游补》虽名为续书，实际上却是一部与原书没什么关系的自成体系的小说。通行的《西游补》印本在出版说明里写道："董说著的《西游补》是一部想象瑰丽的神魔小说，全书共十六回。所谓补者，是欲插入《西游记》孙悟空'三调芭蕉扇'之后，实则作者写小说的意图有明显的现实意义，并不是为补《西游记》而作。"

一些文学史研究专著也认为《西游补》不应属于续书。游国恩《中国文学史》观点非常明确："作者的意图，并非为补《西游记》而作，实际上是借孙悟空等几个形象和虚幻的情节，对明末的朝廷权奸和追求富贵功名的文人等进行嘲讽。"[①]李剑国、陈洪《中国小说通史：清代卷》："小说虽名为《西游补》，但却与《西游记》并无十分

---

① 游国恩主编.中国文学史.北京：人们文学出版社，1964：130—131.

紧密的联系,作者不过借《西游记》中的人物,发挥自己的一片文心而已。"①杨子坚《新编中国古代小说史》:"所谓'西游补'并不是补《西游》,续《西游》,而是借西游人物另外演化一部小说。"②

林佩芬和柴葵珍等众多研究者亦持相同的观点,如林佩芬《董若雨的〈西游补〉》认为《西游补》自《西游记》第六十一回补起,"中途演化出另一个体系、另一种局面的多彩多姿、奇幻绝妙的故事来",它"是创作,而非吴承恩《西游记》的续作"。同样,柴葵珍《优美的荒诞,清醒的空幻——〈西游补〉初探》:"小说虽然在形式上给《西游记》补上这么一段故事,但其实质内容和原著已无甚关系,它是一部独立完整的著作。"

2.《西游补》是对《西游记》有创新的续书

但也有研究者认为《西游补》既是一部自成体系的别开生面的小说,也是一部名副其实的续书。

赵红娟在《〈西游补〉与〈西游记〉关系新探》分析道:"因为它时时处处在加强与《西游记》的关系。这样的续书在我国小说史上仅此一例,它的意义在于适当处理了续书与原著的关系,既不脱离原书又能自具面目。"

石麟关于《西游记》续书的研究较多,其《略论〈西游记〉续书三种——〈续西游记〉〈西游补〉〈后西游记〉考略》将续作与原著的关系分为三种类型。第一类是基本上按照原书的思路写下去。例如《水浒传》之续书《水浒后传》、《后水浒传》等。作者认为这类续作对原著极少突破,大体上不过是原著的一种影子般的重复而已,这类续书最容易为一般读者所接受而广泛流传,其实更多地是借助于原著的巨大影响。第二类是完全无视原著的基本精神,随意而为之。其中最典型的无过出现于清中、后期那一大批《红楼梦》的续书了。这些续作者们完全不顾曹雪芹的苦心孤诣,各自想入非非地胡诌一通,极其恶劣地糟蹋和践踏着原著。这类续书基本上是

---

① 李剑国、陈洪主编. 中国小说通史:清代卷. 北京:高等教育出版社,2007:1303.
② 杨子坚. 新编中国古代小说史. 南京:南京大学出版社,1990:185.

失败的,根本无法与原著相提并论、同日而语。第三类是既在一定程度上继承原著的总体精神又在某些问题上有所突破。既借鉴原著的某些成功的艺术经验,又充分体现出续作者的创作个性。作者认为,这种续作往往比续书者重新创作一部作品更为困难。它们之于原著是一种若即若离、不粘不脱的关系,既有所继承,又有所创发,而这种在继承基础上的创发,正是推动小说史向前发展的一股最为强大的力量。《续西游记》《西游补》《后西游记》正是属于这一类型的续作。作者认为,《西游补》是时空交错的魔幻,它对现实的影射和批判异常强烈,它更重视对“情”的描写。《西游记》写了“悟空”的艰难历程,《续西游记》写了“变化”的最高境界,《西游补》写了“情欲”的终将磨灭,《后西游记》写了“解脱”的快捷方式。然而,不管它们从哪一个角度,哪一个层次来展开象征性的描写,它们的终极目标却都指向了一个充满禅机的去处——空无。这里,我们不难看出,将《续西游记》《西游补》和《后西游记》归为第三种类型,实质上也是对三部作品文学价值的高度评价。

王为民《对于〈西游记〉的另一种阐释:〈西游记〉与〈西游补〉关系》引董说的话“所谓心短是佛,时短是魔;妖魔归尽,世界清空”,认为董说创作《西游补》的立意是力求忠于《西游记》的原旨的。《西游补》一书不仅套用了《西游记》的人物还有意以《西游记》的立意为其主旨。也就是说,董说创作《西游补》一书是抱着续补《西游记》的意图。但同时作者也强调,不能因为是《西游记》的续书而否定其有独立的性质,理由是明清文人喜用心性之说来解《西游记》,但《西游记》本身未必有这样深奥的玄机,而董若雨则正是依靠着这种对于《西游记》的误解来创作《西游补》的。从这个角度说,《西游补》的主旨自然是与《西游记》根本不同的。作者认为,如果说《西游记》是一部一般老百姓喜闻乐见的通俗小说的话,《西游补》则是一部以文人士大夫为读者对象的文学作品。董说精心地将心性的玄机构筑在《西游补》中,这和《西游记》对于宗教、哲学思想的随意处理是截然不同的。文章梳理了续书说和独立说二者之间的关系,认为续书说的看法实际是从文学发展的历史的观点来看待《西游记》和《西游补》的关系的,即《西游补》一书的创作是以续《西游记》为目的的,而独立说的看法则是从文学自身的结构类型的观念来看待二书的,即《西游补》

与《西游记》乃是两种不同的文学类型的作品,其中的文本结构及风格趣味都不一样。作者的观点:应该从董说本人的角度来看,对历史和类型的视角应当完全统一在《西游补》的创作中。综合全文的分析,文章认为《西游补》是续书,是一部有自己独特风格的续书。

·西游典故·

毛泽东指述花果山原型的来龙去脉

李洪甫[①]

编者按：关于毛泽东主席和胡耀邦总书记称连云港花果山是"孙猴子老家"，是《西游记》"原型"的说法，屡见于坊间，但可惜因为此前缺乏直接的文献确认，因此不能正式列入研究范围。李洪甫先生长期关注乡邦文献和文化事业，并且是其中一些领导视察连云港的亲历者。近来李先生根据新近正式出版的地方史志和自己的亲身经历撰写了本文，实事求是，无关夸张虚美，对于澄清事实，还原历史，应该有所帮助。

毛泽东主席是著称于中国史乃至世界史的政治领袖、军事家，也是一位极具才情和睿智的诗人和文学家。据称，1955 年到 1958 年，他先后 3 次指述花果山的原型，但可惜此前没有明确的文字记录，更无手书，皆是口口相传，3 次谈话的内容也不尽相同，因此尚未列入正规的研究范围。笔者以为，此话应说是事出有因，其由来，当与毛泽东对当时的新海连市（今连云港市）经省报送中央的关于朝阳乡前进农业生产合作社发展情况的报告相关，只是这些谈话多年来一直没有正式发布。近年，有关细节已经在正式出版的地方史志中明确记载，摘录如下：

据方志出版社 2014 年出版的《朝阳镇志·大事记》："1955 年 9 月"，新海连市

---

① 作者介绍：李洪甫，江苏海洋大学特聘教授。曾任连云港市博物馆馆长，专注于研究《西游记》与地方文史。

委的"刘明宣、武心铎到朝阳乡"撰写"反映农业合作化"的报告,"9月21日报省,省转报中央"。1个月后的10月下旬,"毛泽东在停于镇江的专列上接见镇江地委书记陈西光和专员高俊杰,听取关于农业合作化的报告"时问:"你们知道《西游记》里的花果山在哪里吗?""就在你们江苏新海连市。""你们年轻人应该去转转。"此刻的毛泽东,刚刚看过地处江苏最高峰云台山朝阳乡的农业合作化情况报告,因此兴致勃发,希望江苏的干部去看看。

两个月后的1955年12月,毛主持编写的《中国农村的社会主义高潮》收入了关于新海连市朝阳乡的报告《大社的优越性》。1956年7月,毛泽东在徐州的专列上接见徐州地委书记胡宏、专员梁如仁时,再次指述花果山水帘洞"就在你们管辖下的新海连市",要他们"去看看"①。

最重要的一次是1958年7月,毛泽东向即将赴苏北调研的团中央书记胡耀邦交待:路过江苏时,去新海连市看看孙猴子老家是什么样子。这是作为一项具体而明确的任务交待了胡耀邦。耀邦同志到新海连后,住进市第一招待所西北角的两层小楼。当晚,他要求看看地方志。新海连市文教局的夏兴仁同志将一套线装书《嘉庆海州直隶州志》送给住在二楼上的耀邦同志。第二天早上,市委通知文教局去招待所取回"海州志"。出乎意料的是,耀邦同志的新海连之行,没有去登看云台山,这是因为他没有看到地方志里关于花果山、《西游记》作者吴承恩乃至猴王传说的明确可征的资料,一生坚持并力行"实事求是"的耀邦同志,也许认为孙猴子老家的事缺少文献稽考。他当然也一定会向主席如实回报读到的方志资料以及他所了解的情况。所以,自1958年迄今,没有再发现或听到毛泽东关于这一话题的记录和口传。

由于痛感缺少准确的相关文字的原始记录,新海连市府后来约请"新浦刊刻社"的主任陈云高写了"花果山"三个隶书大字,镌刻于山上;又由济南军区的前卫文工团编了一首《说唱孙猴子老家》,在连云港工人文化宫演出。但终因多重因

---

① 《连云港市志·大事记》. 2000.

素——主要是下文将要说到的学术研究的滞后，一个背负着中国文化史的厚重话题，随着时间的推移，渐趋冷淡。

　　可是，《西游记》研究的历程和成果证明，毛泽东的提示并非调侃或空穴来风（前已提及近年出版的资料已经确认）。毛泽东于青少年时代就是四大名著热心的读者，稍长，即对这些经典有独立精辟的见解和深刻的研究。直到晚年，关注这四本小说的热心始终没有消减。尤其是对《西游记》，写过很多批注。据现存中央档案馆的毛泽东在北京大学工资发放册上签署的记录，至迟于1918年11月，他已进入北京大学图书馆做助理员。而1918年1月接任北大图书馆主任的正是被毛称作"真正老师"的李大钊先生。当年秋天，毛泽东曾手持杨开慧父亲、北大伦理学教授杨昌济先生的亲笔信函找到李大钊的办公室。1917年9月，现代研究《西游记》的先驱人物之一胡适先生始任北大教授；1921年12月中，他连写了3篇《西游记序》；1923年2月4日，改定为《西游记考证》。1923年2月5日，好象是胡文发表的当日，甲骨文研究大家董作宾先生写了《读〈西游记考证〉》，抄摘了他搜求到的相关吴承恩生平及其著述的资料；其中，涉及海州云台山水帘洞的资料及其推想，共12行，约300字。董先生虽然没有一锤定音，却认为：连云港、花果山的资料"不无研究的价值"，"也似乎是花果山的背景"。3月9日，胡适将董作宾的来信收入《胡适文存》，附于《西游记考证》之文末。

　　胡、董的文字是当时为数不多的《西游记》研究论述。此刻十分钟爱《西游记》的毛泽东，不会忽略这些新文化运动所催生的鼓角相闻。毛泽东重视胡适和董作宾的文字有一些旁证值得重视。笔者在撰写研讨会论文时，曾向与毛泽东交谈过的相关人士了解到，毛泽东在谈花果山的同时会谈到对学术研究的重视；他会从王羲之书《兰亭序》真伪的争论谈到对胡适的评价。笔者对有一件文坛往事也记忆犹新——上世纪五十年代，康生向郭沫若提供了他收藏的《兰亭序》珍本。郭沫若写了《从王谢墓志的出土论到兰亭序的真伪》，刊于《文物》杂志；南京书法家高二适写文驳议，没有被发表，高二适便写信给自己的老师章士钊，章把文章转呈毛泽东。

不久《光明日报》以一个版的篇幅在郭沫若的文章下面同时发表了高二适的文字。毛泽东的批示说:"像高二适这样的文章应该准予发表。胡适对新文化运动有一定的贡献,二十世纪不能给他平反,二十一世纪也要给他平反。"因为毛的批示与江苏有关,南京博物院收藏了这一批资料。笔者曾专门到南京博物院核实。另外,《书摘》2014 年第 8 期发表中共党史学会会长龚育之的文章《胡绳晚年论胡适》,龚育之在文中称:1956 年——又是 1956 年——全国政协招待知识界人士的宴会上,毛泽东提起对胡适的批判,他说:"新文化运动他是有功的,不能一笔抹煞,应当实事求是……到了 21 世纪,那时候,替他恢复名誉吧。"可见,前引毛泽东多次谈论《西游记》,很可能与看到胡适和董作宾对《西游记》的研究有关。

遗憾的是,直至大陆改革开放胡适的《西游记考证》得以再版之前,我们都没有看到附在胡先生著述文末的董先生的短稿。我们看到之后,由于董作宾所抄摘的关于姚陶的《登云台山记》写于《西游记》流行之后 118 年,不能证明先有山,后有书,采信的人也很少,读者多以为董文所指是受到《西游记》流行之后的影响才编造附会的名胜古迹,导致许多学者向云台山投过去匆匆一瞥,即转过头去,花果山背景地的辨析也就成为学术界多年的悬案。直到 1982 年全国首届《西游记》研讨会上,还有少数学者因此而提出不同角度的质疑。

笔者从读书初起,就对连云港的文史资料有兴趣。1959 年,笔者在江苏海州师范念书,于市博物馆的前身海州地志文物陈列室看到历代的海州方志、山志,渐渐知道有海州陈光蕊、宰相府、殷开山以及"三藏禅师"的记录,尤其是看到与吴承恩表侄胡应征同榜的举人张朝瑞在《云台山三元庙碑记》中写的水帘洞,比董先生 1923 年抄摘的康熙四十九年(1710)到云台山赈灾的淮安知府姚陶写的文字早了 142 年,不可同日而语;我认为,隆庆戊辰科(1568 年)考中进士,与吴承恩同逝于万历年间的海州人张朝瑞,对家乡山水的亲历,资料可靠,证力尤其厚重。

文革期间几乎无书可看,只能攀云台山读碑。看到了另一位万历时期的海州判官、相当于代理知州的唐伯元写的《游东海青峰顶碑记》,咏叹了与《西游记》24

回相关的"清风",与32回相关的老君堂。然而,最有价值的石刻还是明嘉靖二十八年(1549)海州知州王同在水帘洞上方题刻的"神泉普润"和"高山流水";此时,吴承恩约当49岁,《西游记》的"痴话"还在"漫说"之中。更有甚者,水帘洞门楣左上方宽60厘米的石龛内,居然有相关宋代东海县的碑铭,使我们想到《西游记》第一回关于"东海之处耸重巅"的赞美。刻面镌于悬崖之上,字径仅4厘米,因为仰视,只能识得"大宋国海州东海县"八字,无法近观细辨和捶拓摄片。全国37处称作水帘洞的景观中,云台山水帘洞题刻,是唯一具有完整可靠的题名和年款的摩崖;是兼有正史、方志、山志等记录为旁证的石刻文献。有关花果山的考论后来逐渐被广泛认同——1982年10月全国首届《西游记》研讨会10天会期的后5天在连云港花果山下举行;1987年,花果山的地名正式出现在地图上;1988年,云台山成为江苏省三处首批全国重点风景名胜区——都应该与这些石刻后来逐渐被注意有关。

1975年,我将文革期间的读碑所获写入《连云港市文物普查资料之二——花果山的名胜古迹》,被辗转抄录、晒图纸复印、打印、铅印等传播后,经过再再考量,1977年又录入国内外首篇关于《西游记》中花果山的专论《云台山、吴承恩与〈西游记〉》初稿。当时的《江海学刊》尚未恢复,首刊于《徐州师范学院学报》1978年10月第3期。1980年1月,恢复出版的《江海学刊》转载。该文分《地理位置》《吴承恩行迹与海州的亲朋故旧》《云台山名胜》3个专题,征引、论证了石刻文献和张朝瑞等明代学人所写碑记中与花果山水帘洞紧密相关的风物遗迹和人文存留,突出了明代嘉靖年间海州知州王同的题勒。

1979年12月,上海书店根据实业印书馆1942年版胡适先生的《中国章回小说考证》影印发行,我用《江海学刊》转载《云台山、吴承恩与〈西游记〉》的稿费购买了一批资料书,中有胡适先生的多种著述,董作宾先生的《读〈西游记考证〉》作为附录,赫然在目。遗憾的是,董先生征引的姚陶《登云台山记》比我在1978年的花果山《专论》中用以证明水帘洞价值的王同题刻晚了161年。

1982年的全国首届《西游记》研讨会上,作为我大会发言的"花果山专论"被印成单行本,书名《吴承恩、云台山与〈西游记〉》,署名"连云港市社会科学联合会""连

云港市文学艺术工作者联合会"。文中,转引了董先生的相关文字;之后又写入《专论》的续篇——《〈云台山、吴承恩与西游记〉补证》,刊于《徐州师范学院学报》1983年第2期。

历史会有很多的意外——但看似意外,其实有因果出现在其中。当年专注于家乡的各种文献时,我根本没有想过日后会有陪同胡耀邦同志登上花果山的那一天。1984年10月26日,中共连云港市委办公室通知我:即日住进市政府第一招待所。27日晚又入住云台宾馆。耀邦同志是到山东视察途经赣榆,27日下午五时到达连云港的,旅途的劳顿,没有在他的脸上留下一丝疲惫,28日上午7时55分,耀邦同志登车参观,沿途我向他介绍了连云港的历史和沿途的文化遗存,陪他观看了与陶渊明的《桃花源记》相关的宿城遗迹。

途经盐场、中云乡的路上,总书记感慨地说:"一个国际港口的背后,有这么幽静的风光,有这么宽阔的土地资源,是很好的发展基础。可以从宿城向港口打两孔双向的隧道。这样,口岸的腹地变大了,货场、库房的拓展空间也解决了。"

车行到新墟公路,我向耀邦同志提到孝妇祠、田横庙时,耀邦同志很熟练地讲述着相关的历史。当我说到吕母崮时,总书记立刻回过头向坐在他身后的山东省委李书记说:"这是山东的事,就是日照,汉代叫海曲,这个吕母就是海曲人,她的儿子让县官杀了,她率领农民造了反。"

总书记对地方历史熟悉的程度使我吃惊。回云台宾馆午餐后,略事休息,下午一时半,耀邦同志登上了花果山。

花果山上的三元宫正在大修。在三元宫的前殿山门,耀邦同志仔细地观看了显示着三元宫非凡地位和经历的天启元年书刻的"敕赐护国三元宫"门楣刻石。在简略地陈述了三元宫的历史沿革以及三元三官与唐三藏的关联后,我指着三元宫大殿维修工地上的一块碑说,那是清康熙年间的《云台山三元庙田地碑记》,文里载述了三元的家世及其与传说中的唐三藏与父亲陈光蕊的父子关联。

耀邦同志不顾随行人员和卫士长的劝阻,坚持要去仔细看看那块碑,又拒绝别

人的搀扶,跨过工地上的石灰坑、脚手架,走近碑石,弯下身子逐字逐句地听我读着碑文:"三元大帝,溯及从来,因知帝父姓陈氏讳光蕊,唐贞观时状元,诞育三元,盛躬东海,即其圣帝飞升之地也。明神宗时敕赐淮海福山……"明神宗即万历皇帝,吴承恩逝于万历十年。

离开三元宫,耀邦同志顺着大殿西侧的踏步登山去看唐三藏家庙团圆宫,仔细地审视着一块明万历三十年的"圣旨"碑石:"敕谕海州云台山三官庙僧众人等:朕发诚心,印造佛大藏经,颁施在京及天下名山寺院……"这一年,是学界公认的善本西游"金陵世德堂本"《西游记》问世 10 年整。

接着,耀邦用了一个小时的光景,游历了美猴王的洞府水帘洞、孙猴子诞生地娲遗石以及千年名木美人松。

水帘洞是花果山上最为著名、最有代表性的景观。总书记仔细地询问水帘洞上方几帧刻石的年代,对一方凹入洞壁龛室里的宋代碑铭尤其关注。并仔细地听着我讲述关于 20 世纪 20 年代新文化运动的学者董作宾、胡适在文字中提及云台山水帘洞的来龙去脉。和上午一样,在整个游览过程中,每听完一小段介绍,他总是很平易而亲切地点点头:"嗯,嗯。"

走了很长的山路,耀邦同志的脸上看不出一丝疲惫,正相反,他兴致浓郁,谈笑风生。走到刻有光绪年代题铭的云台山门旁时,经卫士们再三要求,在一个小卖茶水地摊的长板凳上坐了下来。他郑重又特意地说了一句语重心长的话:

"这些遗迹要保护好啊!"

这句话使我心潮澎湃,我想起了 1958 年胡耀邦同志来到连云港,由于我们的研究没能跟上,没能提供有价值的文献,耀邦同志身负使命却没能看到孙猴子老家花果山的现场——但若干年后,这位酷爱读书、延安时代的革命家,终于认同了我们的花果山。我甚至遐想,1958 年,我要能随同他登山多好啊!转念一想,那年,我才 14 岁,是个懵懵懂懂的中学生。

晚餐过后,耀邦同志毫无倦意。我打电话让博物馆办公室送来几支毛笔和砚台。

在云台山宾馆二楼会议厅内，应连云港市委、市政府的要求，总书记为"淮海大学"题写了校名，时任市博物馆馆长的我，也请求总书记题写了"连云港市博物馆"的馆名。耀邦同志欣然命笔，而且认真地写了2次，他自己选中了一张。

人们经常这样说，我内心也这样认为，这是总书记对我一天导游服务的最丰厚的奖赏。我将耀邦同志的题字以及用过的毛笔和砚台一齐带回博物馆，作为重要的藏品登记入库。两年后，连云港市博物馆新馆落成，耀邦同志题写的馆名放大之后，安放在展览正厅的门楣上，我领着全体馆员站在馆牌下合影。

2018年10月初稿

2019年4月再改

近代《西游记》研究的前驱罗振玉、王国维

许芳红①

罗振玉（1866—1940），字叔蕴、叔言，号雪堂，又称永丰乡人、仇亭老民，晚年号贞松老人。江苏淮安人。他是晚清学界赫赫有名的人物，在多个领域做出了杰出贡献：他是最早的甲骨收藏家，为"甲骨四堂之一"，是甲骨学的奠基者；他倾力保存敦煌文献，是国内最早研究敦煌文书的人，是敦煌学的奠基者；他还开拓了现代农学，曾创办学农社，主编《农学报》，兴建农科大学堂。

王国维（1877—1927），初名国桢，字静安，亦字伯隅，初号礼堂，晚号观堂，又号永观，谥忠悫。浙江海宁人。他是中国近代学术风气转型的关键人物，开辟了现代学术新境界：他是中国最早运用西方哲学、美学、文学研究中国古典文学的开创者，开创了中国现代美学和文学理论的先河；他是将历史学与考古学相结合的开创者，是新史学的开山；他是将文字学演进到史学的第一人，梁启超称他是"不独为中国所有而为全世界之所有之学人"。

对于我们来说，更重要的是：他们不仅是近代学术重要开创者，还是《西游记》研究当之无愧的先驱，他们影印出版《大唐三藏法师取经诗话（记）》，奠定了《西游记》现代研究的基础。

1914年，罗振玉流寓京都，听说日本有人收藏有唐僧取经故事旧本，便循迹查

① 作者简介：许芳红，南京大学文学博士，淮阴师范学院文学院院长、教授。研究方向：中国古代文学。

访。皇天不负有心人,他先是在政要三浦将军处借到了一个残本《大唐三藏取经诗话》,又从学界著名人物德富苏峰处借到了另一个内容全同的残本《大唐三藏法师取经记》,并将两书互校影印。影印本公布时,罗振玉在书后附加了二篇表述自己意见的跋,被称为"罗振玉跋一"和"罗振玉跋二"。罗振玉当时拟定的《大唐三藏取经诗话》之篇名,也就成了今人的通称(当然,现在看来,这个篇名还值得商榷,似乎《大唐三藏法师取经记》更为合适一些)。

1915 年,也在日本的王国维见到《大唐三藏取经诗话》后,便写了一篇不足千字的短文,附在了罗振玉影印本的末尾,被称为"王国维跋"。这篇跋文对《大唐三藏取经诗话》成书于何时、属于何种性质有了初步的判断。在此跋文里,王氏根据《大唐三藏取经诗话》卷末有"中瓦子张家印"款一行,确定此本为宋椠本。根据是吴自牧《梦梁录》卷十九云:"杭之瓦舍,内外合计有十七处:如清冷桥、熙春桥下,谓之南瓦子;市南坊北、三元楼前,谓之中瓦子。"又卷十五:"铺席门、保佑坊前,张官人经史子集文籍铺,其次即为中瓦子前诸铺。"王氏据此认为"中瓦子张家印""盖即《梦梁录》之张官人经史子集文籍铺",所以定《大唐三藏取经诗话》为宋椠本,并认为此为"人间希有之秘笈"。罗振玉则在《跋二》中根据"书中'驚'字作'驚'(缺笔),'敬'字缺末笔",也断定"此亦宋椠也"。后来郑振铎同意罗、王观点,鲁迅则认为此书应该是元椠。再后来学者大多延袭王氏观点,这对于认清《西游记》属于"时代积累"型作品,吴承恩是位写定者而非创作者有极大的帮助。

但是王国维也带来了《西游记》现代研究中的第一个错误。就是不经意间他把《大唐三藏取经诗话》的刊刻时间误当成了作品的形成时间,认定它是南宋的"说经"话本。这个观点对后世影响极大,后果也比较严重,以至很长时间内各种早期资料无法形成正确的排列顺序。

曾经有学者怀疑王国维的"宋代话本说"。如 1954 年中国古典文学出版社出版《大唐三藏取经诗话》时的"出版者前言"已经表示了怀疑。1980 年程毅中则在《宋元话本》一书里认为"现存的《大唐三藏取经诗话》,应该是一本早期的说经性质的话本……可以看作唐代变文的直接后裔"。王力在《汉语史稿》的一条脚注里认

为《大唐三藏取经诗话》可能是北宋作品。但鉴于罗振玉、王国维巨高的学术声望，"宋代话本说"在数十年间一直都是主流著作喜欢引用的观点。直到1982年，语言学家刘坚的《〈大唐三藏取经诗话〉写作时代蠡测》，李时人、蔡镜浩的《〈大唐三藏取经诗话〉成书时间考辨》同时做出了非常有力的辨析，认为《大唐三藏取经诗话》真正的名称更可能是《大唐三藏法师取经记》，应是晚唐、五代的作品，实是唐、五代寺院"俗讲"的底本。这才纠正了王国维的错误并引导了新的《西游记》研究。关于这个问题，近年来，淮阴师范学院蔡铁鹰教授对此多有辨析，并在辩误的基础上提出原生的取经故事的概念，认为《大唐三藏法师取经记》乃是西北地区寺院中的俗讲底本，最初始的取经故事就诞生在西域的丝绸古道上。①

瑕不掩瑜，虽然王国维的判断不完全正确，但毫无疑问，《大唐三藏取经诗话》影印本的面世和罗、王三篇跋文的发表拉开了现代意义的《西游记》研究帷幕，罗振玉、王国维无愧近代《西游记》研究前驱之称谓。

---

① 参见蔡铁鹰. 西游记的诞生. 北京：中华书局，2008；《吴承恩与西游记》，郑州：中州古籍出版社，2018。有关资料已收入蔡铁鹰. 西游记资料汇编. 北京：中华书局，2010.

胡小伟：我想记下的西游奇人（一）

蔡铁鹰

作者自按：时光如白驹过隙，屈指一算，与《西游记》研究结缘倏忽已有四十年。其间心之收放，学之得失，均可查寻，无需我这当事人操心，但有些在师友之间发生的，牵涉某些也许还值得一说的往事或者学术问题，却是需要静心想一想然后记下的。故有此系列短文。

称以下几位为"奇人"，乃是指其专长并不在此，但却对《西游记》研究或推进有功，或所见卓异。

胡小伟先生似乎身体挺好，常见到他行走南北的消息，但在 2014 年春节前几天（1 月 20 日）听到的却是噩耗——因脑溢血而去世，享年仅 69 岁。这结果颇为突然但却又不太意外，因为他身材够健壮，声音够洪亮，又好点烈酒，酒后的脸色往往近似于枣红，配上一绺长须，酷似他钟情景仰的关云长关二爷，这种气质形象，从医学上说与脑溢血往往距离更近。

且看文献关于胡小伟先生的介绍：

> 胡小伟（1945 年 8 月—2014 年 1 月 20 日），四川成都人，中国社会科学院研究员，曾任中国通俗文艺研究会副会长、中国文联民间文艺家协会关公文化专业委员会主任等社会职务。致力研究中国文化史、小说史以及中国传统与现代化关系研究，涉猎广泛。在海内外文学术刊物发表出版论著近 400 万字。与中央电视台、凤凰卫视、北京电视台、上海东方卫视等媒体历史文化类栏目多有合作。

胡小伟先生在中央电视台、北京电视台是经常出镜的，身份早前常用中国社会科学院研究员，后来则往往直接冠以"文化学者"四个字，应该说非常"著名"。记得有次他来淮安，我陪他去看坐落在清代河道帅府旧址内（今城南公园）明末建设的关公庙，那是一个周日，公园内并不喧嚣也就是人并不太多，但居然前后有三位路人认出了"胡先生"，其中一位还是在公园里做工程的扬州古建公司工头，可见他的辨识度之高，我当时笑说："你干脆改行做主持人得了"。

他经常作为嘉宾或者主持人侃侃而谈的，以民俗和关公研究为常见，从可查的资料看，几乎看不出与《西游记》有何关系；甚至在他数百万字的著述中，也搜不出多少关于《西游记》的文字。

然而他又确实与近几十年的《西游记》研究密不可分。

1978 年文化大革命结束后，学术研究逐步开始了回归之旅，1982 年 10 月金秋，"第一届全国《西游记》学术研讨会"在江苏淮安·连云港召开。这是至今仍值得纪念谈说的一次盛会，以中国社科院文学所为号召，以淮安、连云港两地政府为支撑，研究中国古典文学和《西游记》的各路大仙云集影从，包括李希凡、季镇淮、何满子、朱一玄、苏兴、黄裳、刘荫柏诸位先生在内有一百数十多位学者莅会。社科院文学所的陈毓罴先生自然是会议的主导者之一，而陈先生背后还有一位器宇轩昂

的年轻人——他的研究生胡小伟。当时我是正经论文经审的会议正式代表，但毕竟只是刚走出校门的新科毕业生，难免腼腆，因此整个会议期间大多敬畏而安静地坐在最后几排，甚至都没有挨到胡小伟的身边；而小伟先生，或许也是囿于在读身份，囿于导师在场，也算不显山不露水，沉稳内敛。

但是到了1986年在浙江普陀山由舟山师专召开的第二届会上，胡小伟和李时人、曹炳建等几位青年才俊逐步引导了会议的话语权，指点江山，挥斥方遒，显得异常活跃。小伟先生当时已经在社科院文学所入编工作，这本身就是身份的标志，加上正入壮年，其形既昂昂，其气又起起，俨然已是新的意见领袖。在这届会上，各路大神提出了组建"西游记学会"的倡议，并议出了一个组委会名单，名单当然还是大神领衔，但小伟先生被议定为秘书，公推由他和北京的一批学者着手具体事宜。

之后很长时间成立学会的事情没有实质进展，到1989年之后事情便毫无挽回余地地黄了——所有政策当时都收紧了，以致后来朋友们半开玩笑式地指责小伟办事不力，耽误了最佳时期；而小伟先生则面红耳赤甚至有些嗫嚅慌乱地申辩："忙！"——真忙得不可开交吗？未必，只不过他不肯说出真正的原因罢了。

经过十几年的沉寂，进入二十世纪之后，《西游记》研究在再次出现复兴的势头，尤其是在江苏。从2001年开始到后来丁振海先生为会长的西游记文化研究会成立为止，不足十年之内，淮阴师院、河南大学、盱眙县政府、淮安区政府、江苏海洋大学（前身为淮海工学院）、江苏省社科院明清小说研究会等单位三三两两、分分合合先后举办了7次规模不等的《西游记》学术研讨会，其中河南大学和江苏海洋大学承办的还是经过报批的国际会议。这些不同形式的学术聚会，无一例外都会提到对全国性学术组织的渴求。于是在江苏海洋大学举办2006年学术研讨会的前后，建立正式组织"全国西游记学会"的倡议再次被提出，并形成了一个以江苏省社科院文学所萧相恺、王学均、南京大学苗怀明、河南大学曹炳建、江苏海洋大学徐习军、淮阴师范学院蔡铁鹰组成的筹备小组——后来补进了华东师范大学竺洪波、辽宁大学胡胜、江苏特殊教育学院杨俊，在得到各所在单位授权后正式展开成立全国性西游记研究学术组织的申报。考虑到申报过程可能会时日长久，为不影响继续

召集新的研讨，筹备小组沿袭了一个很有弹性的名称"西游记研究高端论坛"——各单位召集的学术会议循序冠以年号即可。应该说，那些年以论坛形式出现的《西游记》研究传承有序，成果迭出，得到了广泛的认可，这就是至今一些学术单位的研讨仍延续为"20XX西游记研究高端论坛"的原因。

在上述的近十年时间里，胡小伟先生参加了大部分学术会议，还和中国社科院民族文学研究所原所长汤晓青女士、文化部艺术研究院刘荫柏先生一起受邀参加了筹备组的活动，并以各种形式奔走呼号。非常具有戏剧性的是，筹备组的锣鼓尚未敲圆，民政部已于2007年批复成立了一个一级学会即全国性的学术组织"西游记文化研究会"，但物是人非，这个新批复的研究会与上述"西游记高端论坛"的筹备完全无关，其要职人员虽不陌生——会长丁振海（原《人民日报·海外版》主编）、副会长詹福瑞（时任国家图书馆书记）、陈洪（时任南开大学副校长）、竺青（时任《文学遗产》编辑部主任）、方宁（时任《文艺研究》副主编）、章金莱（著名演员六小龄童）等，都是耳熟能详的学术（艺术）大家；但总归又有点隔膜，因为他们并不经常出入《西游记》研究领域。不过这并不是问题，"西游记研究高端论坛"筹备的初衷，也不在于山头的归属，既然已经有了钦赐的组织，大家归顺就是了。此后至今十余年，曾试图筹备《西游记》研究论坛的各学术单位与西游记文化研究会进行了良好的合作，一步步地推进了《西游记》的研究。期间值得一提的是研究会副会长、原文化部艺术研究院办公室主任祁连仲先生，此公为人爽直热情，礼贤敬士，不仅对《西游记》研究热心，符合学会领导者组织者的素质，且有协调各方的心意和能力，符合秘书长的身份，数次往返淮安、连云港和顺昌等地，对各地举办的大小学术活动、文化活动给与了重要的支持，也得到了广泛的好评。此为后话，亦为佳话。

回到小伟先生的承担与失落。其实上世纪八十年代"西游记学会"错过最佳申报时机和后来"西游记研究高端论坛"的申报无果，原因并不在于小伟先生的懈怠，后来知道了一些微妙的人际关系问题，还有学术领域官本位的问题，那可都是小伟先生未必能摆平的——在这个意义上，他"数奇"（语出袁宏道《徐文长传》，指命运不好）。我们不以成败论英雄，身负厚望的小伟先生未能使众多愿意追随他的研究者如愿，但他喜欢《西游记》研究，喜欢与研究《西游记》的人做朋友，这些年扛着他内心其实明白做不到的使命，也算忍辱负重蹒跚前行，这就足够了，这也是我们今天称他是"西游奇人"的一个原因。我们这些曾经在论坛里切磋过的同道者，都很感谢他，也很愧疚，因为我们给他提出了难以做到的使命，增加了他内心难以对他人道的压力。

这就要说到小伟先生的性格。这个似乎和学术无关，但现在却是我们的重要话题。

首先是义气。小伟先生被我称为奇人，其实更多的是基于他的人格魅力。他的主要学术方向在关公文化研究，在那里他的成就和人脉要强很多，有次参观山西解州关公家庙，有位老先生指着他的背影说："可惜他不姓关。"言外之意，我们都听懂了，于是众人哈哈一场。我一直在想，究竟是小伟先生和关二爷天生有点契合，还是他专心模仿了关二爷？或许两者都有？！反正我们觉得他们有点像。在经常切磋《西游记》的朋友圈里，小伟先生是精神领袖，因为他愿意与所有研究《西游记》的朋友们交往，不管对方的学术水平如何，年龄高低，也不管准备发表的意见有多不中听，他都不敷衍不藐视；对低等级高校、地方文史研究者甚至民科，他都作为朋友交往，比如与淮阴师范学院、淮海工学院建立了经常的联系，与淮安的刘怀玉先生、连云港的李洪甫先生，都交成了极好的朋友。早些年，西游学界通过这二位沟通地方领导，在两地安排了不少学术活动，很好地促进了那一时期的《西游记》研究。但是发炮批评涉及学术界成名人物时，他的言辞往往过于直率，"特立独行"（毛佩琦语），会涉及面子甚至更复杂的问题，这也是他的人际关系有点特别的原因所在。这个问题的背后有一些深层次的东西，有人说，小伟个性强悍，不懂圆转，锄强扶弱、嫉恶如仇，甚至一些不算是"恶"的个人品质也会被他鄙视；而反过来，他又被他人认为是"恶人"。我不知道这其中的详情，所以不便评论，但觉得我和《西游记》研究圈子里的朋友们都认可他的义气和他对于《西游记》研究的热心推动。

其次是豪爽。小伟先生大嗓门，善言辞，见多识广且通晓社会各界包括官场的

门道,因此在和各式人等打交道时,游刃有余,这也是他推动《西游记》有功有劳的原因。前些年,科研经费的渠道不够完善也不很透明,很多时候要看个人的态度,且高校的经费紧张,筹备活动往往需要地方政府的资助,因此公关事实上就有微妙的作用。当然需要各地热心者做好先期工作,待到即将拍板,也就是邀请小伟先生出场的时候。他的中国社科院研究员的身份自然对领导们有点吸引力,因为来自京城,自会得到尊重;但更多时候起作用的是他儒雅自带仙气的中式对襟和一绺长须,很多人会下意识地认为中国的学者应该就是这个范儿,尊重油然而生。再加上他的酒量不小,酒品更好,这也深得赞赏。说到酒,各地宴席上不缺这东西,摆上来的至少都是有说道的地方好酒,但小伟往往摆手摇头,提出要来点二锅头,甚至直接就揣上一瓶二锅头带到酒席上,就拿着这六十度的东西与人对饮。然后,没有然后呢,事情就成功了。想当年,一向关心《西游记》研究并亲力亲为的上海古籍出版社高级编审何满子先生,每临会议开席,不管桌上是否有酒,不管他人酒风酒品如何,他老先生都会从袋里掏出一个二两装的竹叶青小瓶,啜上几口,让一身的儒雅仙气飘出来;而小伟则是用唯恐不烈的二锅头把豪爽从儒雅仙气中拔出来。揣测小伟先生最后的离去恐怕和酒有关系,而我还在这回忆文章中赞赏他的豪气,也算揭他的老底,未免不太地道。善哉,善哉,不为尊者讳也!

小伟先生这个性格是如何形成的?我一向相信人的性格形成和环境和经历有关。关于小伟先生的简历,网上可以查到一些:曾经在著名作家苏叔阳先生的班上读过书,与著名学者毛佩琦是同学,曾经下过乡,做过铁路工人,后来于1978年考上社科院研究生等等。这些似乎不需要我来介绍,一来我和小伟先生交往多年,也认识了他的夫人于洪笙大姐,但话题只有《西游记》,从未谈过个人的家事。二来这些也不能做圆满的解释,包括后来收到过其子胡泊编撰的纪念文集,知道了很多小伟先生青年时期的往事,但我觉得这些还是不能解释小伟先生性格的形成。

然而有一条线索引起了我的注意。以前有些朋友说,小伟先生出生于高干家庭,因此天生傲骨傲气,目中无人。当时因不了解小伟先生的家世,我对这话并无太大反应——我与其交往,是因为《西游记》,与他高干身份何干?但后来看了胡泊

整理的纪念文集，才觉得事情是真得那么可能，性格真的有遗传的可能。下面我就小伟先生的性格问题也"八卦"一下，这"八卦"的意思是指与《西游记》研究相对而言距离较远，具有戏剧性、文学性，但材料完全是真实的，在网络上及有关官私记录中不难找到。

据说，胡家是四川渠县的大户，祖上因经商起家，经济实力雄厚。但胡家公子胡春蒲（小伟先生的父亲）却思想进步，毁家革命，利用袍哥组织为掩护，暗中支持中央苏区红军。1935年，经时任上海临时中央代理书记王世英介绍，胡春蒲加入共产党并接受培训，成为中央特科成员即最早的中共特工，后受命利用胡家公子的身份和在国民党上层的人脉关系从事地下活动，接受周恩来、叶剑英、潘汉年等的直接领导。

胡春蒲曾在中山大学读书，其间得到了时任国民党广东省党部主任并在中山大学兼任教授的重要人物黄季陆的赏识。资料称，"黄季陆在国民党中属于独立思考的学者型官员，其政治选择非人生依附而是个人判断，与人交往爱德才重情义而非党同伐异"，他一眼看上胡春浦，并始终如一地给以信任和帮助，以致到不计政治厉害的程度。这种超政治的个人交情，在胡春浦革命生涯的一系列关键时刻起了重大作用。胡春蒲后来一直既担任黄季陆的幕僚，又为他经营煤矿，如鱼得水。其间胡春蒲因为"鼓动兵变"，多次被追捕，两次入狱，但都因人脉强硬而有惊无险。资料说，胡春浦被关审后，黄季陆回成都过问，要国民党军统统调室主任当面向胡春浦表示道歉，又把没收的党证退还他。胡春浦索性发脾气，趁势将党证一摔，撂下一句：老子永远不当国民党员了！

这简直就是暗战影视剧中的场景。四川袍哥的传统、胡家的家世财产和胡春蒲的毁家革行为、黄季陆的政治风格和赏识，其中都共同有一点值得注意的文化背景，脑补一下，就可以想象胡春浦公开面貌中的政治依附、江湖义气、广泛人脉和公子作派。小伟先生就出生在这样的环境中，1945年抗战胜利时。（因此他名字中的"伟"，家人认为应解读为"V"，即victory，胜利！）

故事还没完。抗战胜利后，胡春浦以大商号老板、社会贤达的身份周旋于上流

社会,广泛结交拉拢各种身份和政治态度的人,编织起一张巨大的关系网,商号也成了共产党非常活跃的一处地下工作站。1947 年,因牵涉国民党体制内的矛盾(掩护身份起了作用),保密局西南特区负责人徐远举(《红岩》中的徐鹏飞)亲自带着一帮人坐飞机到成都将胡春浦抓捕。罪名是:共党嫌疑。这当然不是捏造,但军统没有找到确切的证据,只能把他关在白公馆里(后转入渣滓洞)审查,胡老先生就此成了白公馆、渣滓洞里的特殊囚犯:他面前既有体制内的仇敌,背后又有强大的关系背景;说他是共党,却没有证据;他是囚犯,但管理他的人却曾经是同行甚至是同僚;他一袭长袍,挥金如土,摆足架子,拿够排场,施展人格魅力和公关手段,为自己争取了相当自由的待遇,又乘机为其他共产党囚犯争取了生活条件的改善,甚至开办了狱中图书馆、合作社、互助社;他自称为"公子哥儿,纨绔子弟",合法地煽动囚犯"罢饭""翻供",并在此其中形成了地下党组织,他和《红岩》中许云峰、刘思扬、黄显声等人物的原型,都是狱中党组织的领导,差别就在于胡春浦后来提前被国民党内的势力营救出狱。出狱后,胡老先生以解放军司令的新身份,动用人脉,促成了成都的和平解放。

这时我想起前几年非常火的一部谍战电视剧《风筝》,其中主角、身为军统头目但其实是中共特工的六哥郑耀先,简直就是从胡春浦老先生处借了身份,后来郑耀先狱中的精彩,活脱脱就出自胡春浦老先生。能把脑袋提在手上在国民党上层长袖善舞,能面对杀人不眨眼的军统从容建设从事地下工作,能在白公馆、渣滓洞做了两年的特殊囚犯又全身而退,这需要何等的政治智慧、丰富经历和人格魅力?

胡春浦老先生之下,有豪爽义气的小伟,还奇怪吗?

说小伟先生研究《西游记》的文字不多,乃是相对而言,一是相对于他的关公研究和民俗研究,二是相对于我等的滥而不精。让我称"奇"的是他的意见往往出人意表却又准确精到,有相当的前瞻性:得益于在古代哲学、文化、宗教、民俗等方面的广泛学养,他对于《西游记》研究视野显得非常开阔,往往涉及多领域,其间隐秘的关系都会得到他的解释和揭示;得益于他对古代文献极具个性的领悟、解读和信

手拈来的引证,其意见往往发人之所未言。他有一篇《从〈至元辨伪录〉到〈西游记〉》(《河南大学学报》哲社版 2004 年 1 期),从元代统治上层组织和支持的一场佛道哲学辩论开始,谈三教文化的争斗和嬗变对《西游记》故事形成的推动和影响,显然可以看到《西游记》许多斗法细节甚至是整个故事的文化来源。这个话题至今没人接续,我不认为这是由于同道者不感兴趣,而宁愿解读为我等还没有把思维和视角延伸到这个角度。当然将来会有的。

对小伟先生的研究这里不作全面回溯,那在竺洪波先生的《四百年〈西游记〉学术史》(复旦大学出版社 2006 年出版)中应该有记录。我这里仅以他与我的研究有关的两篇文章为例。

一篇是《藏传密教与〈西游记〉——蔡铁鹰〈西游记〉成书研究续论》,发表于《淮阴师范学院》(社科版)2005 年第四期。这篇文章与我发生关系的背景是:上世纪的后二十年,我陆续写了一些《西游记》形象文化溯源的文章,后来于 2001 年我把若干篇论文的观点整理为《西游记成书研究》(中国文联出版社 2001 年出版)一书。这本书现在看已经不值一提,基本上只是之前论文的汇集,但比较正式地提出了一个特定的"成书研究"的概念,可以算是后来系统研究的起点。在 2003－2004 年河南大学、盱眙县政府、淮安区政府召开的学术会议上,我都就这一问题发表了自己的见解,并且于 2004 年在《明清小说研究》第 2 期发表了《唐僧取经故事生成于西域之求证》一文。这引起了小伟先生的注意,在 2004 年的会议上提交了《藏传密宗与西游记》一文,对我的研究发表了肯定性的意见并提出归拢、明确研究方向的建议。其时正值我校学报要发表我的《从西域到中原——渐行渐近的〈西游记〉》一文,便让我征求小伟先生的意见,是否可以把他的文章留在《淮阴师院学报》,和我的文章组成一组发表? 说实在的,主意是学报编辑提出的,我也确实期待此事成功,但内心其实忐忑,因为以我这样的小角色,能有人注意研究的方向和进展,实属难得。不料小伟先生爽快地答应,且说:既然与你的文章一起发表,那就干脆加上"蔡铁鹰《西游记》成书研究续论"副题吧。随又叮嘱编辑可酌情作一些文字上的协调,以便两文照应。这让我大为感动,什么叫奖掖后进,这就是。

就内容而言，小伟先生对成书研究做了进一步的明确，也就是赞成取经故事最早形成于西域的构想，但建议研究要形成"统一背景"和"一致之思"，避免零散无序。而"一致之思"的方向，也就是唐僧取经故事生成的文化背景和动因，他认为佛教的密宗尤其是藏传佛教最值得注意。其文视野开阔、洋洋洒洒，既有藏传佛教进化的文献追踪，又有他在藏地考察的亲见亲闻，实在是非常有益的启发。我看了他的文章后，在已经写成的《从西域到中原——渐行渐近的〈西游记〉》文中增加了一段：

> 当时——上世纪的八十年代，我们虽然把目光盯上了西域，也解决了一些具体问题，然而正如胡小伟先生所言，整体看来还是零散的，还缺少一种"一致之思"和"统一背景"——这和我自己的反思相当吻合，觉得摸索的方向是对了，有些猜想似乎有点道理，但并没有真正摸到唐僧取经故事诞生的主脉络。

我觉得这是得到的最好的建议之一。在后来的渐进过程中，我确实是不断寻找唐僧取经故事演化的文化动因，再后来于2014年赴新疆、2016年赴西藏考察，也都有这方面的因素存在，我以为奇。

小伟先生与我相关的另一篇文章，是为拙著《〈西游记〉的诞生》（中华书局2014年出版）写的序。这篇文章没有在杂志另行发表，因此读者可能较少，这里我就稍微多做点介绍。2006年，我的西游记成书研究课题得到了江苏省社科基金的资助，课题完成，形成了《〈西游记〉的诞生》一书。书稿交到了中华书局时，责任编辑问是否考虑了序言的问题，我当时笑了笑说：我在京城少有交往的大咖，想傍大款恐怕不易。这话有玩笑的意思，但也有真实的成分，因为此书专门讨论《西游记》从唐代到吴承恩时代的形成过程，跨度是九百多年，在学界尚为第一部，能了解、理解的人真心不多，请人写序等于是给别人找为难。当时恰巧时任中华书局副主编的顾青先生在场，他与小伟先生交好，且这部书稿就是经小伟先生推荐而得到他首肯的，所以他接口就说，你请小伟先生不是很好嘛！

小伟先生略有点犹豫，但终究答应了，在《序》的开始，他说了踌躇的原因：

> 序者，始也。为蔡铁鹰新著系序，着实使我踌躇了一阵子。如能洋洋洒洒，妙笔生花，吸引读者眼球，更增添阅读正文的兴趣，固然为锦上添花之事；但若搜索枯肠，言不及义，徒令观者生厌，岂不是佛头着粪？故为序实难，不可轻易应之。所以勉为其难，乃是近年我的个人旨趣，也凝聚于《西游记》的成书过程，并与铁鹰时有切磋，略知其中艰辛甘苦。

说到底，还是有话想说，话题触到了他的痒痒，于是忍不住写了一篇一本正经阐述己见的《序》。这就是小伟的秉性，本性难移也！

序中，他对《西游记》研究的现状有一段话：

> 《西游记》当然不会是像孙悟空那样，从石头缝里蹦出来的。它的渊源也不会只是《大唐西域记》为母，无支祁或者哈罗曼为父那样单纯。实际上它的诞生既有《太平广记》这样的丰沃土壤。又有"三教论衡"那样优越的先天，需要我们耐心的追溯梳理，分源别流。……《西游记》受到学界关注的程度仍然很不够，这一方面源于当代人宗教常识的退化，于"五四"大家的争议背景不甚了然，另一方面则是"现实主义"理论影响太深，难以回归文学本义。

广泛而言，这段话可算是一种极简略的总结，其逻辑关系很清晰，所指也很明确。其中第一层意思人人都能理解，《西游记》必有文化渊源，但想到去探源的人很少；第二层意思指现状即探源研究的简单化，能在探源中看到文化和嬗变过程复杂性的不多；第三层即举《太平广记》"三角论衡"为例指出文化影响的复杂和可追寻的方向，这已经进入历史、宗教、社会的层面。而现代研究关注不够的原因，两条：宗教知识的退化，看不懂；太过受囿于现实主义，看不到。很精准。

具体说来，其中"'五四'大家"指鲁迅、胡适，"争论"指关于孙悟空形象的"外来

说""本土说"。他对这两种说法的单一性表示不以为然，说"也不会只是《大唐西域记》为母，无支祁或者哈奴曼为父那么简单"，是针对我在书中提出的孙悟空形象文化多元，"两猴合一猴"而言。按：我此前根据福建顺昌齐天大圣、通天大圣祭祀墓的发现，提出：孙悟空形象其实在形成中有一个极重要的文化嬗变，是"两猴合一猴"，即属于前期故事中的佛教护法神猴行者和本土文化中自灭自生的恶猴齐天大圣文化嬗变而形成，两只猴来路原本不同，但最后交融合并为一猴；在《〈西游记〉的诞生》中我对做了更多论证。这个观点的提出，对之前数十年沸反盈天的大讨论中各路学者非此即彼必然选边站队的、以胡适为代表的"外来说（哈奴曼）"和鲁迅为代表的"本土说（无支祁）"做了否定，其实也属胆大包天。小伟先生这里做了表态，这是第一位对此观点表示支持的著名学者，而今这个观点已经广为接受。

这就是小伟先生的见识。请注意，不是批评，是见识。批评往往是不屑他人别人，一味拔高自己，站在了被批评者的对立面；而见识说的是我们共同面对的需要解决的问题。我以为奇。

最后说一句，本文不专为悼念而作，目的只是让大家记住在《西游记》研究的推进中，曾经有一位戮力而行、见识卓异的前行者。

不空三藏与《大唐三藏取经记》探索

——关于西游记取经故事早期文本的讨论

朱洪斌[①]

摘　要： 本文所指之《大唐三藏法师取经记》，通常或称《大唐三藏取经诗话》。称呼不同，关系甚为重大。作为最早的西游记取经故事的文本，其形成时代的基本确定，将系统的《西游记》成书研究大大推进了一步。由此而深入，《大唐三藏法师取经记》的文本，又成为一个新的更值得探究的课题。曾有学者提出《大唐三藏法师取经记》源自中唐密宗高僧不空三藏取经行纪的假说，认为它最初记录的并非玄奘法师经由丝绸之路去印度取经的事迹而是不空三藏由海路前往印度的经历，晚唐密宗消退后，零散的玄奘取经故事才乘机而入，将其改造为以玄奘为主人公的取经故事。这个假说长期没有引起重视，但本文肯定其有很强的合理性和非常重要的意义，将就不空三藏印度行纪与《大唐三藏法师取经记》的关系作了进一步的探讨。

关键词：《大唐三藏法师取经记（诗话）》；不空三藏；《西游记》；成书研究

绪论：《取经诗话》成书年代的确定及其合理的学术延伸

《大唐三藏法师取经记》是现今所知的西游记取经故事的最早文本，通常都认

---

① 作者介绍：朱洪斌，淮阴师范学院 2014 届毕业生。本文系江苏省省级优秀毕业论文，指导老师蔡铁鹰。

为它上接唐初玄奘法师取经本事，下连宋元以后各类西游取经故事的演绎，是《西游记》形成的一个关键节点。鉴于这样的重要意义，《大唐三藏法师取经记》的研究一直受到关注，也不断有重要成果脱颖而出，从而形成了一个充满活力的学术专题。具体状况，前面已有若干学者做过整理阐述①，但出于本文论述的需要，我们还是要做一个简单的梳理。

《大唐三藏法师取经记》上世纪初在日本被重新发现，当时一起发现两种，一种题名《大唐三藏取经诗话》，另一种则题《新雕大唐三藏法师取经记》②。1915年，旅居日本的罗振玉借得此书，并以《大唐三藏取经诗话》为名影印刊行，并在卷末附上了王国维所作《跋》文，由此拉开了对这部奇书研究的帷幕。

这是《大唐三藏取经诗话》（按，暂时沿用这一书名）的首次面世，王氏的《跋》文自然而然也就成为了第一份研究成果。《跋》文摘录如下：

> （大唐三藏取经诗话）卷末有"中瓦子张家印"款一行。中瓦子为宋临安府街名，倡优剧场之所在也。……此云"中瓦子张家印"，盖即《梦粱录》之张官人经史子集文籍铺。……此书与《五代平话》《京本小说》及《宣和遗事》，体例略同。……此有诗无词，故名诗话。皆《梦粱录》《都城纪胜》所谓说话之一种也。……闻日本德富苏峰尚藏一大字本，题"大唐三藏取经记"，不知与小字本异同何如也。

王氏《跋》文共681字，主要观点在于考证了《大唐三藏取经诗话》刊刻于南宋临安书坊，并且提出《大唐三藏取经诗话》是南宋流行的说话之一。罗、王均为一代大家，因而关于《大唐三藏取经诗话》为南宋说经话本的意见从一开始便被视为定论，后世学者大多在此基础上进行了延伸，例如胡士莹《话本小说概论》将其列入"现存

---

① 参见蔡铁鹰. 西游记的诞生. 北京：中华书局，2007.
② 李时人，蔡镜浩.《大唐三藏取经诗话》发微，徐州师范学院学报 1988(02). 李时人，蔡镜浩. 唐三藏取经诗话校注. 北京：中华书局，1997.

宋人话本"③(p198)，陈汝衡《宋代说书史》将其列为宋代"说经"话本④(p123)，程毅中《宋元话本》称其为"早期说经性质的话本"⑤(p29)。游国恩《中国文学史》将其年代定为南宋⑥(p104)，郭预衡主编《中国古代文学史》将其归入宋代说经话本⑦(p294)。

但其实罗振玉选择了《大唐三藏取经诗话》为书名已经包括了一个后果严重的无心之错（下详），而王国维的论述中更包含了影响学界数十年的主观臆断的错误。

1982年，两篇力作同时对王氏的说法作出了有力的反驳，一篇是刘坚的《〈大唐三藏取经诗话〉写作时代蠡测》，另一篇是李时人、蔡镜浩的《〈大唐三藏取经诗话〉成书时代考辨》，两篇文章不约而同地得出了近似的结论：《大唐三藏取经诗话》应是唐五代寺院"俗讲"的底本。刘文从语言学的角度进行考察，将《取经诗话》的语音与唐五代西北方言进行对比，发现两者不仅高度相似，而且语法有别于宋人话本，其语法当与变文同时⑧。李、蔡二位先生的文章从《取经诗话》的体制和表现形式、具体内容和思想倾向、语言现象三个方面研究，认为其写定年代不会晚于晚唐、五代⑨。

这两篇文章有着异曲同工之妙。首先他们都对公认的《大唐三藏取经诗话》是宋代说经话本的说法提出了质疑，其次是两篇文章各有所长，各有分工，刘文重语言分析，李、蔡文重形式、内容兼及语言，两文几乎对其进行了全方位的考证，最后两文几乎同时发表，不谋而合，结论相同，相互间形成了自然的印证。两文的研究成果，让人们重新审视、解读《大唐三藏取经诗话》，大大地促进了《西游记》成书过程的研究。更重要的是，《大唐三藏取经诗话》产生于唐五代西北地区寺院俗讲的结论与几乎同期在敦煌附近发现的早期取经壁画又一次形成了呼应。

随着时间的推移，两文对于《西游记》研究的先导性影响逐步显现。学术界在两文——也包括敦煌取经壁画的被发现——的研究基础上进行了新的探索和延伸研究，八十年代开始，陆续有研究者将《西游记》的研究视点转向了唐朝以来文化交流频繁的西域，蔡铁鹰先生称之为"视点西移"。在学术意义上主要包括：

1. 重视敦煌地区安西榆林窟发现的唐僧取经壁画，开始意识到它向世人展示了以猴行者为标志的同一系统取经故事在"南宋""临安""话本"之外的存在。

2. 以对《大唐三藏取经诗话》的重新定性为标识,探讨取经故事的内在文化基因。如从沙僧形象原型研究中发现其有着明显的异域、异族特点。

3. 在此基础上,对近二三十年各地发现的新资料例如山西的队戏《唐僧西天取经》、山西稷县的唐僧取经图等等都有了新的解释,并赋予了新的意义⑩。

进入二十一世纪,在两文的基础上形成了新的学术分支——"成书史",《西游记》成书演变概况得到了比较清晰的描述,"原生的取经故事"这一全新概念被提出。蔡铁鹰先生的《西游记的诞生》进一步拓展并且完善了取经故事演化的路线图。新的演化路线将《西游记》成书分成六个阶段:原生取经故事阶段、取经故事初成集结阶段、初入中原的戏剧形式阶段、元代戏剧发展阶段、元明平话故事阶段和章回百回本阶段⑪(p205)。

近年,又有一批研究成果遵循着这个思路,更多地探讨了《西游记》取经故事与佛教文化,与西域古道上的文化交流的关系。如普遍认识到敦煌文学对《西游记》有着深刻的影响⑫;佛教传播与《西游记》故事有密切的关系⑬;甚至认为从藏传佛教输入中土的元明密教典籍⑭或许是解决《西游记》成书和孙悟空来源问题的钥匙之一⑮。兰州大学张同胜则放眼中土之外的地域及其文化,将西域的概念进行了拓展延伸,认为除了人们通常认为的玉门关、阳关以西的广大地区之外,西域还应当包括亚洲中部、西部、印度半岛、欧洲东部和非洲北部范围在内的广大地区,尤其是南亚次大陆的古印度文化和东西方文化交融地今新疆一带的文化对《西游记》研究有重要意义。⑯(p22)。

毫无疑问,上述所有的重要进展都是从《大唐三藏取经诗话》起步的,那么一个顺理成章的延伸就是:《大唐三藏取经诗话》的文本和其中的取经故事又从何而来? 又是在何种机制下形成的?

这就是本文希望探索的问题。

质疑:"三藏法师"原型之辨与取经故事演化

曾经有人想到过这个问题。上世纪八十年代,张乘健先生提出了一个重要的

假说,他认为我们通常所谓的《大唐三藏取经诗话》,其前身实际上是中唐密宗大师不空三藏的取经记。这一假说首先对成说有两点质疑:

书名应该是叫《大唐三藏取经诗话》吗?"三藏法师"确指玄奘法师吗?

张乘健先生在《〈大唐三藏法师取经记〉史实考原》一文中对《大唐三藏取经诗话》作为宗教典籍的、独立的史料价值进行了完全崭新的考证,在罗列二十条证据的基础上,首次提出《大唐三藏取经诗话》中的"大唐三藏"最初并不是玄奘法师,而是中唐著名密宗大师不空三藏,《取经诗话》最初记录的是不空三藏由海路前往印度取经的经历,到晚唐密宗消退后,零散的玄奘取经故事才乘机而入,将其改造为以玄奘为主人公的取经故事[18](p103)。

笔者十分赞同张先生的观点,将以本文试作进一步的探索。按照新的思路,我们以下就要改用《大唐三藏法师取经记》这个名称。

我们首先对不空三藏作简要介绍。不空,全称为"不空金刚",法名智藏,梵名阿目佉跋折罗。一说为北天竺(北印度)人,一说师子国(今斯里兰卡)人。幼年失去双亲,由叔父抚养,后随叔父来华,十岁周游武威、太原,十五岁师从密宗大师金刚智三藏,深得器重,尽得五部三密之法,在长安常随金刚智往返长安、洛阳两京,协助金刚智翻译密教经典。[19]开元二十九年,金刚智圆寂,不空尊师遗命并赍唐国书前往"五天并师子国"(五印度和斯里兰卡)。不空率弟子含光、慧辩等僧俗三十七人从南海郡(今广州)出发,采访使刘巨鳞请求灌顶,并礼遇有加。先到诃陵(今印度尼西亚爪哇岛、苏门答腊岛一带)[20],后到师子国(斯里兰卡),受到师子国王尸罗迷伽的供养优待,并蒙普贤阿阇梨(一说龙智阿阇梨)亲授"十八会金刚顶瑜伽"法门和"大毗卢遮那大悲胎藏"金刚界、胎藏界两部法门五百余部。其后,不空又游历五印度诸国,学习密法,前后一共历时三年。天宝五载,不空携大量密教经典、仪轨并师子国王尸罗迷伽表及金宝璎珞、般若梵夹、杂珠白好等回长安[21]。不空法师自玄宗至肃宗、代宗三代皆为灌顶国师,先后赐号"智藏""鸿胪卿""大广智三藏",灭度后,赠司空,追谥"大辨正广智三藏和尚"[22]。

张乘健先生从宗教史实的角度对《大唐三藏法师取经记取经诗话》(以下简称

《取经记》》加以考证,是一个历史性的开拓。其考证主要有以下五条:

(一)《取经记》所表现的宗教教义不是唯识宗而是密宗。

《取经诗话》有所谓"一切众生悉有佛性",正是玄奘唯识宗明确反对的。《入香山寺第四》蛇子国有许多可怕的蛇,猴行者称"有此众蛇,虽大小殊异,且缘皆有佛性,逢人不伤,见物不害"。

1.《取经记》结尾有密宗所谓的"即身成佛"。"天宫降下采莲船","七人上船,望正西乘空上仙去也"。

2.《取经记》着力描绘密宗的"北方毗沙门大梵天王"和"定光佛",而未见显宗教主"释迦牟尼佛"。

(二)"北方毗沙门大梵天王"是密宗的大神。

"北方毗沙门大梵天王"是把"大梵天"和"毗沙门天"混而为一。传统佛教不依赖神迹,对天神的过度崇拜和对人格化妖魔的降服都不是纯正的佛教教义所强调的。密宗的"大日如来"即大毗卢遮那佛,曾经做过大梵天王,大梵天王在漫荼罗取得了崇高的地位。据云毗沙门天王在唐代多次战争中屡次显灵,毗沙门天王不仅成了天地间一切众生的保护神,还成了大唐的护国军神。

(三)《取经记》中共六次写到皇帝,其中五次称"明皇",一次称"太宗"。此皇帝应是唐明皇李隆基,而非唐太宗李世民。《过长坑大蛇岭处第六》有"明皇太子换骨处",考《旧唐书》可知明皇太子即唐明皇之子李瑛。

(四)关于玄奘和不空的经历与《取经诗话》中的吻合度和关联度。

1. 关于"三藏法师",玄奘生前并未被皇帝封为"三藏法师"这个称号,而不空则册封"大广智三藏"。

2. 关于"奉敕取经",玄奘取经完全出于个人行为,还曾受到官府的追捕,而不空则是尊师遗命并赍唐国书前往"五天并师子国",代表官方出使。

3. 关于取经时间,《取经记》说"三年往西天,取经一藏回归",玄奘贞观二年(628)启程前往天竺取经,至贞观十九年(645)春回到长安,前后历时十七年[②](p2),不空于开元二十九年(741)或天宝二年(743)启程,于天宝五载(746)还京,若取天宝二年,则正好历时三年。

4. 关于取经队伍,《取经诗话》起初"僧行六人",后来白衣秀才加入后为"僧行七人",玄奘是孤身一人杖策西征,不空则是弟子含光、慧辩等僧俗三十七人西行的。

5. 关于圆寂时间,《取经诗话》说"七月十五日午时五刻,天宫降下采莲船","望正西乘空上仙去也",玄奘圆寂于"二月五日中夜",不空灭度于六月十五日,相比,不空在时间上更为接近,或为六月十五日的讹误。

(五)"溪"辨

《取经诗话》中有几个令人费解的"溪",经考证这些溪都是大海,从《入竺国度海之处第十五》可以一窥端倪。玄奘西行选取的是丝绸之路,沿路多沙漠、草地、高原、雪山,不可能有海洋,而不空选取的是南方海上丝绸之路,沿途大多是海洋、岛屿和森林等。

综合这些证据,可以认为《取经诗话》的三藏法师形象确实与不空三藏法师更为接近,十分吻合。虽然从纯粹的文本出发,还做不到无可辩驳,这可以理解,也正是需要我们继续探索的原因。

延伸:《大唐三藏法师取经记》当为不空"取经记"考

笔者在阅读相关资料之后,有一些自己的思考。

(一)关于取经目的

《取经记》中"入竺国度海之处第十五",福仙寺寺主问法师前来何事,法师答曰:"奉唐帝诏敕,为东土众生未有佛教,特奔是国求请大乘。"

玄奘西行取经,只是个人的行为,是为了解决国内佛教教义的分歧,求取真经,以答疑解惑,是为了个人的信仰而取经的,为了取经不惜触怒天颜,其胆略之大,意志之坚定,令人无不敬佩。但是与《取经记》之中法师取经的目的毫不相干。

反观不空三藏,携国书前往师子国,可见代表的是大唐官方。国书是两国元首之间进行正式交流的文书,是最为正规、传统、隆重的礼仪,而不空携带国书前往师

子国，可见他的西行是得到官方授权，代表国家出访，身负两国之间经济、文化友好往来的重任，政治地位极为尊崇，是大唐官方的使臣。这一点不仅和《取经记》中"奉唐帝诏敕"西行求法相一致，而且和《西游记》中玄奘法师受到唐太宗高度礼遇，加封"御弟"称号，赐姓为"唐"，携带通关文牒西行求法可谓是如出一辙。再看不空前往印度，携回长安大量密教经典、仪轨，掌握了许多密教的修法、设坛、灌顶的仪式。

"开元三大士"中的善无畏三藏作为印度僧进入中土，将印度的密宗传进大唐，其不朽成就在于翻译了《大毗卢遮那成佛神变加持经》(即《大日经》)，所传密教胎藏部大法即从此出。金刚智三藏相继来到大唐，译出并传播《金刚顶经》系的密教。在不空之前，唐代密教尚处于起始阶段，开元三大士来华翻译传播以《大日经》和《金刚顶经》为中心的印度金刚乘体系的密教，标志着独立的中国密教宗派——密宗的最终形成。不空三藏的成就在于将密宗在唐土发扬光大，是密宗的集大成者[24](p45)。从密宗的角度来说，不空三藏前往印度取经之前，密宗草创，可谓是"东土众生未有佛教"，不空三藏西行求法，回来后译经传法，将密宗的发展推向了鼎盛。

（二）关于"佛地鸡足山"

《取经诗话》中"入竺国度海之处第十五"中，关于佛地鸡足山作如下描述：

> 答曰："佛住鸡足山中，此处望见，西上有一座名山，灵异光明，人所不至，鸟不能飞。"法师曰："如何人不至？"答曰："此去溪千里，过溪至山五百余里。溪水番浪，波澜万重。山顶一门，乃是佛居之所。山下千余里方到石壁，次达此门。"[25](p39)

从材料的描述中，大致知道鸡足山难以到达，原因是中间有"溪"千里，山五百余里，"溪"水翻浪，波澜万重，显而易见此处的"溪"定是大海，而鸡足山正是在大海的彼端。

鸡足山，梵文和巴利文均为 Kukkutapada-giri, Kurkuta pada-giri[26](p6642)，又作鸡脚山、尊足山。位于中印度摩揭陀国，是释迦牟尼佛大弟子摩诃迦叶入寂之地。唐永徽元年（650），律宗道宣所撰《释迦方志》记载：

> 至屈屈吒播陀山，（言鸡足也）亦谓窭卢播陀山。（言尊足也）直上三峰，状如鸡足，峭绝孤起，迥然空表，半下茂林，半上蔓草。尊者大迦叶波于中寂定，故因名焉。初佛以姨母织成金缕袈裟传付慈氏佛，令度遗法四部弟子，迦叶承旨。佛涅槃后第二十年，捧衣入定，以待慈氏。[27](p60)

玄奘法师《大唐西域记》卷九记载：

> （摩伽陀国下）莫诃河东入大林野，行百余里，至屈屈（居勿反）。吒播陁山，（唐言鸡足）亦谓窭卢播陀山。（唐言尊足山。）高峦峭无极，深壑洞无涯，山麓谿涧，乔林罗谷，岗岑岭嶂，繁草被岩，峻起三峰，傍挺绝崿，气将天接，形与云同。其后尊者大迦叶波居中寂灭，不敢指言，故云尊足。摩诃迦叶波者，声闻弟子也，得六神通，具八解脱。如来化缘斯毕，垂将涅槃，告迦叶波曰："……我今将欲入大涅槃，以诸法藏嘱累于汝，住持宣布，勿有失坠。姨母所献金镂袈裟，慈氏成佛，留以传付。……"迦叶承旨，住持正法。结集既已，至第二十年，厌世无常，将入寂灭，乃往鸡足山。……既入三峰之中，捧佛袈裟而立，以愿力故，三峰敛覆，故今此山三脊隆起。[28](p705)

从唐代两段材料中"半下茂林，半上蔓草""乔林罗谷，岗岑岭嶂，繁草被岩"可以看出，鸡足山的环境大致是丛林茂密，草木旺盛的地段，山峦陡峭，沟壑纵横，以山地为主的地形，但是再次结合《取经记》中关于佛地鸡足山的水域环境的描绘，与玄奘所记载的地处南亚大陆的中印度摩揭陀国大相径庭，很显然佛地鸡足山并非《大唐西域记》中摩揭陀国所载的鸡足山。

结合周围的水域环境，以山地为主的地形，茂密的植被，大致可以推测这是典型的热带气候地区，将目标锁定在亚洲南部，那么，似乎只有斯里兰卡比较符合了。斯里兰卡，古称"师子国"（亦作"狮子国"）"僧伽罗国""锡兰"，是位于印度洋上的一个岛国，符合前文提到的海洋环境。斯里兰卡岛的三分之二是平均约三百米的起伏不平的高地，残留山脊点缀其间，岛的南部是山区，海拔一千米以上，占全岛面积的六分之一，与平原相接处多陡峭悬崖，山地地形也与前文吻合。斯里兰卡气候湿润，四季如夏，植被茂密，而且地表径流丰富，多瀑布，河流流程短，水流湍急，与前文"溪水番浪，波澜万重"十分符合，或许此处的"溪"理解为瀑布也可以说得通。更重要的一点是，在南部山区有一座山峰名为"亚当峰"（或称"斯里帕达峰"），海拔二二三八米，植被分布符合道宣"半下茂林，半上蔓草"的记载。峰顶有一类似人类足迹的凹坑，汉语译作"圣足山"，这正与玄奘所记载的"尊足山"不谋而合，在当地，此山被佛教徒视作"圣山"，传说是佛陀的足迹㉘(p2)。根据《取经诗话》关于"佛地鸡足山"的描绘，结合唐代文献的记载和有关资料，笔者大致可以推测，《取经诗话》中的佛地鸡足山原型应当在师子国，即今斯里兰卡一带，很可能便是前文提到的"亚当峰"。

我们知道，不空三藏法师的西行求法正是前往师子国并周游五印度，在师子国蒙普贤阿阇梨（一说龙智阿阇梨）亲授"十八会金刚顶瑜伽"法门和"大毗卢遮那大悲胎藏"金刚界、胎藏界两部法门五百余部，这正是"取经"之举。玄奘学习取经之地大致以中印度摩揭陀国的那烂陀寺为中心，不空三藏取经以师子国为中心。显而易见，不空三藏的经历正是《取经记》所采取的故事原型。

（三）关于"三生出世，佛教俱全"

《取经记》中《入大梵天王宫第三》，天王向罗汉介绍三藏法师"此人三生出世，佛教俱全"，而后斋罢辞行，罗汉又说"师曾两回往西天取经，为佛法未全，常被深沙神作孽，损害性命"。

关于和尚前生两回去取经，被深沙神作孽，损害性命这个问题，张乘健先生认为，并不纯粹是宣扬佛教因果，而是有史实依据。三藏法师两世遭难，其中一世似是无行，无行"西游天竺，学毕言归，方及北印，不幸而卒"③(p20)，而另一世则是未详。对于"三生出世，佛教俱全"，张先生认为是后人妄改，当作"前生出世，佛法未全"。

笔者对此持不同观点。首先，张先生认三藏法师两世遭难，其中一世似是无行，然而根据梁启超先生《西行求法古德表》所考，西行求法学成归国而死于道路者还有五人，有"道生、师子惠、玄会（俱经泥波罗被毒死）、僧隆（行至健陀罗病死）、义辉（行至郎迦戍病死）"③(p137)，由此可见张先生的推测存在问题。其次，"三生出世，佛教俱全"与"两回往西天取经，为佛法未全"不应割裂开来分析。很明显，在此处"三生"是不能理解为佛教中常常认识的"前生、今生、来生"，今生尚未可知，来生更不必说。那么，是否可以理解为前两世取经未成功，是因佛法未全，而今世即此次取经当能圆满，是因今日能赴天王宫，得以乞示佛法前去。再次，前两世取经未成功殒命，是否可以看成是客死他乡，而今世得以圆满。在佛教历史上，前两次客死他乡，而第三世得以成就大业者，除了大唐的"开元三大士"之外，似乎没有第二选择了。

"开元三大士"善无畏三藏、金刚智三藏、不空三藏三人是相继来华传播密教的，而前两位回国未成，不幸客死他乡，不空三藏得以取经圆满归国。善无畏三藏"二十年求还西域，优诏不许。二十三年乙亥十月七日，右胁累足奄然而化"②(p21)，金刚智三藏"后数年，祖师奉诏归国，大师随侍。至河南府，祖师示疾而终，是时二十九年仲秋矣"③。善无畏三藏乃中印度人，请求回国，皇帝不许，客死中国。金刚智三藏乃南印度摩赖耶国人，虽得奉诏归国，却不幸中途罹病，同样客死他乡，两人遭遇正好与《取经记》中两世未成相对应，而且两人对于密教在中国的传播贡献虽大，但是并未使其发扬光大，因而可以算作是"佛法未全"。

不空三藏原籍北印度人（一说斯里兰卡），幼时随叔父来华后，周游各地，后随金刚智三藏受具足戒，学习各类密教经典，后奉先师遗旨西行求法，归国后先后被封为三朝国师，不空有着强烈的护国意识，表现在为国家译经，为国家宣讲等方面，不空译经从护国的角度出发，其在《代宗朝赠司空大辨正广智三藏和上表制集》中展示了强烈的护国思想，如其重译《仁王护国般若波罗蜜多经》就是最鲜明的代

表③（p80），可见不空三藏已然成为一个忠于大唐中国僧人。不空三藏跟随金刚智三藏学习"胎藏界"密法，而后又西行求法习得"金刚界"密法，归国后，将密宗发扬光大。不空的功绩遍布范围很广，例如译经、造寺庙佛像等无不涉及，在密教咒术、仪轨等方面更是超越了两位前辈，成为了密宗集大成者，将唐代的密宗推向了鼎盛时期，所以可以称之为"三生出世，佛教俱全"。

（四）关于"隐形帽、金环杖、钵盂"

隐形帽一事、金环锡杖一条、钵盂一只，这三件在《取经诗话》中是非常值得关注的三件法宝，在三藏法师西行求法过程中起到了很大的作用，"入大梵天王宫第三"中，大梵天王将三件法宝赐予三藏法师，并告诫法师："有难之处，遥指天宫大叫'天王'一声，当有救用。"在结尾处，法师诗曰：天宫授赐三般法，前路摧魔作善珍⑤（p6）。张乘健先生仅仅指出《取经记》中的"佛法"，不是一般意义上的佛法，而是密宗特有的法术，并未加以详细论述，笔者在此试作简要分析。

在《取经记》接下来的故事发展中，隐形帽出现一次（"入九龙池处第七"），金环锡杖出现六次（"过长坑大蛇岭处第六"两次、"入九龙池处第七"、"入王母池之处第十一"两次、"转至香林寺受心经本第十六"），钵盂出现两次（"过长坑大蛇岭处第六"、"入九龙池处第七"）。三件法宝自然各有法力，金环锡杖出现次数最多，隐形帽出现次数最少，可以看出三件法宝中金环锡杖是使用最多、最为厉害的一件法宝。

"过长坑大蛇岭处第六"法师一行人在火类坳遇大坑，"四门陡黑，雷声喊喊，前进不得"，法师第一次使用金环锡杖，法师把金环锡杖"遥指天宫，大叫'天王救难！'"，"忽然杖上起五里毫光，射破长坑，须臾便过"。从其描述之中可见，金环锡杖可以呼唤天神救难，但仔细考查可以发现，这是密宗降魔的一种体现。密教有所谓"三密"，即为身密、口密、意密，身密例如手印、练拳，口密例如咒语、真言，意密是作观想。此处法师把金环锡杖"遥指天宫"是身密，大叫"天王救难"是口密，在呼唤之时法师定然作求救之观想，三密合一。接着，法师又遇野火连天，火焰弥漫，无法通过，法师"遂将钵盂一照，叫'天王'一声，当下火灭"。钵盂正如前述金环锡杖一

样是作为法器协助法师脱困的。而后遭遇白虎精，金环锡杖被猴行者变作夜叉，降服了白虎精。

"入九龙池处第七"，一行人遇到九条馗头鼍龙，猴行者将"隐形帽化作遮天阵，钵盂盛却万里之水，金环锡杖化作一条铁龙"最终战胜鼍龙，关于这个故事在《大唐故大德赠司空大辨正广智不空三藏行状》中有相似的记载：

> 初至诃陵国界。遇大黑风。众商惶怖。作本天法。禳之无效稽首膜拜。哀求大师。惠辩小师。亦随恸叫。大师告曰。今吾有法。尔等勿忧。遂右执五智菩提心杵。左持般若佛母经。申作法加持。诵大随求。才经一遍。惠辩亦怪之。风优海澄。师之力也。后又遇疾风。大鲸出海。喷浪若山。有甚前患。商人之辈。甘心输命。大师哀愍。如旧念持。亦令惠辩。诵娑竭罗龙王经。未移时克。众难俱弭。㉟

两则故事同样都是发生在水上，都是通过使用法器伏魔。不空三藏执"五智菩提心杵"，持"般若佛母经"，口中诵经，通过三密合一施展密法，化解了危难。不空三藏作为密宗大师，能够施展密宗法术降妖伏魔，化解危难不难理解，而《取经记》中的三藏法师能够使出密宗法术，则令人不解。通过仔细对比不难发现，两则故事如出一辙。

在"入王母池之处第十一"中，金环杖则用来敲击盘石，引出蟠桃，不知是何缘故，但可以知道金环杖是有法力的。"转至香林寺受心经本第十六"中，法师一行人取经归来，得遇定光佛传授《心经》，关于定光佛是这样描述的"年约十五，容貌端严，手执金环杖，袖出《多心经》"，定光佛同样有金环杖，可知这定是一件厉害的法器，因而在《取经记》中多次出现。

从上述的几段分析，我们很容易就能发现，使用法器，通过身密、口密、意密三密合一的密教法术进行降妖除魔，这正是十分彻底的密宗的修炼方法。从而可以得出结论，《取经记》之中的三藏法师是一位密宗大师，精通密法，而与此相对应的

只有中唐密宗祖师不空三藏法师,因此,《取经诗话》正是以不空三藏法师为人物原型进行创作的作品,不空三藏当是最早系统取经故事的主人公。

本文开头对《取经诗话》的成书时代及其影响进行了梳理,大致确定《取经诗话》成书时间于唐五代,三藏法师的人物原型出现的下限应当在唐末,学界普遍认为三藏法师就是玄奘法师。张乘健先生独辟蹊径,对《取经记》进行了详细地考证,提出了开拓性的意见,认为三藏法师人物原型应当是中唐密宗大师不空三藏法师。张先生在文章中通过不空三藏的种种事迹与《取经记》中三藏法师进行对照,并对《取经诗话》中的讹误和篡改进行了考证,取得了可喜的成绩。

本文立足于张先生的判断,对《取经记》和不空三藏的生平,取经的目的,书中地名,《取经诗话》中的宗教痕迹等等进行了相关的论证,我们可以更加坚定地认为,《取经记》中的三藏法师就是根据不空三藏法师进行创作的。

宗教对文学的影响是十分深远的,《取经记》中浓厚的宗教色彩就是很典型的例证,中国古代文学深受宗教思想的影响,宗教为文学的繁荣发展输送了大量的材料,无限地激发着人们的想象力和创造力,源远流长,直到今天依旧对当代社会产生着深刻的影响。宗教人物更是成为各种文学题材选择的热门话题,鸠摩罗什、玄奘、不空三藏、鉴真等等,成为一个个流传甚广的故事的主人公。

玄奘法师和不空三藏法师都是人类历史上杰出的宗教人物和文化交流使者,玄奘法师的地位已经得到了世界的公认。对于不空三藏法师,对他的关注、研究和认识仍然存在着较大的空白,从梁启超先生的《西行求法古德表》可以得知,古代像玄奘法师和不空三藏法师西行求法的高僧大德远超我们的想象,他们那坚韧的意志,对宗教的虔诚,对信念的坚定,对困难的不屈不挠,都值得我们去认识他们,了解他们,敬仰他们。

参考文献

［1］李时人,蔡镜浩.《大唐三藏取经诗话》发微.徐州师范学院学报,1988(02).

［2］李时人,蔡镜浩.大唐三藏取经诗话校注.北京：中华书局 1997.

［3］胡士莹.话本小说概论.北京：中华书局 1980.

［4］陈汝衡.宋代说书史.上海：上海文艺出版社 1979.

［5］程毅中.宋元话本.北京：中华书局 1980.

［6］游国恩.中国文学史(第四册).北京：人民文学出版社 1964.

［7］郭预衡.中国古代文学史(第三册).上海：上海古籍出版社 1998.

［8］刘坚.《大唐三藏取经诗话》写作时代蠡测.中国语文 1982(05).

［9］李时人,蔡镜浩.《大唐三藏取经诗话》成书时代考辨,徐州师范学院学报 1982(03).

［10］蔡铁鹰.《西游记》研究的视点西移及其文化纵深预期,晋阳学刊 2008(01).

［11］蔡铁鹰.西游记的诞生.北京：中华书局 2007.

［12］汪泛舟.《西游记》源流别考——以敦煌文学为例,思想战线 1992(02).

［13］俞士玲.佛教发展与《西游记》故事之流衍》,南京大学学报(哲学.人文科学.社会科学版)
2001(03).

［14］薛克翘.《西域记》与《西游记》,南亚研究 1994(04).

［15］胡小伟.藏传密教与《西游记》,淮阴师范学院学报 2004(04).

［16］张同胜.《西游记》与“大西域”文化关系研究.北京：中国社会科学出版社 2013.

［17］张锦池.西游记考论.黑龙江：黑龙江教育出版社 2003.

［18］张乘健.《大唐三藏法师取经记》史实考原,《古代文学与宗教论集》.长春：吉林人民出版
社 2001.

［19］宋·赞宁著,范祥雍点校.唐京兆大兴善寺不空传,《宋高僧传》卷第一.北京：中华书局 1997.

［20］W.J.范·德·莫伦.诃陵考(上),印度尼西亚 1977(23).

［21］［33］［36］唐·赵迁.大唐故大德赠司空大辨正广智不空三藏行状,《大正新修大藏经》第
五十卷,昭和九年(1934)版。

［22］唐·严郢.大唐兴善寺大广智不空三藏碑铭并序,《全唐文》卷第三百七十二.上海：上海古
籍出版社 1990.

［23］季羡林.大唐西域记校注.北京：中华书局 1985.

［24］［34］夏广兴.密教传持与唐代社会.上海：上海人民出版社 2008.

［25］［35］李时人,蔡镜浩.大唐三藏取经诗话校注.北京：中华书局 1997.

［26］慈怡.佛光大辞典.北京：北京图书馆出版社 2004.

［27］唐·道宣.释迦方志.北京：中华书局 1983.

［28］唐·玄奘.大唐西域记.北京：中华书局 1985.

［29］何道隆主编.当代斯里兰卡.四川：四川人民出版社 2000.

［30］［32］宋·赞宁著,范祥雍点校.唐洛京圣善寺善无畏传,《宋高僧传》卷第二,北京：中华书
局 1987.

［31］清·梁启超著,陈士强导读.佛学研究十八篇.上海：上海古籍出版社 2001.

西游文化在英美①

王　镇②　朱明胜③

摘　要：唐僧取经的故事早在《西游记》百回本正式成书之前就通过各种早期版本形成外译而传播到世界各地，在近百年上下内又有很多英美汉学家、大学教授和文化学者根据不同的中文版本不断推出众多形式的《西游记》故事，在译介、文学、艺术和网络等领域演绎出一个美轮美奂的西游世界，客观上推动了"西游文化走出去"，促进了中国古典文化在英美的传播，并为推进"文学相通，文化相通，民心相通"打好基础。

关键词：《西游记》；译介；非译介；传播

一、《西游记》的美名远播

2016 年是中国文化传统中的猴年，万众期盼的美猴王未能在央视春晚和大家见面。可大圣爷爷潇洒地一个筋斗云翻到了大洋彼岸，开始了他的纽约新年之旅，联合国总部、中国总领事馆、时代广场、参议院、帝国大厦、新华社北美总部，处处都

①　基金项目：江苏省社科基金项目《西游记在英美的的传播研究》(编号：17WWB006 负责人：王镇)；国家社科基金年度项目《西游记在英语国家的接受与影响研究》(编号：17BWW025 负责人：朱明胜)。

②　王镇，江苏海洋大学外国语学院副教授。主要研究方向：英美文学。

③　朱明胜，南通大学外国语学院副教授。主要研究方向：英美文化传播。

留下了美猴王的足迹;在猴年到来之际,伴着《敢问路在何方》的歌曲,中外民众都能亲耳听美猴王说一声"俺老孙来也",都能亲眼看一眼齐天大圣经典帅气的中国装束和扮相——头上紫金冠那两根长长的凤翅上下翻飞,一根如意金箍棒来回舞动,而猴哥也极尽搔首弄姿、耍宝卖萌之能,从表情神态到举手投足间每一个动作,勾起了人们无限的遐想和共鸣!齐天大圣,久违了,辛苦了!

猴哥在新华社的专访中表示,能够在纽约这个国际大都市再次以孙悟空的形象出现非常有意义,既是向海内外华人拜年,也是向外国朋友传播《西游记》和西游文化。而《西游记》之所以如此名闻中外,得从其译介和非译介的传播说起,"而小说中,首先走出国门,真正能在西方主流媒体中露面的,能在西方公共图书馆上架的,只有《西游记》——这点我们2006年曾委托《美国国家地理》高级记者纽曼作过详细调查"①。作为中国四大古典名著之一,《西游记》故事在其正式成书之前就通过各种早期版本和各种外译本而传播到世界各地,法国巴黎大学比较文学教授艾提昂伯勒则指出,没有读过《西游记》的欧洲人就象没有读过托尔斯泰和陀思妥耶夫斯基的作品一样,不能妄谈世界的小说②。《西游记》在英美的传播最早见于1895年,到20世纪80年代后一度发展到高潮。在这百年上下的时间内,很多英美汉学家、大学教授和文化学者,出于各种意愿,根据不同的中文版本不断地推出众多的《西游记》译介形式和非译介形式,客观上推动了"西游文化走出去",并促进了中国古典文化在英美的传播。

二、《西游记》在英美的译介传播

1. 简译本的传播

"《西游记》英译本有64个版本,其中以1942年汉学家亚瑟·韦利的选译本《猴》影响最大,曾由不同的出版社再版22次。亚瑟·韦利忠于原著,文笔流畅,使

① 蔡铁鹰,张磊,杨晓亮.让民族文化元素成为主题乐园的新旋律——《西游记》深度文化开发的实践与思考,淮阴师范学院学报,2016(02):237.

② 何锡章.幻象世界中的文化与人生——《西游记》.昆明:云南人民出版社,1999:246.

《西游记》中孙悟空、猪八戒、唐僧、沙僧等人物形象在英语世界广为人知"①，绝大多数英译都是从零星片段开始，立足于原作的基本事实和读书市场，把重心放在为读者喜闻乐见的历险故事上，这使得《西游记》译本很多都是片段式的故事选译，而且各本的篇幅程度差异巨大，从几页、几十页到几百页不等，体现出明显的"概括"意味。

最早在 1895 年，上海华北捷报社（North China Herald）出版了美籍在华传教士吴板桥（Samuel I. Woodbridge）的"*The Golden-Horned Dragon King；or，The Emperor's Visit to the Spirit World*"（《金角龙王或唐皇游地府》），这只有短短 16 页的小册子是他根据清刊本《西游记》第 10 回与第 11 回中的数个片段以及美籍传教士卫三畏（Samuel Wells Williams）编写的汉字学习手册选译而成，当时仅在极少数传教士等专业受众中传播，且影响几可忽略不计。

1901 年，纽约和伦敦同期刊印了英国汉学家翟理斯（Herbert Allen Giles）编写的"*A History of Chinese Literature*"（《中国文学史》），其中将近 7 页的第八卷第三章"蒙元文学·小说"首次提及《西游记》书名"*The Hsi Yu Chi，or Record of Travels in the West*"及唐僧师徒西行取经的故事，在当时汉学研究几乎空白的情况下取得了很好的反响，目前它仍是不少英美学生学习汉语和中国文学的常用教材。1905 年，上海华北捷报社在"*East of Asia Magazine*"（《亚东杂志》）第四卷中发表了英国汉学家韦尔（James R. Ware）论文的"*The Fairyland of China*"（《中国的仙境》），在引言中概述了《西游记》的取经过程，翻译了尤侗为陈士斌评点本《西游真诠》所作的序，还解读了该书和班扬（John Bunyan）的《天路历程》的相似寓意，折射出当时《西游记》传播的寓意取向和学术思想。1913 年，上海广学会发行了美籍在华传教士李提摩太（Timothy Richard）的首个英文单行本"*A Mission to Heaven，A Great Chinese Epic and Allegory*"（《天国之行，一首伟大的中国讽喻史诗》），该书把原作压缩到 362 页的正文，同时，在序言中强调小说的讽喻性和百

---

① 何明星.《西游记》的漫漫"西游"路，人民日报（海外版），2016.9.

科全书式气质,还认定佛祖即"God",而《西游记》的作者即伟大的道长丘长春和原著中的唐僧最后都皈依基督,这种化佛入耶的译法代表了当时英美人传播《西游记》的主流思路。1921 年,纽约的弗雷德里克·阿·斯托克公司出版了美国汉学家马腾斯(Frederick Herman Martens)的"Chinese Fairy Book"(《中国神话故事集》),在第 74 篇中讲述了《心猿孙悟空》(LXXIV, The Ape Sun Wu Kung)的猴王出世、大闹天宫和受困五行山的故事,突出了译文的"中国元素"。1922 年,伦敦乔治有限公司出版了英籍汉学家倭纳(Edward Werner)496 页的"Myths & Legends of China"(《中国神话与传说》),该书第 14 章"How the Monkey Became a God"(《猴子如何成神》)简介了猴王出世、大闹天宫等惊险故事,还突出了唐僧师徒的隐喻意义。1930 年,伦敦的默里出版社和纽约的达顿出版社同时出版了英籍汉学家海斯(Helen M. Hayes)的 105 页百回选译本"The Buddhist Pilgrim's Progress"(《佛教徒的天路历程》),该文也入选了"Wisdom of the East Series"(《东方智慧丛书》)。该译本包括《石猴》《猴王在天宫》《皇帝游地府》《法师朝圣》《天路历程》《佛陀加冕》等六章,在译文中随意插入文化性比较的评论,顺便表达她对原著背景、中西方的宗教观、天堂地狱观、宇宙观、两性观、饮食观等的看法,而在翻译蟠桃会上的"龙肝凤髓"式嘉肴时,她就信手添了一句"谁尝过凤髓这样的东西呢?",这种品论式译法明显有损译文的流畅性和可读性,不受读者待见。1944 年,纽约惠特尔西豪斯出版社、麦克罗—希尔出版社各自出版了美籍华人陈智诚(Chan Christina)与陈智龙(Chan Palto)合作的 50 页选译本"The Magic Monkey"(《魔猴》),该书篇幅简短,附有一些特色插图,主要围绕猴王的神奇梗概展开,该译本是华裔学者对《西游记》英译的首次尝试,也印证了美猴王在英美语境中的传播中心地位。

1942 年和 1943 年,伦敦乔治艾伦与昂温出版有限公司和纽约格罗夫公司分别出版了英国汉学家阿瑟·韦利(Arthur Waley)的 305 页单行本"Monkey"(《神猴孙悟空》)。该译本包括 30 回的故事,自成一体,包括 20 首左右的诗词,且只着力塑造唐僧、悟空和八戒的形象,展示人物寓意、政治主题、现实主义、戏谑意味、故

事性及世俗化,并长期以来为许多英美大学讲授中国古代文学的必选书目,所以该译本一直畅销图书市场。1944 年,韦利将该译本改为 143 页的儿童版"*The Adventures of Monkey*"(《猴子历险记》),主要包括猴王出世、拜师学艺、大闹天宫等极富童趣的前 7 回故事,内附画家库尔特·威斯(Kurt Wiese)的插图,该书一经纽约约翰戴公司发行后便风靡英美。1973 年,韦利的妻子艾利森·韦利(Alison Waley)将丈夫的译书再次缩译为附有乔吉特·博纳(Georgette Boner)插图的"*Dear Monkey*"(《美猴王》),并再度风行一时。可见韦利夫妇的《西游记》译本在英美世界传播广泛,影响深远,在读者群中占据无可撼动的地位,堪称《西游记》译介中的典范。英美传播者的犀利眼光促使他们充分利用话语权为孩童的普遍性代言,从儿童美学的角度来理解和改编《西游记》,挖掘并强化了原著中可能一直受到忽视的独特艺术珍宝,凸显小说的童心、童稚和童趣,进而迸发出惊人的艺术魅力。1946 年,纽约科沃德—麦卡恩出版社刊行了高乔治(George Kao,即高克毅)的"*Chinese Wit and Humor*"(《中国的智慧与幽默》),其中包含美籍华人王际真选译的《西游记》前 7 回片段,即猴王从出世到大闹天宫的传奇,很多读者把它视作了解中国人的必读书目。1964 年,伦敦保罗·哈姆林出版社发行了英籍译者瑟内尔(George Theiner)摘译的"*Monkey King*"(《猴王》),该书以《西游记》捷克文选译本为底本,主要选取了美猴王的成佛片段,同样打造了一个伟大的大圣形象,这反映出猴王的故事极富传播魅力。1972 年,美国汉学家白之(Cyril Birch)主编的"*Anthology of Chinese Literature, Volume II, From the Fourteenth Century to the Present Day*"(《中国文学选集·第二卷(14 世纪至今)》)成为一些美国大学生学习和研究中国文学不可或缺的素材,书中收录了美国汉学家夏志清和白之的"*The Temptation of Saint Pigsy*"(《八戒的诱惑》),该译文是根据《西游记》第 23 回八戒受诱见惩的趣事改写而成,突出了中国文学的幽默、说教和智慧。1979 年,美国加州绿虎出版社发行了美国插画家埃莉诺·哈扎德(Eleanor Hazard)编绘的 16 页儿童版"*Monkey：A Selection of Incidents from a 16th Century Chinese Novel*"(《美猴王》),用简短的中英文和插画扼要地描绘了孙悟空的取经历险,塑造了具有童趣的西游经典故事。

2005 年,美国香巴拉出版社(Shambhala Publications)出版了美国汉学家大卫·赫尔典(David Kherdian)224 页的《猴王西游记》(*Monkey：A Journey to the West*),该译本试图仿效韦利的译本而采用章节式的选译法,主要突出美猴王的幽默性和游戏化,产生了一定的反响。2006 年,美国芝加哥大学出版社推出了余国藩 528 页的简译版《西游记》"*The Monkey and the Monk*"(《神猴与圣僧》),该书针对大众读书市场,删去了余氏全译本中庞杂繁多、艰深晦涩的诗词和文化术语,间接说明目前《西游记》译本的传播还是以简译本为主。2012 年乔·兰伯特(Joe Lamport)(笔名：Lan Hua,兰花)在"Tang Spirit Network"网上翻译了《西游记》(*The Adventures of Monkey King*),该译文以诗文的简写形式展现了西天取经的史诗,也是目前唯一一种以诗歌体面世的《西游记》译本,是一部学习译文和诗歌的好作品。

2. 全译本的传播

20 世纪 60 年代后,随着英美学界"文化译介"思潮的兴起,这种"文化转向"直接推动了号称"文化译本"的两套《西游记》全译本的发行,它们囊括了原著中关于体制哲思、衣食住行等所有中国大百科知识,对英美读者了解和品味中国文化大有裨益。

1977—1983 年间,美国芝加哥大学出版社在美国和伦敦陆续出版了美籍华人教授余国藩的四卷全译本"*The Journey to the West*",在英美学术界轰动一时。2011 年,该社又推出了余国藩的改进版全译本,进一步扩大了余版全译本的国际影响。几乎与此同时,在 1982—1986 年间,中国大陆的外文出版社也先后出版了英籍教授詹纳尔完成的四卷全译本"*Journey to the West*",后来也多次再版,2000 年,外文出版社将詹版全译本编成 6 册汉英对照版并把其收入"大中华文库",又在 2003 年将它归入"汉英经典文库"出版。这些中国官方译本成功地走出国门,走进了英美,并取得了一定成绩。

余国藩认为简译本"不仅作品基本的文学形式被扭曲,作品语言中许多曾经吸

引了数代中国读者的叙事活力和描述力量也丢失了"①,他的全译本最具特色之处就在于他采用归化和异化总体平衡、偏重异化的英译策略,而为了减少异化所可能产生的"接受差",他在译文中添加了大量的注释,这使得他的译本较以前的版本更科学、更全面、更忠实、更有文化性和学术性,也更适合做传播和研究之用。比如,该版本仅序言就有数千字,长达62页,概述了《西游记》的翻译和研究现状,包括小说的成书历史、作者争论、出版背景、版本演变、文本特点、译介发展以及英美学者的研究重心等,对《西游记》在国内外的文本影响做了提纲挈领式的总结和展望,起到了很好的导读作用。他在每卷后的附录中都有词条式的考证和注释,引经据典地对字面直译的文化词进行详尽解释,尽量拔除文化芥蒂,既帮助普通读者了解词根和词义,进行有效阅读,又便于专业读者籍此旁征博引,开展跨文化研究。因此,很多汉学家认为,余国藩的全译本兼具忠实性、学术性和人文性,注重考虑读者对异域文化的直接接受,语言流畅,注释明晰,用心良苦,质量上佳,是英美汉学译界的优秀成果,应该是最适合当前文化传播的译本。

相较之下,为了确保阅读流畅性和理解便利性,詹纳尔对《西游记》的翻译采用归化和异化结合、侧重归化的策略,尽可能地少用注释,追求译文的通俗化、大众化和本土化,以致他的译本更多地体现为读者对异域文化的间接接受,全书仅有50余条的注解,看起来比余版要简短精炼得多,但总体上学术性和文化性偏弱。整体上,他的译法简单明了,易于接受,但略显保守,近乎汉英直译,摒弃了其中的文化韵味,而力求保证英语行文的原汁原味和阅读的顺畅,所以詹氏全译本文化信息含量欠缺,译语美感较弱,显得机械性、简约性、可读性、英语味有余,而忠实性、准确性、文化性和交际性不足,对读者的跨文化接受有一定束缚。

① Anthony C. Yu. *The Journey to the West*. Chicago: University of Chicago Press, 1977, Volume I, Preface.

三、《西游记》在英美的现代改写本传播

《西游记》译介在英美世界早已站稳脚跟并展现出相当的发展潜力,特别是美猴王的形象和精神可谓深入人心,积累了足够的人气,这对英美纯文学的创作产生一定的启发和助力也在情理之中。于是,基于美猴王这个中心人物和核心情节,英美小说家们把美猴王精神的某个侧面和英美的文化视角结合起来,再创了本土化的猴王形象和境遇,并重构了全新的现代版猴王故事,如英国华裔作家毛翔青(Timothy Mo)的《猴王》(*The Monkey King*)(1978),美国印第安裔作家杰拉尔德·维兹诺(Gerald Vizenor)的《格瑞佛:一个美国猴王在中国》(*Griever:An American Monkey King in China*)(1987),和美国华裔女作家汤亭亭(Maxine Hong Kingston)的《孙行者,及其即兴剧》(*Tripmaster Monkey:His Fake Book*)(1990)等。这些跨文化小说都巧合式地依托普通读者对《西游记》译介和美猴王的认知、熟悉和喜好,别出心裁地将《西游记》原型背景、互文性指涉和现实性想象等灵活地贯穿于现代叙事手法中,通过浓缩一系列的猴王经历着力阐释了现代中西方文化的必然性交流、冲突性特征和多元化趋势等,"流亡者存在于一种中间状态,既非完全与新境合一,也未完全与旧环境分离,而是处于若即若离的困境"①。这些中西结合型的现代改写本立足英美本土,紧扣文化,视角新颖,中心突出,选材现实,想象大胆,比喻深刻,进一步拓宽了《西游记》在英美社会的传播力和影响力。

毛翔青的《猴王》以独特的构思和巧妙的设计改写了现代版《西游记》,通过极强的互文性讲述了一个西方年轻人在东方被打压直至打拼成功的艰辛过程,再现了现代美猴王在当代文化冲突背景下的生存困境和文学思考。《猴王》宣扬的美猴王精神和西方文化中心论符合英美读书市场的传播口味,是小说成功的重要基础,是西方价值体系对东方文化生态的反应和评价,也是当前西方文化占据国际话语

①［美］爱德华·W.萨义德,知识分子论.单德兴译,陆建德校,北京:生活·读书·新知三联书店,2000:44.

权和叙事权的必然表现。华莱士为什么要以生吃猴脑的形式宣告自己新王者的诞生呢？他为什么要强迫自己去适应一个令他反感的文化环境呢？这种似乎难以调和的中西文化矛盾非但没有摧垮华莱士的人生，反而再造了他的前程，这种互文性都衬托了猴王直面困境、积极进取、奋斗不息的战斗精神，揭示了当代美猴王所面临的真实境地，扩大了美猴王在英美文化中的影响力和创新性。

美国作家杰拉尔德·维兹诺的小说《格瑞佛：一个美国猴王在中国》剑走偏锋，以作者本人阅读的阿瑟·韦利的《猴王》和自己1983年在中国天津大学的学习、从教和生活经历为基础，将印第安部落文化中的恶作剧者和中国大闹天宫的美猴王结合起来，讲述了一个印第安裔美国教师格瑞佛在中国"大闹天宫"的故事，从文化和身份杂糅的视角向英美读者呈现了一个荒诞、另类的"文化英雄"。客观来讲，这个美国的猴王还远不成熟和全面，还无力扮演像美猴王那样的文化英雄，因此，他和中国的美猴王在文化实质上相去甚远。格瑞佛对猴王及中国文化最多只了解皮毛，根本不清楚猴王以恶作剧手法惩恶扬善的精神和实质，更不懂猴王的随性而为是响应中国传统价值观、伦理观和道德观的，是服务于"西天取经"大义的，是显现中国式平等自由观的，这决定了格瑞佛无法从灵魂上再现美猴王那种蔑视强权、疾恶如仇、除暴安良的抗争角色，也说明空有猴王脸谱的形似是不可能与中国的美猴王文化达成神似的。

汤亭亭的《孙行者》戏仿了《西游记》中的猴王经历和经典的精彩故事并对它们加以艺术化的模拟、糅合、交叉和嫁接，以互文性对比和文学性拼贴来重构中国传统思维习性、民俗传统、观念操守及行为方式等在现代美国语境中的生存境遇，向读者再现当代华裔美国人如何被美国主流文化嘲弄、排斥和打压的残酷性、现实性和普遍性，从而借《西游记》中似是而非的原型探讨了美国华裔群体的身份缺失、文化错位、心态迷茫、角色转换和价值认同等问题，也道出了一个现代美国"梨园猴王"的真实心声。汤亭亭精心地凭借阿新这样自信大胆的思想者和行动者将《西游记》中的互文性文本置于美国文化语境中重新进行"狂欢化"和"戏仿性"组织，深度演绎出美猴王的现代故事，在美国文化中塑造出新的美猴王形象，且不时插入自己

的话语评论以充当"观音"的指点并引导读者的理解和接受,从而达成对美国偏见的现实批判和对华裔人生的未来探索。小说的这种创作思路婉转指出当代华裔美国人不应再深陷于身份困惑和文化失落的泥淖中,而是可以通过《西游记》这样的中国古典名著搭建起中美古今文化的互联关系,为美国社会文化的整体质变积累量变的基础。只要这些美国土生华裔能像美猴王那样执着于"西行取经",抛开偏见、疏离和对抗,代之以交流、引导与合作,敢于依托美国本土文化土壤传承自身传统文化特质,他们必将重建全新的、开放的文化归属感和认同感,并创造出一种超越国别、种族、文化的普世性身份认同和文化价值体系。

以上这些对《西游记》进行文化深度演绎的现代文学读本是与原著文化本体截然不同的全新版本,这种《西游记》文学创新及其在英美世界的文化再演绎劝导读者切入美猴王的幻想角色,向英美受众虚拟了人化美猴王与现代社会的交集和糅合,再现《西游记》中"大闹天宫"、"猴王智斗"等经典要素在跨文化传播的语境下,经历了一系列冲突、反思、调整、顺应与调和后,最后生成了一种新旧文本交映的文学类别。

四、《西游记》在英美的非文本传播

1. 影视传播

美国 NBC 电视台在 2001 年首次播出了时长约 150 分钟的改编电影《猴王》(*The Monkey King*),即《失落的帝国》(*The Lost Empire*),将中西方、古今的表现元素一股脑地杂烩其中。该剧制作组绝大多数工作人员都是美国人,所以该电影具有十足的美国味,剧中虽然保留了西天拜佛取经、降妖伏魔的主题情节及中国古代儒释道的活动居所、穿着打扮和礼仪规范等,但唐僧师徒由清一色的欧美人扮演,个个造型夸张奇特得象人形神兽,观音菩萨由来自中国的女星百灵扮演,猪八戒则追求时尚,坚持减肥并瘦得可以看到胸下排骨,仅此改编对原著来讲就颇具颠覆性色彩。更具现代表现力的是,该剧极尽在古代中国与现代美国之间穿越之能事,剧情被完全演绎成一个美国式英雄拯救他人和世界的历险故事,表达的完全是

美国人在神秘新奇的东方古老世界中寻找刺激、神奇和爱的老一套，但面目全非的影片中充斥着魔幻雷人的造型、设计精巧的穿越、东方逼真的历史、逗趣搞笑的情节、浪漫销魂的爱情、紧张激烈的打斗、扣人心弦的脱险等，集各种主题、想象、技术、创新等影视元素于一身，足以吸引无数的眼球。

2008 年，中美联合投资并制作的约 90 分钟电影《功夫之王》（*The Forbidden Kingdom*）在北美地区由狮门电影公司与韦恩斯坦公司发行，在美国的首映一度好评如潮，票房更是高达七千万美元。该片把孙悟空的灵光穿越至一个美国小男孩杰森身上，讲述酷爱中国港台功夫片、饱受问题少年欺负却不敢反抗的他意外地在一家唐人街古董店获得了美猴王的如意金箍棒，并借助它穿越时空返回到数千年前的远古中国进行一番生死大冒险。别有特色的是，影片中还引用了很多中国俗语和功夫迷们耳熟能详的武术专有名词，比如庖丁解牛、青出于蓝而胜于蓝、水滴石穿、醉拳、螳螂拳、水上漂等，这些中国味的用语经过美国制作团队的提炼和加工，比较适合英美人的知识基础和审美品位，能帮助更多的英美受众理解并欣赏东方风情和人生哲学，提高《西游记》的接受度。

2009 年，由好莱坞 20 世纪福克斯公司摄制的、时长约 100 分钟的电影《龙珠：进化》（*Dragonball Evolution*）在英美各地公映，主要讲述具有超自然能力的美国英雄孙悟空肩负上天赋予的拯救世界的重大使命，他必须要确保神秘莫测而能量无穷的七颗龙珠不能落于横行宇宙间的邪恶势力之手，以免黑暗势力借龙珠的神力主宰地球，所以他联合了一群武艺高超的伙伴们，历经漫长艰辛的旅程，最终在一场惊天动地的恶战后打败了企图入侵地球的妖魔，捍卫了地球的安全与和平。虽然其票房收入和观影反响不及《功夫之王》，但从《西游记》中找到灵感，打造了一个活泼幽默、神通广大、行侠仗义的美国英雄孙悟空，再配上刺激惊险的想象、奇特科幻的造型、轻松逗趣的情节、灵动翻飞的武打、幽深静谧的东方山水和美妙精彩的电脑特技，将跨时代和跨文化的魔幻世界、现实人生和英雄情怀糅合一处，在中西合璧的影视风采中重新诠释了孙悟空等角色的意义和东方风情的神韵，从而加强了孙悟空在《西游记》影视中的主角和核心地位。

2015 年，美国 AMC 有线电视台推出了由《西游记》改编而来的 6 集功夫题材电视剧《不毛之地》(*Into The Badlands*)，每集时长约 60 分钟。该剧以美方执导、中方参与制作、武术指导的形式合作完成，剧情直接简单，情节夸张雷人，美工豪华精美，画面考究细腻，充斥着在古装与现代之间的错乱穿越。该片主要讲述吴彦祖饰演的、野蛮善战的冷血武士、超级打手兼摄政大臣 Sunny（即孙悟空）护送一个身负重任的美国农家小男孩 Aramis Knight（即唐僧）寻找人类教化、救赎以及极乐世界的艰辛旅程。在未来"彻底分裂"的北美洲封建时代大陆上，没有火器枪械，七个敌对的巨头瓜分了所有土地，他们凭其私人武装用拳头和杀戮对辖区实施残酷的独裁统治，而为了拯救危险的世界，孙悟空则拜小唐僧为师，一路骑着大摩托车，穿着褐红皮衣，背着东洋长刀，不时地单挑十几个杀手，最终帮助师父剪灭各路邪恶势力，取得真经，终结了血腥的乱世。在这部打打杀杀的历险片中，西游原著的故事和角色几乎彻底变形，代之以天马行空、信手由缰的美国式改编，但这似乎并未过多影响观众对该剧的喜爱，因为该片只是借助了《西游记》的题材以阐发美国方式的创意、专业改编的摄制、设计独特的穿越、幽默可笑的情节、艺术夸张的打斗、精彩激烈的功夫、东方异域的风光、古朴地道的乡村风情等，这些令美国观众着迷的卖点为该剧赢得了可观的收视率。

2015 年，北京儒意欣欣影业、贰零壹陆影视公司、华夏电影有限公司携手美国派拉蒙影业全球联合摄制的《西游记》3D 魔幻电影《敢问路在何方》正式发布筹拍消息，计划 2018 年开始真人拍摄，2019 年全球上映。据悉，为了满足中国和英美市场的观影口味，该电影中主要人物将部分沿用中国大陆经典 86 版《西游记》电视剧的主创阵容，由六小龄童、马德华分别再次出演孙悟空、猪八戒，人物造型基本保持不变，中国的服饰和自然山水也要保留。如果这部电影版《西游记》能邀请到对电影技术和魔幻神话剧有独特建树的世界级导演，比如卡梅隆、斯皮尔伯格等，参与摄制工作，并根据英美受众的审美习惯重拍西游故事，《敢问路在何方》应该是东西方文化和谐结合的产物，也是《西游记》跨文化传播的结晶。

2. 舞台传播

舞台剧在英美文化传统中自古就被视作一门高雅的艺术，即使舞台剧在现代的日常娱乐活动中有被边缘化的趋势，但观看舞台剧始终是英美民众的一项根深蒂固的传统活动，尤其是对文化素质高、收入水平高的观众来说更是不可或缺的。随着现代高科技在舞台剧中的广泛运用，《西游记》舞台剧在重视本身的戏剧性和创新性之外，更追求特效、创新、异质、多元的舞台效果，显得现代感十足，独创性鲜明，感染力暴增，其舞台的配套设施愈发齐备，舞台的综合功能日臻完美，舞台的整体效果震撼逼真，加之流行音乐、动漫技术、现代劲舞、说唱旋律等渲染形式，更容易给观众一种身临魔幻异境的感觉，促使他们在戏内外感受新的体会和共鸣。

2007 年 6 月 28 日到 7 月 8 日，中西方联手合作的《西游记》歌剧《美猴王：西游记》（Monkey：Journey to the West）在英国曼彻斯特国际艺术节上连演了 12 场，几乎场场爆满。这部附有中文歌词和英文字幕的歌剧版《西游记》由曾策划、执导美国版戏剧《牡丹亭》和《赵氏孤儿》的华裔导演陈士争和英式摇滚乐天才 Blur 乐队灵魂的达蒙·阿尔班联手打造，主要围绕悟空出世、自封大圣、大闹天宫、赌斗佛祖、困禁五指山、唐僧开释、西行取经、功成封佛等核心故事，采用中国传统民族乐器和阿尔班自己发明的中西结合式的新乐器谱写音乐，歌剧风格兼有中西方旋律，突破了西方传统歌剧的表现方式，显得全新另类，而舞台服装、动画设计和舞台效果由街头霸王乐队动画大师杰米·休莱特制作，欧美式风格明显。该剧演员阵容强大，包括约 40 名中国杂技演员、歌手和武术演员，扮演美猴王的北京京剧院演员费洋身着中式传统戏服，一会用咏叹调高唱京剧，一会抓着吊绳上下翻飞，一会昂头模仿猴王抓耳挠腮并吱吱尖叫，而其他扮演猴群的演员玩着各种杂技动作并伴唱着。此外，中国的乐山大佛形象也被搬上舞台，再加上 65 个标新立异的神魔人物造型，尤其是投射在银幕上的动画与故事情节汇织于场景转换中，使得这部汇聚中西舞台因素的表演惟妙惟肖，引人入胜，基本上展现了《西游记》中的中国古典文化神韵和英美人期待中的猴王形象。

2008 年 5 月 22 日，曾上演于英国曼彻斯特国际艺术节的歌剧版《西游记》经过

一定程度的完善后在美国南卡罗来纳州查尔斯通市的索特尔剧院（Sottile Theatre）上演。由于在美国，歌剧市场广阔而繁荣，歌剧风格千姿百态，新品迭出，极其追求现代、丰富、前卫和创新，而歌剧版《西游记》题材别致，表演多样，现代感极强，从主题、表演、音乐、特效、设计等方面都力求东西方文化和艺术元素的交汇，特别是在表演上借鉴了中国传统京剧的特质以及近半个世纪以来风靡世界并已为西方观众喜闻乐见的中国功夫片中的武打韵味，再加上利用动画和片幕来呈现水帘洞、筋斗云、七十二变、龙宫、天宫、火焰山等东方异域风情，不但有效衔接了故事情节和场景转换，而且让演员和观众在舞台上进行趣味性互动，对观众产生出神入化的视听觉冲击和身临其境的参与效果。这部歌剧版《西游记》历经数年的反复修改和打磨，终于被打造成一部时长 90 分钟的精华版音乐剧《猴·西游记》，堪称一部世界级的经典歌剧。全剧根据创新性、英美化、国际化等理念，围绕降妖除魔、扬善惩恶和功成名就的主题，精选了英美受众耳熟能详的大闹天宫、赌斗佛祖、三打白骨精、智过火焰山等 9 个经典片断，掺杂东西方服饰、西方歌剧咏叹调、欧美摇滚音乐、中国武术杂技、中国京剧的唱念做打、仿真冷兵器道具以及现代数码动漫技术等多元化舞台形式，将西游故事完美融于舞台之中，让一颗东方文化明珠闪耀在英美世界。2013 年 7 月 6 日开始，这版《西游记》舞台剧于艺术节期间在全球瞩目的美国林肯艺术中心连演 27 场，场场爆满，观看的人群有一大半都是年轻人，票价高至 50—250 美元，商业价值极大，并创下了单一剧目在该中心演出场次的新高。在很多美国年轻人进一步了解中国经典《西游记》的同时，美国林肯艺术中心为该剧的宣传、排练和演出等工作投资的 600 万美元也得到了很好的回报，可谓艺利双收。"孙悟空的惩恶扬善、自由奔放的性格，完全符合美国人的英雄情结，他们说这就是一部中国的英雄剧"，"曾经欣赏高雅艺术的都是年长的人，而这次却是年轻人占大比重。这部剧老少咸宜，几乎都是一家人一同去的"①。为了帮助英美观众看

---

① 《音乐杂技剧〈猴·西游记〉受到西方观众和媒体高度好评》．内部资料，江苏省文化厅交流处、信息处，2013 年 7 月 29 日。

懂《西游记》的部分精髓,剧中穿插运用了众多"国际语言"的表达方式,结合西方观众熟悉的音乐旋律、舞蹈杂技、武打造型以及英雄主义情结,辅之以魔幻的造型、京剧的脸谱、惊险的表演、动漫的背景、紧凑的叙事和幽默的情节等,让不同年龄层、不同阶层、不同情趣的人都能通过这部舞台剧感悟《西游记》的精华并演绎出新的精彩,让他们从不朽的中国古老故事中产生跨越时空的共鸣。

2013年11月,北京演艺集团和根华国际文化传媒有限公司运用百老汇式的音乐剧创作理念和艺术表现手段,耗费巨资联手推出了时长约2小时、面向全球文化市场的大型原创音乐剧《大梦神猴》(Monkey King:A Browdway-Style Musical),进一步将这个家喻户晓的"中国神猴"改造成具有国际范的舞台形象。该剧的主创人员阵容豪华,皆来自世界一流的美国百老汇团队,制作人是曾出品《美女与野兽》、《阿依达》、《浑身是劲》、《乔的咖啡屋》等作品的美国音乐剧公社的艺术总监托尼·思迪马克(Tony Stimac),编剧是曾参与《哦!凯伊!》等音乐剧创作的詹姆斯·洛切夫(James Racheff),作曲人是曾获格莱美音乐奖的路易斯·圣路易斯(Louis St. Louis),中方导演是曾执导中文版音乐剧《妈妈咪呀》的胡晓庆,主演"齐天大圣"是美国知名黑人演员阿波罗·莱维恩(Apollo Levine)。该音乐剧集结了中、美、韩三国20余名优秀演员,以《西游记》中的"大闹天宫"为蓝本和素材,采用汉英双语字幕,从现代、时尚的视角再度演绎了美猴王充满梦幻和冒险的传奇经历,共有寻找仙家、龙宫夺宝、回归猴山、妖女魅惑、授封天庭、仙女戏怒、大战天庭7段小故事。不过,这个舞台"神猴"彻底颠覆了美猴王在人们心中的原始古装形象,他已摇身化为时尚帅气的舞台男,褪尽了以往各种艺术作品中的狂野风格,增添了些许现代青年的率真品质,个性化特强,而海龙王和玉皇大帝的魔幻造型和西式服装更具现代气息,为了抗议猴王抢宝,龙王会狂热地唱一首滑稽歌曲《不要碰我的东西》。在这部演绎世界首个"黑人猴王"的音乐剧中,总能看到古典和现代的流行舞台元素,包括神通广大的神仙、机关重重的秘境、美丽调皮的仙女、邪恶多变的妖魔、跌宕起伏的历险等,以及魔幻魅惑的动感舞台、现代新奇的人物造型、地道流行的美式英语、浮华艳丽的舞台洋装、精彩搞笑的嘻哈曲风、鲜活灵动的中西舞蹈、眼花缭乱的街舞比拼、幽默逗乐的插科打诨等,如此音乐化、舞蹈化、国际化、多元化的文化演出编排别致,精彩时尚,惊喜不断,且充满人性化和个性化,将古典故事和现代舞台包容其中,为英美文化市场增添了一抹亮色。

3. 动漫传播

动漫作为一种时髦的国际语言,在《西游记》的传播中发挥着催化剂的作用,为《西游记》在英美社会积累了数量可观的受众。2008 年 7 月 24 日,英国广播公司 BBC 为迎接当年的北京奥运会在其官方网站上正式推出了一部时长近两分钟的动画宣传片《猴子——西游记》(*Monkey：Journey to the West*),之后该片被陆续转载到电视、广播、互联网及手机等所有传媒平台上,旋即成为全球各大视频网站的点击热点,并引起强烈的反响。为了更便于传播,该片还被精简成时长仅 60 秒、50 秒、30 秒、20 秒和 10 秒等多个动漫版,以便于在奥运转播节目中插播宣传。在这部由街头霸王乐队(Gorillaz)造型设计漫画家杰米·休莱特(Jamie Hewlett)担纲的动漫中,在开场古色古香的中国背景音乐中,在烟气缭绕、神秘莫测的崇山峻岭中,造型魔幻的孙大圣(Monkey)从爆裂的蛋型巨石里一跃而成,横空出世。随即他头戴紧箍,手舞金箍棒,脚踏筋斗云,在天边的观音(the Goddess of Mercy, Guan Yin)的指引下飞往东方取经,途中结交了猪八戒(Piggy)和沙僧(Sandy)并结伴而行。在跨越千山万水的旅途中,他们凭借自己的运动天赋和中国功夫,在铅球、铁饼、跨栏、撑杆跳、单杠、跆拳道、跳水、游泳等体育项目上击败了各种怪兽,并胜利抵达目的地——北京鸟巢体育场,取得了真经,点燃了奥运主火炬,唱响了"为了希望荣耀,燃起梦想,生死与共"的主题曲。BBC 把孙悟空等取经人物的动漫形象定位为北京奥运大使,并设计了"OLYMPICS, 080808, BBC SPORT"的广告语,从而将流行英美的魔幻创意、悟空取经、中国元素和奥运特质杂合在一起,在创意角度、情节构思和传播效果上颇受受众的好评,尤其是年轻人,他们还根据取经的目的地将该片称为《东游记》。从该动漫的造型设计和表现动作上来看,这部宣传片的英美味典型而浓厚,因为动漫造型酷似英美大片《指环王》、《哈利·波特》等中的魔幻原型,有些人大夸该片中的西式魔幻造型和中国功夫,有的人大斥该片表

达的主题意义和原著失调，有的人大贬该片对奥运竞赛的穿越纯属恶搞，这些有时针锋相对的争论客观上显示出这部《西游记》动漫作品在英美世界的吸引力和影响力。

2009年，中国大陆在法国戛纳电视节上推出了每集时长约30分钟的52集动画片《西游记》，并一举打入英美文化市场，单集售至10万美元，实现了中国动漫产业迈向国际竞争的重大突破。这部制作精良、独具东方神韵的动漫巨作历经四年秘制，顺应国际动漫界主流习惯，在保留原著的内容基础上，糅合了好莱坞动漫的现代风格，强调情节创新、动作夸张和非暴力对抗，人物对白大量采用现代语的表达习惯，始终保持轻松、幽默、通关、成功、和谐的娱乐氛围。该片在最大程度上借用了迪斯尼美国元素和日本动漫技术，由迪斯尼亚洲区节目总监龚宾四执导，主要人物的造型既延续东方传统风格又充分考虑英美市场的接受习惯，并由日本专业动漫机构创意设计，孙悟空仍头戴金箍，但时尚帅气，看起来更像日韩的青春偶像和花样美男，猪八戒的长鼻子、大耳朵被改成了微微上翘的人类鼻孔、耳朵和大腹便便的啤酒肚，乌黑厚重的糙皮也换成了英美人喜欢的、表示健康的巧克力色皮肤，还有亮白的牙齿和甜甜的酒窝，这样的人物造型阳光、性格温和、视觉柔暖，更符合现代英美受众的思维方式与审美倾向，所以在动漫节具有较强的吸金力。

2015年7月，根据《西游记》进行改编的3D动画电影《西游记之大圣归来》（*Monkey King：Hero is Back（3D），CUG：King of Heroes*）在中国市场率先上映，一炮走红，据悉，该影片打破了中国动画片海外票房记录，累积销售收入高达总投资的25％。该片类似《西游记》前传，主要讲述一个俗名江流儿的小和尚，即童年的唐僧，误打误撞地为已困于五行山下五百年的孙大圣解除佛祖的封印，并帮猴王重拾初心，打败妖魔，实现自我救赎的历险故事。电影采用了好莱坞的经典结构，采用了通行全球的3D特效，把梦幻玄妙的场景、朴实美丽的画风、深含东方神韵的武打设计、尽人皆知的神话题材和感天动地的侠义情怀等融合在一起，既有《阿凡达》式的魔幻森林，又有《指环王》般的天宫与魔堡，将民风彪悍的长安城、大佛林立的五行山山洞、妖气缭绕的悬空寺等等表现得丰富精细、纹理可靠。其中为妖王混沌配音的是 Feodor Chin（《忍者神龟》中斯普林特老师的配音），老和尚法明的配音是 James Hong（《功夫熊猫》中阿宝爸爸的配音），猪八戒的配音是 Oger Craig Smith（曾经为"蝙蝠侠"配音），江流儿的配音是 Kannon Kurowski，孙大圣配音则是年轻的 Joey Richter，这些配音大腕的加盟抬高了《大圣归来》的品牌效应，吊足了观众的胃口。可见，《大圣归来》从筹划之初就确立了打开英美市场并"赚外快"的国际化战略，而且它与现代国际动漫的传播潮流和接受品味不谋而合，在英美社会拥有可观的潜在受众。

4. 网络传播

20 世纪下半叶以来，随着科技的日新月异和互联网的国际化普及，网络一跃成为新兴、时髦、繁荣的大众传媒手段，已经像报纸、广播、电视三大传统媒体一样发展得日渐迅捷化、日常化、规模化、社会化、应用化、多元化、信息化，成为人们在工作、学习、生活、休闲中绝对不可缺少的虚拟平台。正是在网络平台的助力和造势之下，《西游记》的网络传播才呈现出遍地开花、异彩纷呈的局面。

网络技术的完善使英美民众在网上拥有无限的西游空间，他们可以根据个人兴趣和社会需要，直接打开搜索引擎，输入检索对象，发送任务请求，找到大量中英文的《西游记》网站和网页，阅读诸如阿瑟·韦利的《猴》和詹纳尔、余国藩的《西游记》等各种译文，了解《西游记》的时代、背景、内容、作者、版本、主题、流变、争议、译介、改编等，或陪同孩子享受儿童版《猴王》的奇妙幻想，或观看《西游记》的静态、动态的图像资料，象 BBC 的《西游记》奥运宣传片，或聆听各种音频作品，象不同影视剧的主题曲，或复制、下载、上传自己感兴趣或创作的文字、图片、音乐、视频等。

英美的游戏玩家们还可以下载并玩起一款后现代版的科幻《西游记》网络游戏，即《奴役 西游记》（Enslaved：Odyssey to the West），该款以西游人物为角色的动作游戏系英国 Ninja Theory 小组开发，由 Namco Bandai 公司于 2013 年 10 月发行。该网游的故事发生在一个毁于战火的 150 年后的世界，但在那个世界生命没有彻底灭绝，尚存一丝人类复兴的希望，只是因为战争，人类大规模减少，导致机

器人统治着那个世界,所以,幸存的人们必须为重新掌握自己的命运而战,他们面对的邪恶异类不是妖魔鬼怪而是各式各样的机器人。网游的主角是一名被奴役的伟大战士 Monkey,他从奴隶贩子的监狱中逃出后巧遇已化为女儿身、精通电脑和电子游戏的唐三藏 Trip 和精于机械制作的猪八戒 Pigsy,他们一行利用金箍棒、筋斗云以及各种冷热兵器、魔幻神功、电脑处理等一路过关斩将,最终护送美女唐僧穿过美国返回西方乐土,并重建人类世界。这款网游想象丰富、品质优良,就象一部冒险闯关的大电影,以细腻的人物表情、自然的肢体语言、幽默的对白台词、动人的背景配音和惊悚的闯关救美、完美的团队协作和无畏的抗争精神博得游戏迷的满堂赞,让他们在和这些虚拟角色一起闯关时大呼过瘾。另外,游戏玩家们还能在这款世界末日版《西游记》网游中思考人工智能的趋势,揣测未来可能的世界,体会后世人类的喜怒哀乐,找寻未知世界的轨迹,设想自己的未来命运。因此,很多网站给这款《奴役 西游记》网游打出了五星级的评分,认为它是本世纪目前最被低估和忽视的游戏产品之一,并向游戏玩家们大力推荐,这是《西游记》网络传播中意外收获的一大亮点。

可以说,自 21 世纪下半叶以降,传媒技术和多媒体制作在世界范围内普及开来,英美文化圈独立或联合中方合作者把中国的文学名作《西游记》改编成电影、电视剧、动漫和舞台剧等艺术形式并借助四通八达的网络加以传播已成为一种新常态文化行为,"虽然不是真实的生活、真实的环境、真实的世界,但由于这些媒介注重逼真性,能造成'以假乱真'的效果"①。这些时髦的非文本形式表象直观、复制方便、容易接受,即使缺乏文化素养和想象力的受众都能看懂一二,自得其乐,从而为西游题材的非文本传播提供了一片跨文化沃土。"《西游记》传播的新形式,让西方读者或观众通过多种渠道和艺术形式来了解中华文化,加快了中国文化对外传播的步伐。可以预测,新媒体的发展还会不断给这部中国古典小说带来新的活

---

① 陈龙.大众传播学导论.苏州:苏州大学出版社,2006:345.

力"①。随着这些《西游记》非文本作品被习惯性地搬上银幕、荧幕、舞台和网络等，《西游记》中的人物、故事和精神等在客观上达到了广泛传播、快速普及、强势影响的效果，这种成功反过来更进一步刺激了现代多媒体媒质对《西游记》非文本创作的深度介入。

五、结语

《西游记》在英美世界的传播已长达百余年，在这期间，当它最早以译作的身份进入域外接受空间时，就凭借大变形实现了华丽的转身，于不知不觉中化为英美文学的一部分，并不断地释放出新的潜藏其中的文学和文化因子，最终在英美的文化语境中生根发芽，演绎出一系列带有浓烈英美文化气质的文本和非文本形式。这是对《西游记》融入英美文学和文化的诠释和力证，更能说明为什么不管是在哪个时代，《西游记》都能爆发出勃勃生机，在译介、文学、艺术和网络等领域演绎出一个美轮美奂的西游世界，特别是《西游记》的非文本形式层出不穷，其文化市场日渐繁荣，拥有的受众人数日益飙升，知名度迅猛提高，这股"西游热"是无可争议的事实，对《西游记》在英美世界的传播可谓如虎添翼。

值得乐观的是，英美文化界的大众化、市场化、网络化理念配合当今的全球化文化风向，加快了中英双方对《西游记》的文化交流、文化开发以及文化融合，英美受众对接受中国文化的准备状况也在向好。为了保障作品在英美市场的成功，《西游记》的译介、改编、创作越来越国际化，中西合作的趋势越来越明显甚至朝向定式化，时至今日，《西游记》甚至中国文学和文化要想进一步做到"文化走出去"，就必须优先考虑怎样传播才能广为受众接受，从而融入英美世界，"让西游文化在英美世界影响日深甚至引导舆论"②。只有通盘考量传播要素，才能在中西方不平等的

---

① 朱明胜.《西游记》在英语世界广泛传播，中国社会科学报，2016.3.

② 王镇.从洛特曼文化符号学视阈看文学文本的跨文化传播——《西游记》为例，俄罗斯文艺，2018.1:134.

文学和文化发展语境中协商双方的文学性和文化性交融点,力求实现不同国家、民族、文明的平等对话,互通有无,增强理解,凝聚共识,为推进"文学相通,文化相通,民心相通"打好基础。随着《西游记》在英美的传播规模的扩大和成熟以及英美学界和世界华人文化圈《西游记》研究的合流,一种中西互补、传播完善、具有实践指导意义的学问即所谓的"西游学"有望崛起并获得国际显学的地位。

略谈《西游记》在豫西民间的影响

——从《歧路灯》和《鸿魔传》谈起

张弦生①

摘　要: 从《歧路灯》和《鸿魔传》中故事的描写,看清代及民国时期《西游记》在豫西民间的流传和影响。

关键词: 西游记　歧路灯　鸿魔传

西游故事在两宋时期由于说话艺人的讲述,已经在民间越传越广,越传越神。金元时期西游故事活跃在戏曲舞台上,杂剧中有许多西游故事的剧目,从人物形象到情节都使这一故事得到很大发展。明代初年已有平话《西游记》刊刻。吴承恩就是在这些民间故事、戏曲演出及神佛传说基础上创作了《西游记》一书。

《西游记》既出,就风靡了社会各阶层。明季和清朝,从皇宫后妃到田畎农夫,从苍颜老者到三岁顽童,无不喜爱《西游记》。清代的租书摊上突出摆着《西游记》《水浒传》等书,人们昨日看完,明日又租,反复阅读,爱不释手。清宫中慈禧太后嗜读《西游记》故事,时时披阅,到了入迷的程度,不但将《西游记》编入戏剧,亲授内监,教之扮演,甚至异想天开地向侍臣说:"我国果得若辈,与以兵权,岂犹畏外国人之枪炮乎?"《西游记》一书的广泛流传,不仅对后世的小说和其他艺术作品的创作产生了巨大的影响,甚至对社会生活、宗教习俗、心理意识也打上了深深的烙印。在河南洛阳新安县清人李绿园创作的世情小说《歧路灯》和他的后辈、清末民国人

---

①　张弦生,中州古籍出版社编审。主要研究方向:明清小说。

李珍创作的神魔小说《鸿魔传》书中,对《西游记》在清代和民国时期的河南特别是豫西地区的影响,有不少很有价值的资料。在此做一介绍,以引起研究者的注意。

一

《歧路灯》的作者李绿园(名海观)是一位出身贫寒,但笃信理学颇有些冬烘头脑的封建正统文人。他对文学作品的艺术夸张和浪漫主义持否定的态度,他对以神魔为题材的《西游记》更是深恶痛绝,在《歧路灯·自序》中他说:

> 《西游》,乃取陈玄奘西域取经一事,幻而张之耳。玄奘,河南偃师人,当隋大业年间,随估客而西。迨归,当唐太宗时。僧腊五十六,葬于偃师之白鹿原。安所得捷如猿猴、痴如豚豕之徒而消魔扫障耶?惑世诬民,佛法所以肇于汉而沸于唐也。①

正是这些文艺观点,使他在《歧路灯》创作中采取了严格写实的态度,也使书中那些关于《西游记》的描写更具有真实可信的认识价值。

李绿园所生活的乾隆时期,封建统治相对稳定,社会经济、文学艺术都有长足的发展。戏曲方面的弋阳腔,发展到了相当完整的程度,出现了许多根据小说改编的连台大戏,《西游记》就是其中重要的剧目。在各地方戏曲中,各地高腔戏也依弋阳腔整本大戏的形式演出这些连台本戏。全本《西游记》分上、中、下三集,共六十二出,可以连演七天。在北京的昆弋艺人和花部伶人,还经常演出《闹天宫》《蟠桃会》《无底洞》《火焰山》《盘丝洞》《刘全进瓜》《女儿国》《金钱豹》等《西游记》故事,以及《乍冰》《女诈》《胖姑》《借扇》等等《西游记》的折子戏。评书和鼓词中的《西游记》段子更不胜枚举。乾隆初年,为了歌颂升平,皇帝命词臣张照编撰院本大戏进呈,张照据《西游记》改编的连台本戏《升平宝筏》就在宫中于上元前后日演出。其曲调

---

① 栾星编著.歧路灯研究资料·李绿园诗文辑.郑州:中州书画社,1982:94.

文词皆张照亲制,词藻奇丽,引用内典经卷,大为超妙。演出规模十分盛大,全部戏共十本,每本二十四出,总计达二百四十出之多,须数十天才能演完。在宁寿宫畅音阁演出《升平宝筏》时,三层的大戏台上,演员依角色和剧情上下升腾表演。在演到第十四出,表演唐僧师徒一行堕入妖魔的深渊时,演员还要从地井下场。清季在颐和园演出《西游记》,更是穷极奢侈,空前未有。所演妖魅在三层戏楼上或自上而下,或自下突如其来。甚至两厢楼房也站满了神仙、罗汉。有些场次中,依剧情需要,庭院中也有许多跨高驼骑骏马的演员演出。唐僧到雷音寺取经一出,如来上殿,迦叶罗汉辟支声闻高下。计分九层,列座可达几千人。当然这种御用演出完全是摆排场,粉饰太平,歪曲了《西游记》的思想内容。不过其宏大的场面,考究的服装道具,精湛的演技仍对民间演出有很大影响。

《歧路灯》第十回有一段江西相府班子在北京同乐楼剧场演出昆曲全本《西游记》之《女儿国》的精彩场面。① 小说细致逼真的描写,使读者犹如置身于剧场亲睹演出的热闹场面。同时上场的人物达二十多个。艺人借助于表演和道具,更形象地发挥了《西游记》的情节,取得了出色的艺术效果,激起了观众声震屋瓦的热情。这个江西相府戏班演出的当是弋阳腔。其场面之大虽不可与内宫演出相比,但也是颇为壮观的了。其情节仅将吃子母河水一出放在了见女儿国王之后,与吴承恩《西游记》中的安排不同,其余情节和主要细节均与小说相同,而与明杨景贤撰杂剧《西游记》第十七出《女王逼配》中的人物和情节都有很大差异。这里演出的《女儿国》本自吴承恩的《西游记》,是毫无疑义的。

当时在河南地区,不但有昆曲演出,在民间还有"土戏""梆罗卷"(梆子、罗戏、卷戏)上演,这些戏曲演出中也有许多《西游记》剧目。在清代婚丧嫁娶、年节喜庆活动中,百戏游艺节目当然也少不了《西游记》故事。《歧路灯》第一百零四回就记载了新正元宵节定海寺前放烟火架。在争奇斗艳的烟火中就有"孙悟空跳出五行

---

① 李绿园. 歧路灯. 郑州:中州书画社,1980:108—110.

山""八戒蜘蛛精"等名目。① 随着《西游记》小说、戏曲、游艺等多种艺术形式的宣传和流布，《西游记》故事沉淀于社会生活、意识形态的各个方面。清人笔记中就记有福州人皆祭祀孙行者为家堂，又立齐天大圣庙之事。每年四五月间，迎旱龙舟，装饰宝玩，鼓乐喧阗，市人奔走若狂，神龛中端坐着孙悟空的形象。其实清代不仅闽地奉祀孙悟空，湖广、河南、直隶、山东等许多省份都有奉祀者。据淮阴师院蔡铁鹰教授在吴承恩曾任纪善之职的荆宪王府建藩之地——湖北省蕲春县所做调查，清代蕲州也有多处奉祀孙悟空的庙，每年都有祭赛活动。《歧路灯》第九十一回也写河南开归陈许道布政司参政谭绍衣破获白莲教案一节，教头供奉的神像就是"白猿教主"。② 清末义和团中的白莲教活动，有的坛口供奉的诸神就有唐僧、悟空、八戒、沙僧。要请神仙附身，也少不了这取经师徒四人。从清代民间神巫迷信活动中，也可以看到《西游记》的影响。河南地区旧时一种男巫俗称"马子"。逢天灾祀禳时，日夜锣鼓不停，叫"搊马子"。马子被搊下时，则声称某神显灵附身。《歧路灯》第四十七回就描写了开封祥符县城西南槐树庄搊马子的情景，"上年天旱，槐树庄搊了一个马子，说是猴爷，祈了一坛清风细雨，如今施金神药，普救万姓。"接着还写了王氏与一帮妇女前往为儿媳妇拜药的情节：

> 大家不坐车，走了半里路，到槐树庄。只见一棵老槐树下，放了一张桌儿，上面一尊齐天大圣的猴像儿，一只手拿着金箍棒，一只手在额上搭凉棚儿。脸前放着一口铁铸磬儿，一个老妪在那里伺候。有两三家子拜药的。樊豢妇叫德喜儿买了树下一老叟的香纸，递与王氏，四人一齐跪下，把盅儿安置在桌面上。老妪敲磬，王氏却祝赞不来，滑氏道："谭门王氏，因儿媳患病，来拜神药，望大圣爷爷早发灵丹妙药打救，明日施银——"滑氏便住了口看王氏，王氏道："十两。"滑氏接口道："创修庙宇，请铜匠铸金箍棒。"老妪敲磬三椎，众人磕了

---

① 李绿园. 歧路灯. 郑州：中州书画社，1980：971.

② 李绿园. 歧路灯. 郑州：中州书画社，1980：858.

头起来。迟了一会,揭开盅上红纸,只见盅底竟有米粒大四五颗红红的药。①

　　由此我们可以看出孙悟空这一艺术形象已深深植根在人们心灵中,《西游记》尽管看似为具有很大荒诞性的神魔故事,但它的艺术魅力已能使人对这些故事达深信不疑、如数家珍般熟悉的程度。

　　从以上我们在《歧路灯》中爬梳出的有关《西游记》的材料,可以看到《西游记》在清代社会各阶层、各方面都产生了各种各样的影响。它已融化积淀在每一细胞中,成为民族文化里血肉相连、魂灵相感的一部分。它是一部永远闪放光芒的文学巨著。

二

　　河南旧时,被称为"中州理学名区",从宋代的邵雍、二程算起,直到清代的孙奇逢、汤斌、张伯行,名家辈出,代不乏人。可是古代河南的小说家,特别是通俗小说家,自北宋勾栏瓦舍中的书会才人们在金兵的铁蹄下星散后,再没有作家群落兴起,只有屈指可数的寥寥数人撒落在以后八百年的时空中。清代河南只有一两个人写有通俗小说流传下来,这就是李绿园的《歧路灯》和安阳酒民的《情梦柝》。这两部通俗小说在河南省外知者不多。这和河南自南宋以降比较封闭,商品经济不如东南地区那样发达甚有关系。但是那些著名的通俗小说,像《三国演义》《水浒传》《金瓶梅》《西游记》《封神演义》,等等,在河南和其他地方一样,流传得很广泛。直到民国年间,新文化也迟迟没能渗透到河南的穷乡僻壤间。在这封建主义大山的最深处,民众的文学生活还是靠这些作品滋养着。

　　李绿园的原籍是河南新安县马行沟。他的祖父李玉琳在康熙三十年的灾荒中逃难流落到河南宝丰县宋家寨定居并落籍。李绿园于十六年后在这里出生。但他从幼年到晚年,曾多次到新安县省墓、探亲和访旧。乾隆四十二年前后,他在新安

---

　　①　李绿园.歧路灯.郑州:中州书画社,1980:438—439.

县原籍居住了三年,除给族中的子侄辈课书外,还写完了他的长篇小说《歧路灯》。所以从清朝到民初,《歧路灯》在作者的家乡豫西地区,特别是在新安、宝丰两地(今分属河南洛阳和平顶山两市管辖),流传得很广。清末民国时期,李绿园的同族后人李珍仿效李绿园,也写出了一部长篇小说《鸿魔传》。

《鸿魔传》的作者李珍,字重义,河南洛阳新安县北冶乡马行沟人。他在五男二女的兄妹中,为第五男。出生于1897年即清光绪二十三年(丁酉年)八月二十四。他一生务农为业,也干过烧制缸盆的匠人。小时候在私塾仅读了半部《论语》便辍学,但他仍然喜爱读书学习。如夜晚在灯下读《三国演义》时,凡遇到不认识的字就写在手上,第二天早晨向人请教。除了熟读过许多在农村流传的章回小说外,他还自学过中医,读过一些风水堪舆之书。他所居住的竹园,就是他的族祖李绿园先生著《歧路灯》之处。他的八十回章回体神魔小说《鸿魔传》一书,最后定稿按八卦的乾、坎、艮、震、巽、离、坤、兑为序分订为八册,每册十回。他每写成几回,就送人传看请教,反复修改,十分认真。

李珍的祖上也曾是读书做官人家,但到他曾祖一辈家境衰败下来。在《鸿魔传》跋语中,他对自己的家世及写作《鸿魔传》的动机有详细的记载:

单表敝人郁居无以消遣,偶展愚念,举笔闲作。情若扑风而聚山岳,掠潮而就江海。虽然如此,但揆今世之景况,稽上古之异端:圣王之世,雨不破块,风不折枝,夜不闭户,道不拾遗,男女不同途,君正、臣忠、父慈、子孝;荒乱之世,父子相逆,君臣离心,男女不以(寡)廉(鲜)耻为羞,劣状刑道,俊姬随淫,上苍加责,箕伯递道,播沙飘石不时而举,冰雹粗澍不时而降,各术遍兴,惑人妄生。故圣人有云:国家将兴,必有祯祥;国家将亡,必有妖孽者也。然而,余作是书,虽为劈空而造选,但实情实理亦多矣。设若随性而作,万卷难终。故首起以佛而生蛒,竣篇以佛而了尾也。点致多有错误,字迹多有差讹。世君见者

必蒭仆之傻矣。祈望世君苟有不毕,可笔则笔,可削则削,以凿茅塞,没世之感也……①

这位好学的农家子弟的文学知识和修养,除来自那些蒙学读物外,许多是来自流传在乡间的通俗小说和演出的戏曲之中。在《鸿魔传序》中,他曾一口气列举出了"《三》《列国》《东》《西汉》《南》《北宋》《前》《后唐》《清史通俗》等书","再则《山海经》《水浒传》《西游记》《金瓶梅》《西厢记》《济公传》《聊斋志异》《今古奇观》等书"。②

在《鸿魔传》小说内涉及到的通俗小说及戏曲就更多了。他出于对通俗小说的爱好和对世事的感慨,乃学习他的族祖李绿园写《歧路灯》之事而开始写这部小说。虽然他的文字水平不高,但其毅力是惊人的。

八十回的《鸿魔传》约二十八万字。小说以清代乾嘉时期为背景,写坏仙申公豹在人间作孽,被由玉帝派往人间投胎为汤储的托塔天王剿灭的故事。

故事梗概为:

托塔天王李靖宫中的耗犬星在殷纣王时,乞求下凡造劫,灭纣兴周,李靖允之。他下凡投胎为申公豹,却违背主训,反周助纣。姜子牙将其获之,押赴北海,后封为河伯。唐代宠幸佛道,河伯窜至甘肃祈山县栖虎岗,诈称韩王,苛虐众生。李靖将其捉回天宫。清代乾隆年间,李靖奉玉帝圣旨带耗犬星降妖途中,耗犬星又脱逃至祈山县,迫使县民又为其建庙塑像,举办社火,献童男童女供其食用。被献童男之父憨谋奢将河伯作孽事上告关公。关公往奏玉帝。天神费中、尤浑受河伯重贿,阻住关公。关公只得自带兵马前往除妖。河伯纠集群魔,用阴瓶伞战败关公,之后,将憨谋奢一门尽行杀戮。关公上天见到巡行回宫的玉帝,将河伯兴妖之事奏上。玉帝闻奏大怒,立斩费中、尤浑,派杨戬、哪吒、关公带众仙前往灭妖。神妖争斗,相

---

① 李珍. 鸿魔传. 河南世纪恒泰数码彩印制作公司,2009:996—997.

② 李珍. 鸿魔传. 河南世纪恒泰数码彩印制作公司,2009:2.

持不下，玉帝又命李靖下凡投胎，剿除河伯。河伯虐害祈山县民更加苛毒，每月都得有社火，进奉贡献。县中有一社首刘天佑设乩坛求救。周仓显灵，留下乩语。乩语曰："日在海滨勿一头，人者言之姓名留。"太白金星怕天机泄漏，扮作一道者告知众人，须寻名汤信者举事除妖。汤信是一个富家子弟，觅枪手通过府考，又侥幸中举。他自称是和珅的门生，中了京科，放至祈山县任县令。他在县内搜剐钱财、胡断官司，邑民送他绰号"钱迷糊涂汤"。刘天佑上禀帖求见汤信。汤信看了禀帖，想起夜间闲观《圣庙渊源谱》，上面记有汤斌扫摹立校之事，便应允择日进山除妖。进山途中数遇不祥，汤信不听衙役刘裔等人的谏阻，结果，一阵阴风袭来，死于庙前。随从中只有刘裔得以脱逃回到县衙。他向汤信妻弟戚代报告汤信被妖所害事。戚代要征发县中千人去山中寻尸。乡绅雍俊华听说此事，便率众到县衙阻止。戚代向和珅呈文，密告雍俊华造反。和珅行文命甘肃镇台虞西岐捕杀雍俊华。雍俊华被逼往北投回回去了。和珅派门生侯士纯接任祈山县令。这也是一个贪赃枉法之徒，加上河伯肆意猖獗，县民更加苦不堪言。托塔天王李靖下凡到江西信州贵溪投胎汤家，名叫汤储。他科考得中，被点为翰林。和珅暗中加害，将他发往祈山受任，想让河伯害死汤储。汤储正是周仓乩语所示除妖之人。此时乾隆驾崩，嘉庆继位。汤储接任时让侯士纯将所贪钱财尽数退出，并整饬县政，处分土豪劣绅，表彰贤孝节妇。又在关公协助下，进栖虎岗毁庙灭妖，终于剿杀河伯，将韩王庙改为汾阳宫，塑郭子仪像祭祀之。嘉庆召汤储还朝，祈邑民众上表恳留，汤储遂留任祈山。和珅与雍俊华暗中通书，鼓动其兵出散关，进犯中原。虞西岐前往抵御，兵败后逃往祈山。雍俊华将祈邑团团包围。汤储微服出城，说服雍俊华投诚回归。嘉庆召汤储回京。汤储带领雍俊华回京途中，在洛阳致祭关帝冢，听洛阳城中儿歌，方知自己是神人降世。进京后，汤储与天官刘荣向嘉庆皇帝进剿除和珅之计，使雍俊华扬和珅私通反书之罪，在宣华楼下将和珅碎尸。和府反叛人众平定后，雍俊华被封讨逆侯，汤储晋封相国。边官奏报，日本起反，已占台湾，攻打高丽甚急；西鄙也遭敌兵入寇。汤储让西边固守汉中，亲率兵往高丽平倭，收复台湾。日本国主将太子入质中国，年年进贡。汤储又率军西击敌兵大胜，班师回朝。杨戬、哪吒、齐天大圣等天神也将东胜神洲、西牛贺洲诸妖平复。玉帝下旨召李靖回天庭。嘉庆皇帝正在琼花书院设宴会庆贺,汤储在会上昏倒,当夜一灵归天。他给嘉庆托梦,告知前缘。玉帝在天宫举办极乐会,大宴群仙,以志庆贺。

由以上的情节介绍可以看出,虽然人名和神、妖名与下面各书略有不同,但这显然是一个杂糅《封神演义》《三国演义》《西游记》《清史通俗演义》等章回小说而成的神魔故事。故事的原型是出自清康熙年间著名的政治家、理学家、河南睢州人汤斌在苏州任上毁五通神祠建学校的事迹。

李绿园在《歧路灯·自序》中说:"坊佣袭四大奇书之名,而以《三国》《水浒》《西游》《金瓶》冒之。"①李珍作为一个农民,对四大奇书则持肯定的态度,认为"虽有《纲鉴》《史记》而可观,但又编成书,内增无穷的奥妙,尤可观矣",其中"多有劈空造选幻讹之情况,无不拍案而叫奇也"。②

这较之李绿园站在封建正统文人的立场上,认为《三国》是"儿戏场",《水浒》"流毒草野,酿祸国家",《金瓶梅》是"诲淫之书",《西游》"幻而张之耳"③,李珍来自民间底层的小说观显然高出他的族祖李绿园。

清末到民国时期,世界已经进入快步发展的时代。但中国人民仍旧被压在三座大山之下,生活在苦难深渊之中。在封闭的河南新安县农村,基本上还是封建主义势力一统天下,几千年的地主阶级统治没有丝毫的松动。《鸿魔传》的作者李珍像他的族祖李绿园写《歧路灯》一样,把故事背景假托于前朝,但他在书中已经提到了铁路、无线电、电报、照相、洋火,从书中还可以看出他已经蒙眬知道中国在亚细亚洲,"掘凿地洞"就可以"打透美国"。书中写的清代甘肃祈山县实际上是民国年间河南偏僻小县的社会生活。小说写这个县里有许多"机关","有供款局、教育局、县党部、大队部、城区部",乡长、区长、大队部长、县党部长执掌着各个机关,此外还

---

① 栾星编著. 歧路灯研究资料·李绿园诗文辑佚. 郑州:中州书画社,1982:94.
② 李珍. 鸿魔传序,鸿魔传. 河南世纪恒泰数码彩印制作公司,2009:2.
③ 栾星编著. 歧路灯研究资料·李绿园诗文辑佚. 郑州:中州书画社,1982:94.

有"东师(司)衙门、西师(司)衙门、南营、北营"。花的是大洋银元,老百姓要交印花钱①。作者显然是对自己亲历的从清末到民国年间战乱频仍、吏治腐败、土匪横行、民不聊生的混乱社会现实有感而发,才创作这部小说的。但小说中写神魔和帝王的部分以及写对阵斗打的场面,还不能脱旧小说的窠臼;同样道理,在语言上,李珍写神仙魔头、帝王将相和战争场面时,仍用的是旧小说和戏曲里程式化的词语,了无新意。写那些小仙、小妖、小人物时,尽管背景是在实际并不存在的甘肃祈山县,却全用他家乡豫西的人文背景来描绘。

《鸿魔传》开篇即曰"只因曩日,唐太宗欲得真经,而宠信佛道,自三藏在西域取经以后,越加敬附。无论贫者、富者,皆得置一佛像系于身伴。富者金铸,中者玉刊银造,贫者或铜或铁,总然无业游民、乞丐之人,亦得木雕其像而伴焉。……自唐朝宠佛以来,正神亦未甚索,而邪魔乘隙而作者侈矣。或泼妖,或劣怪,诈称雷音,冒充如来,私尊古代的圣贤,迫逼迷生建设庙宇,会献巨奢,烦钞无算。由此而伤财劳民者远矣。天下大地,尽被兰若、古刹、庙观所占。以致正气衰弱,邪阴蔽尘,是是非非佈于世"②。将此部神魔小说的叙事基点,定在《西游记》的框架中。

第二回托塔天王李靖宫中的耗犬星,"九头鸟叠而猖狂,屡征未服。玉帝派托塔剿捕。李靖揆泼性昔曾被二郎神獒啄一首,方想盗裘脱关皆赖鸡犬之力,将此物调随纛往"③。这分明是大闹天宫的吠天犬再现。接着写耗犬星趁机下凡后投胎为申公豹,姜子牙将其获之,押赴北海,后封为河伯。唐代宠幸佛道,河伯窜至甘肃祈山县栖虎岗,诈称韩王,苛虐众生。这又是捏合《封神演义》和《西游记》而成。

《鸿魔传》第五回中,河伯说道:"金河小龙与袁守诚强辩:我问你下的似啥雨呢?"这又是《西游记》泾河龙王算卦之事。④ 第十三回西海龙王到天庭上奏时,且看玉皇大帝的护卫:"玉帝驾坐玉栏金阙灵霄宝殿,两壁侍卫陈列护围:二十八宿、

① 李珍. 鸿魔传,第五十七回、第六十回,河南世纪恒泰数码彩印制作公司,2009:714、749.
② 李珍. 鸿魔传,第一回,河南世纪恒泰数码彩印制作公司,2009:1—2.
③ 李珍. 鸿魔传. 河南世纪恒泰数码彩印制作公司,2009:27.
④ 李珍. 鸿魔传. 河南世纪恒泰数码彩印制作公司,2009:81.

九曜星官、十二元辰、五方揭谛、四值功曹、东西星斗、南北二神，后有二位灵童仙姬执定龙凤羽扇，左右侍立。珠帘下垂，内观略真。"这和《西游记》第四回，灵霄宝殿的描写何其相似！龙王奏，孙行者、关圣帝都平不了九头鸟，金星道，何不去找"听调不听宣"的"灌洲灌江口二郎神御外甥杨戬"。玉帝道："……昨昔孙悟空能大闹天宫，调彼扑捉，数败行者。"①这全是我们在《西游记》中熟悉的情节。

《鸿魔传》中的诸多神仙，除前面提过的，还有惧（巨）灵神、太白金星、观音、火帝真君、西海龙王等许许多多。《鸿魔传》中的诸多妖精，如：妖精猪暗王、熊黑怪、虾米精、老鳖精、蛙精、白狮王、红发王、九首鹏、白蛟王等，妖精中又有四家大王，其一为"牛魔王之孙牛觅王"②，使人想起唐僧取经路上的那些妖魔。河伯要民众进贡童男童女的事，不正是《西游记》第四十七回，车迟国元会县陈家庄地金鱼怪"这大王一年一次祭赛，要一个童男，一个童女，猪羊牲醴供献他"③，这一情节的重现吗！

《鸿魔传》这部小说不仅在人物道白、对话上来自《西游记》，在景物描写上也善于学习《西游记》的白描手法，运用自己的家常口语来状物叙事，读之如身临其境。书中第六十四回写汤储带领人役往栖虎岗进发灭妖：

> 约行三四十里，日将中时，只见西北上起了一块老云。隐隐闻雷鸣，霎时间听的霹雳一声，云如箭催，电光闪精，登时皂了半向天。须臾，烈风暴鸣，眼看雨至首顶……说话不及，雨点如大钱一般，乒乒乓乓可下将下来。……（众人）急入山门，大雨滂沱，如盆泼一般……风刮折枝，雨洒土堕，急雷跟滚豆一般来往团震。只下的檐水交流，沟水溢堤，麦禾漫伏。约有两点钟时，方才略息。④

---

①　李珍. 鸿魔传. 河南世纪恒泰数码彩印制作公司,2009:189—198.
②　李珍. 鸿魔传. 河南世纪恒泰数码彩印制作公司,2009:30.
③　吴承恩. 西游记. 郑州：中州古籍出版社,1999:491.
④　李珍. 鸿魔传. 河南世纪恒泰数码彩印制作公司,2009:802—803.

像这些很有艺术感染力的精彩描写,和《西游记》第八十七回"孙大圣劝善施霖"的雨景描写一样,都让人有身临其境的感受。这在书中随处可见,使这部小说具有相当高的艺术水准。

在《鸿魔传》书中,孙悟空仍以"齐天大圣"名号出现,并与关圣帝一同下凡擒妖。第四回:"九头怪数征不下,昨日有回音。齐天大圣要兵八十万,猛将千员。"[①]第十五回"杨戬挂帅出师下凡　诸神上诉迎师返归"[②]。此后一番平妖战争,就是《西游记》众神斗猴王的翻版了。

现在,21世纪的今天,我们的少男少女、耄耋老者、农民贩夫、显宦高儒之中,仍然有那么多人沉迷在才子佳人的言情小说和半人半魔的武侠说部之中。最近我在河南省扫黄办对一千多种"穿越"题材的"新言情"小说参与审查,深感当代在人欲横流的社会中失去纯真,美丑不辨,想象力贫乏的忧虑。对于充斥于书摊和网络的这种文化现象,如果我们对清代和民国时期在豫西农村出现的世情小说《歧路灯》、神魔小说《鸿魔传》和它们与经典小说《西游记》的承继濡染关系加以研究的话,也许能得出一些很有启迪意义的结论。

①　李珍.鸿魔传.河南世纪恒泰数码彩印制作公司,2009:55.
②　李珍.鸿魔传.河南世纪恒泰数码彩印制作公司,2009:205.

略论《西游记》的科幻思想

康江峰[①]

摘　要：《西游记》作为一部恣意浪漫的神魔小说,讲述的是神魔世界的斗争,抒发的是现实世界的情怀,阐发的是未来世界的科幻。《西游记》包含着空天飞行、科学时空、环境气象武器、人类无性繁殖、火焰喷射器、剖腹(肋、背)产、超长距离遥视遥听等幻想,这些幻想有些今天已经被人类运用科学实现,有些与现代科学理论惊人地一致,有些有着深厚的科学基础,未来随着科学技术的发展必将被实现。这些科幻思想展示了《西游记》作者天才的想象力,惊人的洞察力和无与伦比的智慧,闪耀着思想的光芒。

关键词：《西游记》　吴承恩　科幻思想

国内外学术界现有对《西游记》的研究基本上集中于孙悟空的人物形象及其来源、《西游记》的作者、《西游记》的文本、《西游记》的主题思想、《西游记》语言艺术等领域。其实《西游记》在大量奇幻浪漫的故事情节中,包含了丰富的科幻思想。这些科学幻想体现了作者天才般的想象力,惊人的洞察力与无与伦比的智慧。其中有些幻想今天已经被现代科学所实现;有些幻想与现代科学理论惊人地一致,具有很强的科学理论基础;有些幻想随着科学技术的发展未来也一定能够变为现实。本文就《西游记》的科幻思想做一初探,以就教于方家。

①　康江峰,陕西宝鸡文理学院教授。主要研究方向:明清小说、区域经济。

一、空天飞行的思想

鹰击长空,鱼翔浅底,蛇爬鹿奔,虎跃龙腾,大自然奇妙的进化机制使得动物各有自己的一套最有效率的运动方式。人由于自身生理构造的限制,只能在陆地上运动,无法像鸟儿那样在空中飞翔。但是,人类自古以来就非常羡慕鸟儿飞翔的轻灵欢快与自由迅捷,希望自己也能够像鸟儿那样在蔚蓝的天空拥抱着白云,自由自在地飞翔。在上古时期的神话传说中,就有人类飞翔的幻想。我国民间流传的神话故事《牛郎织女》和"嫦娥奔月",就通过织女与嫦娥的空天相会表达了人类飞行的愿望。

《西游记》的作者通过神话故事对前人的空天飞行思想进行了细化、深化和丰富化,在《西游记》里探索了空天飞行的各种方法和途径。《西游记》中的神魔大都会空中飞行,或驾云气或骑坐动物,或化狂风或坐器械。一般来说,驾云气飞行的一般是那些地位较高,道行法力较深的仙、佛、神和某些道行较深的妖魔两类人物。仙、佛、神等正面人物所驾之云一般为五彩或七彩祥云,云中瑞气蒸腾,祥云缭绕。如如来佛祖,观世音菩萨,普贤菩萨,太上老君,太白金星、二郎神杨戬等;而妖魔所驾之云多为乌云,云里妖气弥漫,黑云翻滚,间或伴有狂风。驾云的姿势与力度又有区别,年长的仙、佛、神往往驾云沉稳,不疾不徐,显得端庄肃穆,沉稳大气。如来佛祖、观世音菩萨、太白金星即属此类。而年轻的仙、佛、神驾云往往动静大,气势猛,快速威风。二郎神杨戬和梅山六兄弟即是如此,他们打猎时就驾着云气风尘滚滚的从空中而过,显得特别有派。化作狂风在空中飞行的一般为妖魔,这一般在两种情况下经常运用:一是妖魔仓促之间捞走唐僧时,另一是妖魔战败被孙悟空或天兵天将穷追猛赶之时。一句话,都是在妖魔匆忙仓促时运月。在驾着云气进行空天飞行的例子中,特别应该强调的是孙悟空的筋斗云。筋斗云是孙悟空的专利,在《西游记》中名气最大,连孺子小童都知道孙悟空一个筋斗能翻十万八千里。其实,这种纵身腾跃,凌空飞行的思想早在东晋时期就已经出现。《搜神记》里的"星外来客"就载有纵身飞行的故事:

……孙休永安三年二月，有一异儿，长四尺余，年可六七岁，衣青衣，忽来从群儿戏。……详而视之，眼有光芒，爚爚外射。……耸身而跃，即以化矣。仰而视之，若曳一疋练以登天。大人来者，犹及见焉。飘飘渐高，有顷而没。①

骑动物飞行的也多以仙、佛、神为主，道佛两教的仙佛似乎都喜欢骑动物飞行。太上老君就整天骑着青牛没事到处乱转，禄星骑着老虎，福星骑着仙鹤，文殊菩萨骑着青毛狮子，观音菩萨骑着金毛吼，南极仙翁骑着白鹿，太乙救苦天尊骑着九头狮子等。这些仙佛就是骑着动物进行空天飞行的。

乘坐器械飞行是《西游记》的作者所设想的另一种空天飞行方式，《西游记》中的哪吒就是脚蹬风火轮在空中飞行的。乘坐器械飞行是一种比较科学的飞行方式，人借助一定的器械在空天进行飞行是完全可能的。现代人经过长期的努力，不是已经能够驾驶热气球、飞机、宇宙飞船、航天飞机等自由地进行空天飞行，甚至早就实现登月了吗？

吴承恩的空天飞行思想对后世的小说创作产生了深远的影响。诞生于《西游记》之后的《封神演义》，道教里的神仙也是采用驾着云气、骑着动物和驾着器械这三种方式飞行的。尤其是哪吒的飞行方式与《西游记》里哪吒的飞行方式完全一样，这不能不说受到了《西游记》的影响。诞生于清代的志怪小说《聊斋志异》也有驾着云气、器械、动物三种方式进行空天飞行的思想。如《白于玉》中的白于玉就在月朗星稀，银辉满地的夜晚乘着青蝉飞向太空，和神仙做了一次有趣的会谈。再如《邢子仪》中的滕地杨某，作为一名白莲教徒众，得左道之术，就会驾木鸟进行长途空中飞行，并唆使继妻朱氏伪为仙姬，于月朗星稀之夜驾着木鸟从空中掠走了泗上某绅家的女儿。还有《仙人岛》中的道士与神仙就是驾着竹杖和皮排，骑着龙、虎与鸾凤进行空天飞行的。②

① 干宝. 搜神记. 卷八. 成都：成都时代出版社，2014：101.

② 蒲松龄. 聊斋志异. 长沙：岳麓书社，1998：104、363、298.

二、科学的时空观

现代大科学家爱因斯坦的相对论指出，在物体运动速度极高的条件下，时间就会发生变化。如当物体以光速（300000千米/秒）的速度运动时，时间就会变慢；当物体以高于光速（v＞300000千米/秒）的速度运动时，时间还会倒流。这是现代物理学的科学结论，是爱因斯坦这样天才的世界级大科学家想象出来的。然而，在《西游记》里这种思想早就已经存在了。你看，在《西游记》所描绘的神魔世界里，物体的运动速度是很高的，孙悟空一个筋斗就可以翻越十万八千里。而孙悟空的法力与神通在神魔世界并不是最高的。菩提祖师、如来佛祖、太上老君、原始天君、灵宝天尊等神佛的法力神通远在孙悟空之上，这些神佛的运动速度根本不是孙悟空所能比的。也就是说，他们的运动速度要远远高于一个筋斗十万八千里的速度，也可能是一纵身五六十万里，甚至可能更高。在物体以超高速运动的神魔世界里，时间严重变慢，"天上的一天即地上的一年"。① 也就是说，神魔世界的时间是凡间时间的1/365，人世间的时间是神魔世界时间的365倍。你不觉得吴承恩在《西游记》里的这种时间会随着运动速度的提高而变慢的思想与爱因斯坦相对论的科学结论惊人地一致吗？这种思想在430多年前的明代无疑是惊世骇俗的，在科学极不发达，缺乏科学实验仪器的环境里是非常惊人的。这种思想是天才的闪耀，是暗暗沉夜里智慧的光芒，是突破层层乌云的耀眼阳光。仅此一点，吴承恩就可以说是世界级的大文豪、大科学幻想家和大思想家，《西游记》就可以跻身世界名著之林。

三、以气象环境武器改变战局的思想

《西游记》里的玉皇大帝因恼怒凤仙郡太守口出秽言不敬自己，利用职权使凤仙郡大旱3年，以此折磨凤仙郡的太守、百姓；平顶山莲花洞的二魔王银角大王在和孙悟空的战斗中，让孙悟空背他。在唐僧的施压下，孙悟空很不情愿地背起了银

---

① 吴承恩. 西游记. 北京：人民文学出版社，2010：44.

角大王。可是,银角大王运用了移山倒海的法术,将须弥山、峨眉山和泰山三座大山调来压住了孙悟空。在和圣婴大王红孩儿的战斗中,孙悟空被红孩儿的三昧真火烧得无计可施,最后竟然突发奇想,调来了东海龙王的水族,企图用海水浇灭红孩儿的三昧真火。在和黄风大王战斗的过程中,黄风大王一口气吹出了漫天滚滚的黄风,将孙悟空吹到了几万里之外。还有,银角大王的铃铛不仅会喷火,而且还会喷沙子,人造沙尘暴。

其实,在中国古代小说(不管是否是神魔小说)和民间传说故事中就有大量关于气象武器的科学幻想。如《封神榜》里的姜太公做法祭天,使气温在盛夏季节陡然下降几十度,天空突降大雪,冻死殷商的士兵无数,取得了战争的胜利;《三国演义》里的孔明拜坛祭天,巧借东风,硬是为周瑜火烧曹操战船和营寨里的 83 万人马创造了条件;关羽巧借阴雨天气,堆石磊土聚水,水淹魏国大将于禁和庞德,取得战斗的胜利和战场主动权;《水浒传》里的公孙胜、高濂等屡次祭起浓雾或黑云掩护自己军队的行动,以达到战争行动的突然性,取得战争的胜利;《荡寇志》里的道士、异人屡次改变天气,以取得战争的胜利。《白蛇传》里的白娘子为了救出自己的丈夫许仙和法海恶斗,水漫金山,利用海啸和洪水与法海战斗。所有这些都是中国古典文学作品中典型的关于环境气象武器的幻想。其实,这些幻想不是完全没有道理,而是有一定科学依据的。

四、人类无性繁殖的思想

生物的繁衍有两种基本方式:有性繁殖和无性繁殖。所谓的有性繁殖是指生物的雄性和雌性必须结合,生命才能复制繁衍下去,如动物和人类就属于有性繁殖。而无性繁殖则是指不需要生物的雄性和雌性相结合,就可实现生命的复制繁衍,如柳树就是无性繁殖,春天到了,随便折一段柳树枝插入土里就可成活。一般来说,生命的形式越高级,就越是有性繁殖;生命的形式越低级,则越有可能是无性繁殖。在亿万年的进化过程中,人类已经达到了生命的最高级最复杂的形式,因而也是有性繁殖。男女两性的结合被赋予了神秘浪漫、庄重复杂的文化色彩。爱情

成为人类千古歌颂的永恒主题,婚姻成了人类各种故事的载体。那么,人类能不能实现无性繁殖,只靠女性或只靠男性繁衍下去呢?人类在幻想,在探索。《西游记》的作者吴承恩给出了自己的回答:能。《西游记》第54回就描写了一个奇妙的女儿国——西梁女国。该国上自国王太师,中到太守知县,下至贩夫走卒,均为女性。在唐僧一行到来之前,该国自古就没有一个男子。所有女性都是在子母河中饮水怀孕,生女繁衍。① 这是什么? 这是典型的人类无性繁殖的幻想。这个幻想将来有没有可能实现? 笔者的回答是随着生物科学技术的发展,人类的无性繁殖将来完全有可能实现。为什么? 因为,今天的科学家既然能够实现克隆羊和克隆牛,二三百年以后,当生物技术高度发达以后,为什么就不能实现人类的克隆呢? 笔者坚信,将来一定会在技术上实现人类的无性繁殖,实现吴承恩的这一奇妙幻想。

五、火焰喷射器的思想

火焰喷射器在今天已不稀奇。战场上,当遇到难以攻克但又怕火的目标时,士兵身背火焰喷射器匍匐前进,在火焰喷射器的有效射程内,打开火焰喷射器,一股强烈的火苗直扑敌方,引燃敌方的目标,借以消灭敌人的有生力量。今天的火焰喷射器,射程一般为400米左右。有意思的是,早在430多年前,吴承恩就提出了这个天才的幻想。《西游记》第41回,圣婴大王红孩儿每次和孙悟空战斗时,就会令小妖推出五辆"烟火车",且按金、木、水、火、土五个方位排列好。这五个烟火车会放出一股强烈的三昧真火,烧得孙悟空狼狈不堪,焦头难额。《西游记》第70回,孙悟空在和妖魔赛太岁战斗时,那个妖魔有三个紫金铃,可以燃放浓烈的烟火和风沙。② 能够施放烟火的烟火车和紫金铃是什么? 笔者的理解就是火焰喷射器。无论是红孩儿的烟火车还是赛太岁的紫金铃,每次都把神通广大的孙悟空烧得落荒而逃,仰面长叹。由此可见,这种火焰喷射装置的威力。在那个时代,这种火焰喷

---

① 吴承恩. 西游记. 北京:人民文学出版社,2010:664—675.
② 吴承恩. 西游记. 北京:人民文学出版社,2010:955.

射装置就是妖魔独家秘密研发出来的高科技武器,属于杀手锏之类的武器。

六、剖腹(肋、背)产的思想

《西游记》里也有剖腹产的科学幻想:

> 如来道:"那凤凰出世之时最恶,能吃人,四十五里路,把人一口吸之。我在雪山顶上修成丈六金身,早被他把我也吸下肚去。我欲从他的便门而出,恐污真身,是我剖开他脊背,跨上灵山……"①

如来佛剖开凤凰的背部,飞翔而出。这是典型的剖腹产的神话变异版,把剖腹产变成了剖背产。

中国古代的文学作品和神话传说中,不乏关于剖腹产的幻想。据《淮南子》记载:"禹治鸿水,通轘辕山,化为熊。谓涂山氏曰:'欲饷,闻鼓声乃来。'禹跳石,误中鼓。涂山氏往,见禹方作熊,惭而去。到嵩高山下,化为石。禹曰:'归我子!'石破北方而启生。"而屈原的《天问》则说:"禹之力献功,降省下土方。焉得彼涂山女,而通之于台桑?……启棘宾商,《九辨》《九歌》?何勤子屠母,而死分竟地?"有学者训诂后得出,所谓大禹之子"启"的降生就是剖开母亲的腹部而取出"启"的。所以,"启"是剖腹产所诞生出来的。

《聊斋志异》里"男生子"就讲述了一个男子怀孕后剖腹产的离奇故事:

> 福建总兵杨辅有娈童,腹震动。十月既满,梦神人剖其两胁取之。及醒,两男夹左右啼。起视胁下,剖痕俨然。儿名之为天舍、地舍云。②

---

① 吴承恩. 西游记. 北京:人民文学出版社,2010:501—513.
② 蒲松龄. 聊斋志异. 长沙:岳麓书社,1998:328.

《西游记》节庆文化研究

汤凯茹　马　旸①

摘　要：《西游记》是由明代吴承恩撰写的一部章回体长篇神魔小说，其内容涉及众多宗教的、世俗的节庆活动，对探究中华民族传统文化中的节庆文化具有重要的资料意义。本文就《西游记》中出现的主要节庆文化作一番探究，以期为《西游记》研究贡献一份绵薄之力。

关键词：《西游记》，节庆文化

"节庆是世界各地各民族普遍存在的一种文化事项。在特定的时间和空间中进行的节庆活动，不仅是对日常生活的某种突破和变奏，是人们重要的情感寄托和精神信仰的表达途径，而且还是特定共同体周期性社会动员与群体整合的通常方式。"②《西游记》的节庆文化也具有丰富的研究意义——作为一部以"取经"为主题的神魔小说，《西游记》自然而然地涉及了不少关于佛教的节庆如蟠桃会、盂兰盆会等等；当然，也涉及了传统的节庆，如中秋节、端午节等等。在作品中，这些节庆的存在不仅仅是为了呈现其热闹的场景，更是起到了推动情节发展、丰富人物形象的重要作用。（本文所有涉及《西游记》的词条均出自黄肃秋校注、人民文学出版社的 1980 年版本，不再另注。）

---

①　作者介绍：汤凯茹，中国西游记文化研究会吴承恩专业研究委员会会员，苏州大学在读研究生；马旸，中国西游记文化研究会吴承恩专业研究委员会常务理事，淮安市文通中学一级教师。
②　范建华，郑宇，杜星梅.节庆文化与节庆产业.昆明：云南大学出版社，2014.

一、佛教节庆

佛教节庆常见的有盂兰盆会、水陆大会、浴佛节。

1. 盂兰盆会

盂兰盆节俗称"鬼节",每年农历七月十五日,佛教徒为追荐祖先而举行。盂兰盆会起源于释迦牟尼弟子目犍连为解救在地狱受罪的母亲,供养十方众僧,成为节庆是曾三次入佛门的梁武帝首先确立下来的。在《西游记》中,孙悟空大闹天空被西方如来佛祖收服后,如来召集众仙家以"宝盆"为由举行"盂兰盆会"。

> 佛祖居于灵山大雷音宝刹之间,一日,唤聚诸佛,阿罗、揭谛、菩萨、金刚、比丘增、尼等众日:"……我有一宝盆.盆中具设百样奇花,千般异果等物,与汝等享此'盂兰盆会',如何?"

唐麒《世界掌故总集》中介绍了"盂兰盆会"的故事起源:盂兰盆是梵文的音译,意为"救倒悬"。据佛经记载,释迦牟尼弟子目犍连以天眼看到其母亲生前不施舍饭僧,因而死后沦为恶鬼在地狱受苦,如处倒悬,目犍连求佛拯救。[①]《佛祖统记》中曾记载,目犍连不忍母亲受此罪过,于是便来求救释迦牟尼佛。佛祖指示,让其在七月十五日准备斋饭,供奉十方僧众,他母亲的罪过方能消除。此后,盂兰盆会开始兴起。

宁稼雨《西游趣谈》中曾提及"盂兰盆会"的两大历史阶段:盂兰盆会自南朝起,一直到清末的一千多年,大致可分为两个历史阶段;宋代以前的盂兰盆会,以佛教寺院为中心,供佛斋僧是其主要目的;到了宋代,盂兰盆会从寺院走向民间,以祭祀祖先和超度亡灵为主要内容。[②]

王俊《中国古代节日》介绍了该节日在封建社会的发展:唐代盂兰盆会主要盛

---

① 唐麟. 世界掌故总集 世界小百科全书. 呼和浩特:内蒙古大学出版社,2002.
② 宁稼雨.《西游记》趣谈与索解. 北京:春风文艺出版社,1997.

行于宫廷,《唐六典》规定中尚蜀七月十五日进盂兰盆。宋代,盂兰盆会活动成为民俗的一部分,画目连尊者之像插其上,祭毕加纸币焚之。明清时代盂兰盆会风俗尤盛于南方,嘉靖《萧山县志》说当地十五日僧舍各营斋供,举村荐亡,作盂兰盆会。小孩垒砖瓦作浮屠塔,燃灯于中,绕塔游戏。①

关于盂兰盆会的仪式内容,大致分为设大会、做法事、祭祀祖先、放河灯等环节。设大会做法事,则是为已逝的祖先超度,愿其摆脱恶道轮回,早登极乐世界。祭祀祖先则会在家中摆放多种点心、瓜果之类的,因为民间流传这一日祖先会返回家中看看人世间的亲人们。在盂兰盆会中,值得一提的便是放河灯这一活动,这是一项最具规模、最能体现民俗特征的活动,重要的是,放河灯能体现出民众的参与度。

杨子华《〈水浒传〉与扬州》中印证了这一点:说第五十一回书中,前后三次写到了看河灯。第一次是沧州知府夫人吩咐朱全抱小衙内到地藏寺里去看点放河灯;第二次是朱全背着小衙内绕寺看了一遭,却来水路堂放生池边看放河灯;第三次是小衙内要去桥上看河灯。这些反映了宋元中元节放河灯之盛况。②

除了中国,日本也有过"盂兰盆会"的传统,(日)吉野裕子《阴阳五行与日本民俗》中提及:在日本民间风俗中,正月和盂兰盆会是至今保留下来的最主要的仪式。"正月"是迎接祖先神灵、岁神的祭神,"盂兰盆会"是迎接已故先祖即佛像的佛事……正月与盂兰盆会是全日本以祭祀为借机,人们得以欢聚娱乐的时刻。③

笔者认为,这一节日具有重要的意义,一方面是弘扬追忆祖先的孝道,一方面是发扬乐善好施的善举。虽然这一节日具有浓厚的佛教色彩,但是我们应该跳出"鬼"的角度,去敬祖尽孝,这是一种凝聚中华传统文化力量的信仰。

2. 水陆大会

全称"法界圣凡水陆普度大斋胜会",是汉传佛教的一种修持法,也是汉传佛教中最盛大且隆重的法会,在水陆大会中能超度水陆一切鬼魂、冤魂,法会时间短一

① 王俊. 中国古代节日. 北京:中国商业出版社,2015.
② 杨子华.《水浒传》与杭州. 杭州:浙江文艺出版社,2015.
③ 吉野裕子. 阴阳五行与日本民俗. 上海:学林出版社,1989.

点为七天，长一点为四十九天。水陆法会的源头可以追溯到南北朝时期的梁武帝，而后经过多个朝代的发展、成熟、定型。直至今日，仍在发展。水陆法会主要供养诸佛菩萨、圣贤，并广设坛厂，普度众生，范围极广。曾上炎《西游记辞典》曾对其作出解释：水陆场即水陆道场，又称水陆斋、水陆大会，佛教法会之一。时间较长，规模较大。诵经设斋，礼佛拜忏，超度水陆亡灵，普济六道四生。《佛祖统纪》卷三十三提及"梁武帝梦神僧告之曰：六道四生，受苦无量，何不作水陆大斋以拔济之"①。

"水陆大会"据说起源于南北朝梁武帝时期，据资料记载，某天夜里，梁武帝梦见一位高僧，高僧对他说："六道里的众生，受苦无量，何不做个水陆普济群灵。"醒来后的梁武帝百思不得其解，又将梦境说与诸位大臣，臣子们亦不得解。后得高僧点拨，开设水陆道场，准备多种斋食，以超度六道众生。由于皇帝的提倡，水陆大会渐渐兴起。发展到宋代时，成为战争后朝廷为牺牲士兵举行的一种超度仪式。著名文学家苏轼也曾为其妻举办过水陆大会，见于《水陆法像赞》。到了清代以后，有一位高僧名仪润曾著《法界圣凡水陆普度大斋胜会仪轨会本》，简称《水陆仪轨会本》。在此书籍中，仪润详细论述了水陆法会的相关内容规则。在当代，水陆法会的操作形式出现了一些新的内容，如流行于世的"水陆空大法会"，顾名思义，除了以往水里、陆地的范围外，又扩大到了天上，即也超度因空难而逝世的亡魂们。

《西游记》中曾提及水陆大会的缘由是：

> 唐王谢道："有劳先生远跈。"判官道："陛下到阳间，千万做个'水陆大会'，超度那无主的冤魂，切勿忘了……唐王一一准奏，辞了崔判官，随着朱太尉，同入门来。

据此可知，如果说"蟠桃会"是众仙家欢聚娱乐之节日，那么水陆大会便是具有

---

① 曾上炎. 西游记辞典. 郑州：河南人民出版社，1994.

实实在在的普度众生之效。在原文中,唐太宗因答应泾水龙王救他一命,不曾想未能成功,而后又被龙王告到了阎王处,要求当面对质。之后,在旧人崔判官的帮助下,得以回阳。回阳途中,崔判官嘱咐其千万要开个水陆大会,消其业障,以得个大好江山。

潘明权《走进佛教文化》中曾解释水陆大会:在封建社会里,举行水陆大会有三类情况:第一种是封建王朝以国家的名义举行;第二种是寺院主动为皇家人物、国家重大事件举行的水陆法会;第三种是寺院专门以某种名义;往往会有几十几百万乃至成千上万信徒参加。① 除了以上三种情况外,还有由某个信徒为主要供主展开的水陆法会,这些信徒多为富裕人家,能负担举办该法会的所有开支。有时其他信徒也可随喜参加,即不需要提供过多的资金,聊表心意便好。当然,除了"个体"供主之外,还有众姓水陆。所谓"众姓水陆",即由多种供主共同举办的法会。这样做的好处是可以吸引更多的人参加到这样的活动来,增加法会的人气。

张子军《中国佛教方便谈》中对水陆大会的具体内容做了详细地阐述:这种法会以施食为主,为超度一切水陆亡魂而设,因须将饮食撒在陆地和河流湖泊之中,故称水陆大会。其特点是:时间长,少则七天,多则四十九天;规模大,参加法事僧人最少百人,多则千人以上;法事全,凡佛教各种法事,无不包括在内。②

《西游记》中共举行了两次水陆大会,其一是唐太宗出地府后,为了超度冤魂而开水陆大会;其二是唐僧师徒四人从西天取得真经回来后,唐太宗开水陆大会,皆是功德圆满之事。正是在第一次水陆大会中,观音菩萨和其弟子惠岸使者化作随缘和尚,混迹于大会中,观唐三藏讲经,并最终决定选定他作为取经人。玄奘的前世乃是如来佛祖座下的二弟子,此次选定其作为取经人,去往西方取经,为的是消解东土大唐这方土地不敬三宝、不尊礼法的罪过。向西方取经再回东方传经,沟通两地的联系,促进了东西方文化的交流。作为佛教文化的一种,水陆大会的重要意

① 潘明权. 走进佛教文化. 北京:宗教文化出版社,2014.
② 张子军. 中国佛教方便谈. 北京:现代出版社,2016.

义不仅体现在传承宗教文化,在《西游记》中,它更是承担了推动故事情节的重担。

3. 浴佛节

四月初八,相传为释迦生辰,又称龙华会。在这一天,通常要将佛像拿出清洗,准备干净淡香的清水浸之,当人们将佛像清洗完毕以后,便会相互泼水,受其加持,共享福报,此外还要诵经,斋僧。民间流传,释迦牟尼佛出生时两只手分别指向天、地,大地为其震动,九龙吐水为其沐浴。浴佛节(龙华会)起源于印度,即前文讲述的释迦牟尼佛出生的传说,后传入中国。东汉时,浴佛节还仅限于寺院举行,后来逐步流传到民间。而傣族的泼水节实则就是浴佛节,当人们将佛像清洗完毕以后,便会相互泼水,受其加持,共享福报。《西游记》中三次提及龙华会:

> 太子道……容颜永似少年郎。也曾赶赴龙华会,也曾腾云到佛堂。捉雾拿风收水怪,擒龙伏虎镇山场。抚民高立浮屠塔,静海深明舍利光。楮白枪尖能缚怪,淡缁衣袖把妖降。如今静乐蟒城内,大地扬名说小张!

第一次即上述例子,小张太子被孙悟空请来降妖时,向妖怪表明身份的说辞;第二次即唐三藏师徒四人黄花观遇难时,黎山老姆自龙华会归途中,为孙悟空献策救师;第三次即孙悟空对猪八戒恨铁不成钢,称其好歹也是龙华会上的人。从以上三次可知,对于神仙而言,参加龙华会可以被视作一种身份的认可。

陈荆鸿《海桑随笔》中提及"龙华会"的其它出处,引《楞严经》云:"彼诸如来,亦于五体放宝光,从微尘方来灌佛顶,并灌会中诸大菩萨。"《南史·刘敬宣传》称:"敬宣八岁丧母,四月八日,见众人灌佛,乃下头上金镜,为母灌像……"据《荆楚岁时记》载:"四月八日,诸寺各设斋……以为弥勒下生之征。"①

陈玲《敦煌名胜古迹旅游景区传说荟萃》中提及"浴佛节"热闹的场面:农历四月初八是佛祖释迦牟尼佛生辰,莫高窟举行了盛大的浴佛节庙会。庙会期间,九层

---

① 陈荆鸿. 海桑随笔. 广州:广东人民出版社,2009.

楼大佛殿里钟鼓齐鸣，和尚诵经，香客还愿，熙熙攘攘，热闹非凡。城南的雷音寺，更是人山人海，大雄宝殿排起了长队。①

关于浴佛节的活动内容，虽然不同时期的仪式存在差异，但大致都包括以下四个部分：恭迎佛像、安座沐浴、祝圣绕佛、回向皈依。所谓恭迎佛像，即众僧按照特定序列站好，手持衣具，一起唱道"南无本师释迦牟尼佛"；安座沐浴则是将佛像安置在浴盆中，然后上香、顶拜，口中也要一直唱着佛经；祝圣绕佛即僧人在佛像前恭敬地说祝词，而后众人开始绕佛，共享佛光；回向皈依则是众僧将这无上的功德回向给一切受苦受难的世间。

在胡波的《中国传统节日文化诠释与解读》中，他对浴佛节的意义做了一番解读。他认为浴佛节是佛教文化与中国传统文化的融合，一方面体现了佛教文化强大的生命力，另一方面也体现了中国传统文化极大的包容性，这是一场众僧和百姓的群欢。

二、道教节庆

《西游记》中出现的道教节庆包括添寿节、接玉皇节。

1. 添寿节

又称蟠桃会。一年一度。会中，王母娘娘以蟠桃宴请诸位仙家，因桃有延年益寿之功效，故称添寿节。此乃天上的节日，也是道教的节日。因中国道教敬奉王母娘娘为尊，作为中国古代神话中的女神，相传农历三月三日是其生辰，故中国道教也会在此日举行隆重的仪式，来纪念王母娘娘。在《西游记》中，孙悟空被天庭招安，授予其掌管蟠桃园一职。某日，当七仙女来取蟠桃作节时，孙悟空方知添寿节：

> 慌得那七仙女一齐跪下道："大圣息怒。我等不是妖怪，乃王母娘娘差来的七衣仙女，摘取仙桃，大开宝阁，做'蟠桃胜会'。适至此间，先见了本园土地

---

① 陈玲.敦煌名胜古迹旅游景区传说荟萃.上海：上海三联书店,2016.

等神,寻大圣不见。我等恐迟了王母懿旨,是以等不得大圣,故先在此摘桃,万望恕罪。"

许仲琳《封神演义》中也曾出现该节日:①

> 杨戬曰:"家师秘授,自有玄妙,随风变化,不可思议。有诗为证:秘授仙传真妙诀,我与道中俱各别。或山或水或巅崖,或金或宝或铜铁。或鸾或凤或飞禽,或龙或虎或狮鸠。随风有影即无形,赴得蟠桃添寿节。

《西游记》中"王母蟠桃"的情节并非其自创,但《西游记》在吸收了众多内容的基础上,为其最后定型。以至于一提及蟠桃会,人们便会想起《西游记》这一神魔小说。

刘荫柏《西游洞天》中曾提及"王母蟠桃"情节的其它出处:在宋元明三朝有许多以王母蟠桃为题材的戏曲和小说,如宋金院本有《瑶池会》《蟠桃会》和《王母祝寿》,元代有《王母蟠桃会》戏文、钟嗣成《宴瑶池王母蟠桃会》杂剧,明人朱有墩《群仙庆寿蟠桃会》杂剧。②

看《西游记》对其功效的描述:

> 土地道:"有三千六百株:前面一千二百株,花微果小,三千年一熟,人吃了成仙了道,体健身轻。中间一千二百株,层花甘实,六千年一熟,人吃了霞举飞升,长生不老。后面一千二百株,紫纹缃核,九千年一熟,人吃了与天地齐寿,日月同庚。"

这一番话是土地公公向孙悟空交代了蟠桃的功效,整个林子共栽植三千六百株桃

① 许仲琳. 封神演义. 郑州:郑州大学出版社,2015.
② 刘荫柏. 西游洞天. 北京:金城出版社,2013.

树,吃了这些桃子可成仙、长生不老、与天地齐寿日月同庚。蟠桃的生长与功效尚且如此喜人,再观蟠桃会的盛况:

> 只见那里:琼香缭绕,瑞霭缤纷。瑶台铺彩结,宝阁散氤氲。凤翥鸾翔形缥缈,金花玉萼影浮沉。上排着九凤丹霞扆,八宝紫霓墩。五彩描金桌,千花碧玉盆。桌上有龙肝和凤髓,熊掌与猩唇。珍馐百味般般美,异果嘉肴色色新。

蟠桃会存在于《西游记》中,不仅仅只是一个节庆,更是贯穿全文的一个关键。孙悟空因扰乱蟠桃会而被如来困于五指山下,猪八戒因蟠桃会中醉酒调戏仙娥而被玉帝下贬,沙悟净因蟠桃会打碎玉玻璃而被玉帝贬斥。如今"蟠桃会"作为小说中的一个情节,不仅具有一定的文学意义,对于读者而言尤其是少儿,更是丰富了他们的想象。在某本中小学生优秀作文选中,笔者曾看过一个学生就"梦游蟠桃会"展开故事,想象丰富,趣味十足。

2. 接玉皇节

即腊月二十五。民间流传腊月二十三灶王爷上天后,玉皇大帝会在腊月二十五亲自下界,视察人间的是非善恶,并据此定下来年的祸福。在道教的神话故事中,玉皇被视为天地万物的主宰者。关于"接玉皇节"的来源,《高上玉皇本行集经》中讲述,玉皇大帝是由太上大道君将一个婴儿托付给宝月光皇后,后诞下太子,等到成年后他便出家修行,经历种种劫难后,飞天称帝。因其地位之崇高,百姓的祭祀活动自然少不了他了。

《西游记》说,唐三藏一行四人行至天竺国凤仙郡,得知此处多年干旱,欲为其求雨。孙悟空来到玉帝跟前,想求个降雨的圣旨。不料却被玉帝拒绝,并陈述了理由。悟空这才得知,凤仙郡郡主于三年前十二月二十五日(即接玉皇节)踢翻供桌祭品,口出秽言,恰巧被玉帝看尽,便给了他相应的惩罚。玉皇大帝在披香殿设有二座山,分别是十丈高的米山、二十丈高的面山。米山旁有一只鸡在啄米,面山旁有一条狗在啃面,别处还悬着一条铁链。玉皇指示:鸡吃完米、狗吃完面、铁链断,惩罚方能结束。由此观之,惩罚之重。再看该惩罚又被如何化解:

> 那郡侯磕头礼拜,誓愿皈依。当时召请本处僧道,启建道场,各各写发文书,申奏三天。郡侯领众拈香瞻拜,答天谢地,引罪自责。三藏也与他念经。一壁厢又出飞报,教城里城外大家小户,不论男女人等,都要烧香念佛。自此时,一片善声盈耳。

在众人一心向善后,惩罚被解除,风雨大作,降下甘霖。故民间流传,这一天人们起居、言语都要谨慎,争取表现好点,以博取玉皇欢心,得个来年幸福平安,而《西游记》这一情节正好做了一个充分的范例。

陈勤建《中国风俗小辞典》中记录了这一节日:接玉皇,汉族民间祭祀风俗,流行于南方一带。农历十二月二十五日,相传为玉皇下降察人善恶之辰,民间各家各户均设香案迎接,故名。[①]

慕小刚《老上海的记忆》则提到了"上海人如何迎玉皇":腊月二十三送走灶君后,家家都要在腊月二十四那天打扫庭院,并在二十五这天多设供品,以"接玉皇",并祈福来年。而且这天,老上海人也开始张罗过年所需的各种物品。[②]

较之于佛教色彩浓厚的龙华会,接玉皇节更贴近寻常百姓的生活,其时适逢腊月,这是一个充满热闹的喜庆月份。

三、传统节庆

《西游记》提及了许多传统的节庆,如中秋节、端午节、元宵节等等,这些节日的存在自然不仅仅是为了体现节日该有的热闹、愉快,作为神魔小说的一笔,它们也

---

① 陈勤建. 中国风俗小词典. 上海:上海辞书出版社,2008.
② 慕小刚. 老上海记忆. 北京:当代世界出版社,2017.

推动了故事情节的发展，与小说情节融为一体。

中秋时节，宝象国的三公主，乳名百花羞，在八月十五夜中于园中游玩时被妖怪摄去，后遇唐三藏师徒四人方得解救。那日，国王在御花园大摆宴席，与各宫赏月饮酒，共度中秋。而"赏月"与"美食"一直是人们庆祝中秋佳节的主要内容：

> 那妇人道："我不是吃人的。我家离此西下，有三百余里。那里有座城，叫做宝象国。我是那国王的第三个公主，乳名叫做百花羞。只因十三年前，八月十五日夜，玩月中间，被这妖魔，一阵狂风摄将来……"

孙悟空一行人行至朱紫国，医治好了当今国王的顽疾，并得知该国王的后宫娘娘金圣宫于端午佳节被妖怪强要了去。听闻此信，大圣即展神威，救回了金圣宫娘娘。书中写到那一日国王与众嫔妃在御花园插艾、饮黄酒、看龙舟，这些活动都是端午不可缺少的内容：

> 国王道："三年前，正值端阳之节，朕与嫔后都在御花园海榴亭下解粽插艾，饮菖蒲雄黄酒，看斗龙舟。忽然一阵风至，半空中现出一个妖精，自称赛太岁，说他在麒麟山獬豸洞居住，洞中少个夫人……"

师徒四人又来到了天竺国金平府，正值元宵节，一行人上街观灯。妖怪忽至，摄走了唐三藏。"赏灯"是元宵节十分重要且热闹的活动，书中写到天竺之地为了庆祝元宵节，街上摆放了各式各样的花灯，包括核桃灯、荷花灯、大象灯、兔儿灯等等：

> 噫！不知是那山那洞真妖怪，积年假佛看金灯。唬得那八戒两边寻找，沙僧左右招呼。行者叫道："兄弟！不须在此叫唤。师父乐极生悲，已被妖精摄去了！"

　　由此例证可知,在《西游记》中,这些传统节日少了些往常该有的热闹、欢乐,反而危机四伏,危险重重。这些节日本该是欢聚的日子,而书中总是被迫分离的情节,于是更加跌宕起伏,推动故事的发展。

·西游文创研究·

《西游记》电视剧(86版)与原著的细节差别及其因果

孟　晨　鲁小俊①

摘　要：较之于百回本《西游记》,中央电视台 1986 年拍摄的《西游记》电视连续剧(以下简称 86 版《西游记》)强调"尊重原著,慎于翻新",但同时在细节方面也有不少改动。这些改动的缘由,既有资金、技术、人手等物质因素以及无意的错误,也跟影视剧的特性、意识形态的需要以及剧组的创作理念有关。细节改动简化了原著的内涵,更符合现代人的审美趣味,86 版《西游记》由此成为古典名著改编影视剧的典范。

关键词：百回本《西游记》;86 版《西游记》;影视改编

　　《西游记》作为中国古代神魔小说的经典,具有深厚的思想内涵和奇幻的故事情节,自问世以来就遭到诸多形式的改编。进入 20 世纪,随着技术的不断发展,影视作品成为文化领域的重要阵营,有关《西游记》的影视改编也层出不穷。据调查,在一所比较有名的职业学校,全校近两千学生,读过《西游记》原著的仅百余人。但是提到《西游记》,大家耳熟能详,因为他们都看过《西游记》的影视作品。② 其中,中央电视台 1986 年拍摄的电视连续剧《西游记》(以下简称 86 版《西游记》)作为公认的电视剧经典,对《西游记》的普及做出了卓越贡献。

---

　　①　作者介绍:孟晨,武汉大学文学院本科在读;鲁小俊,武汉大学文学院教授,博士生导师。
　　②　刘雪梅.论 20 世纪《西游记》影视剧改编及价值实现.山东大学,2009.4.

但在细节方面,86 版《西游记》与原著也还有较多差别,这些差别对于受众理解原著具有深远影响。学术界关于《西游记》影视改编的研究,集中于整体趋势或版本对比,关于细节的变化较少涉及。本文拟就这个方面作些讨论,以期更好地理解影视剧与原著的关系。

一、86 版《西游记》与原著的主要细节区别

86 版《西游记》强调以"尊重原著,慎于翻新"为原则,但与原著即吴承恩的百回本相比,仍有诸多区别。归纳起来,原著的细节改编,大致有三种情况:细节的增加,细节的减少以及细节的改变。以下举出主要例证:

(一)细节的增加

1. 猴王渡海上岸后吓唬鱼贩,穿鞋,吃面条等融入社会的事件。

2. 悟空来龙宫夺兵器前,龙王一家嬉戏投壶。

3. 金箍棒上抵三十三层天,而千里眼、顺风耳害怕影响玉帝听曲,禀报迟疑。

4. 悟空在天庭放马遇到天蓬元帅。

5. 悟空打进凌霄殿,玉皇大帝爬到桌子底下,危急时喊人快请如来佛祖。

6. 悟空被压五行山下无人看管,雪花飘洒。

7. 陈老汉小孙子这个人物。

8. 碧波潭万圣公主和小白龙与九头虫之间的情感纠葛。

9. 观音寺老和尚做梦穿唐僧袈裟。

10. 收服猪八戒一集中,增加了民间传说中地保抢亲、猪八戒背媳妇等片段。增加高老太太这一角色。

11. 遇到黄风怪后,八戒在岭上找到了眼睛看不见的悟空,师兄弟相拥。

12. 五庄观师徒四人一同吃饭,其乐融融。

13. 悟空为人参果树之事,重回三星洞见菩提老祖。老祖不见悟空,只叫悟空离去。悟空含泪离走时,老祖又把悟空唤回,指点悟空去寻求南海观音的帮助。

14. 三打白骨精中"黑狐精"这一角色。

15. 白骨精伪造佛旨。

16. 八戒路遇妖怪,却因为之前被悟空戏弄而认为妖怪是悟空所变。

17. 乌鸡国宦官角色。

18. 八戒出主意,让真假唐僧念紧箍咒来辨别真伪。真唐僧不忍念,妖道却念念有词。

19. 增加车迟国王后的戏份。

20. 对女儿国国王作了细化改编,如新王登基、梦见唐僧、夜会唐僧。唐僧未必无情。

21. 罗刹女(铁扇公主)喝醉,看见水中牛魔王和玉面狐狸的倒影,拔剑就砍。

(二)细节的减少

1. 将原著中猴王诞生经历的"巨石——石卵——石猴"三个阶段,简化为"巨石——石猴"两个阶段。同时删除了"拜四方,眼运金光,射冲斗府"这三个动作。

2. 猴王使神通把傲来国库中兵器搬回花果山。

3. 悟空求衣甲不得而借"试铁"吓唬龙王。

4. 删除悟空上天在南天门被挡之事,他直接到达凌霄殿。

5. 七十二洞妖王与独角鬼王被捉,大圣认为没有伤及自己同类,不必烦恼。

6. 观音菩萨欲扔净瓶打悟空,以及留在天庭观看处斩悟空。

7. 太上老君称,悟空盗吃的仙丹有生有熟,经三昧火锻成一块,所以有金刚之躯。

8. 如来命山神土地:在悟空饥时给铁丸,渴时给铜汁。

9. 袁守诚算命——龙王犯天条——魏征斩龙——龙王索命——太宗游地府。

10. 唐僧出发后,在法门寺佛前立誓,要逢庙烧香,遇佛拜佛,遇塔扫塔,与两名随从一起上路。随从被魔王吃掉,三藏被太白星救下。

11. 将观音院故事中广智、广谋两人献计图财害命,改为只有广智一人。

12. 在观音院丢失袈裟后,唐僧念紧箍咒。

13. 熊罴给老院主送请帖。

14. 将原著中孙悟空两战猪八戒改为一战。

15. 浮屠山乌巢禅师授《心经》。

16. 唐僧一直受到六丁六甲、五方揭谛、四值功曹、一十八位护教伽蓝保护。

17. 行者将果树砸倒，唐僧言道："若论这般情由，告起状来，就是你老子做官，也说不通。"

18. 唐僧批评悟空懒散，催促悟空化斋，与八戒说师兄弟为奴为仆。

19. 孙悟空打死尸魔，被贬回到花果山后，制造风沙屠杀了上千猎户。

20. 百花羞公主和黄袍怪的两个孩子，被孙悟空叫猪八戒和沙僧摔死在台阶上，以刺黄袍怪。

21. 银角大王弄来三座大山，悟空不堪重负，被功曹揭谛六丁六甲解救。

22. 乌鸡国国王遭受灾祸的起因是文殊菩萨。

23. 悟空怂恿八戒寻宝之前，抱怨唐僧偏心。悟空让八戒背尸体。八戒为了报复他，设计让悟空去借丹。

24. 红孩儿一难中悟空说要散伙，沙僧进行劝导。

25. 面对红孩儿的真火，悟空痛醒落泪。

26. 悟空请观音，惠岸借天罡刀。

27. 悟空与铁扇公主对话时涉及到的一些情色内容。

28. 牛魔王本身就是白牛，在佛家经典中享有至高无上的地位，所以必归西方；而罗刹女也是西方人物。

29. 悟空与黄眉毛妖王难分胜负，以此滴泪。

30. 朱紫国国王建避妖楼，獬豸洞先锋前来要人。

（三）细节的改变

1. 原著中石猴出世，金光射冲斗府，搅扰天宫，玉帝回应："下方之物，乃天地精华所生，不足为异。"改为玉帝的"不必管它"的回应。

2. 将猴王登陆之后，赤身裸体地扒路人衣服，改成了捡衣服。

3. 隐去七大圣概念，着重讲与牛魔王的结交。顺势将四老猴提议龙宫得兵器

改为牛魔王的建议。

4. 将悟空由水帘洞铁板桥下之水流直通东海龙宫，改为悟空从岸边入海。

5. 将悟空礼迎太白金星并问天上可有"齐天大圣"一职，改为架刀相迎，高声质问。

6. 将献计让大圣掌管蟠桃园的许旌阳，改为献计让悟空做弼马温的武曲星。

7. 将大圣偷丹下界之后又回去取仙酒，改为直接让猴王连吃带拿。

8. 将陈光蕊放生金鲤，落水不死，后江流儿报仇，合家团圆，改为江流儿幼时放生鲤鱼，陈光蕊并未复生。

9. 将陈老儿小时候在悟空脸上扒柴挑菜，改为喂桃给悟空吃。

10. 唐僧由刘伯钦陪同去查看悟空，以及爬山救悟空，皆改为唐僧一人完成。

11. 将悟空自己缝制虎皮裙改为唐僧为其缝制。

12. 将眼见喜、耳听怒、鼻嗅爱、舌尝思、意见欲、身本忧六贼，改为普通的无名强盗，让六贼分两次偷袭陈老儿家，并且掺加白龙吃马的剧情。

13. 原著中熊黑在观音院失火后才发现袈裟，且他的初衷是救火；改为马头精通报，黑熊怪早有预谋。

14. 将观音寺老院主自己撞死改为被梁木压死。

15. 将高老儿有三个女儿改为一个。

16. 将猪八戒变脸的时间由婚后不久改为婚礼之上。

17. 原著中猪刚鬣拿耙子筑悟空，引出取经之事，改为两人追逐时套话得出。

18. 将八戒烧洞府改为悟空替烧。

19. 将二十回《黄风岭唐僧有难，半山中八戒争先》至二十三回《三藏不忘本，四圣试禅心》增删更改，串联在一起，形成因果关系。

20. 将人参果环节三日之约的提出者由唐僧改为镇元子。

21. 将悟空拿钵盂给师兄弟们摘桃，改为背上一个桃枝。

22. 将八戒诬告行者要分行李，改为八戒规劝唐僧，唐僧最终没有念紧箍咒。

23. 将八戒去请悟空，被捉弄后在回去的路上开骂，改为当面大骂。

24. 将白骨精因惧怕八戒沙僧而变化之后靠近,改为悟空画了个圈限制妖怪。

25. 原著中唐僧被树精掳去,与树精赋诗,被树精逼婚,悟空等赶到后将树精连根铲除;改为悟空放过树精,只是给予警告。

26. 原著中金角、银角大王是太上老君的烧火童子,观音菩萨借来放在凡间,以测试悟空,改为私逃下界。

27. 原著中乌鸡国王子带领三千御林军狩猎,悟空化作白兔引他入宝林寺,改为王子进香时碰巧遇见。

28. 红孩儿杜撰的身世改得十分简洁。

29. 车迟国斗法,悟空战三位大仙,改成虎力大仙死后,鹿力、羊力大仙驾云逃走。

30. 将唐僧和八戒怀孕一事,由三四十里郊外的村庄改到女儿国驿馆。

31. 将蝎子精的出场提前,并且把她的兵器由三股叉改为琵琶。

32. 从碧波潭夺回佛宝的主角改为小白龙,万圣公主与九头虫有情感纠葛,佛宝的作用变成了美观又可以生育龙子。

33. 将第六十四回《荆棘岭悟能努力,木仙庵三藏谈诗》,第六十五回《妖邪假设小雷音,四众皆遭大厄难》,以及第六十六回《诸神遭毒手,弥勒缚妖魔》合并为一集。

34. 小雷音寺被困,向五方揭谛求救,改为八戒沙僧自救。

35. 原著中悟空站在巽地,一口风吹散人群,亲手将榜文塞在八戒怀里;改为行者用风将榜文引到八戒怀里。

36. 朱紫国国君把金圣宫娘娘推出,改为妖怪摄走娘娘。

37. 原著中负责挑担的是八戒,负责牵马的是沙僧,改成八戒牵马、沙僧挑担。

二、86 版《西游记》细节变化的原因

86 版《西游记》为何会有这些细节的变化? 这里有客观因素,包括非人为的物质因素以及无意识的错误;也有主观因素,即有意为之。

（一）客观因素

1. 资金、技术、人手等物质因素

资金是物质因素的核心，技术与人手等都受其限制。电视台当时拨给剧组300万，而这笔钱在1986年春节的时候就用完了，于是电视台要求拍个结尾以结束《西游记》。后来制片副主任从铁道部十一局借来了三百万。但由于物价上涨、景点商业化运作等原因，这笔钱没能支撑《西游记》全部拍完[①]，86版《西游记》最终只有25集。技术方面，电视台只购入一台ADO特效机，并且工作人员最初因资金问题没有购买软件。全剧组一直到1987年拍结尾部分，才在泰国用到一台新的摄像机，此前只有一台老旧摄像机。[②]

在这样的条件下，《西游记》剧组只能精简叙事线索，减少人员数量，对一些涉及到较多人物道具、对特效有较高要求的情节，予以删除或更改。比如原著中悟空上天，先在南天门被挡，后入凌霄殿。因为剧组全部天宫戏都在影棚内拍摄，难以呈现真实的地理格局，如此一改可以减省道具。再如将观音院中广智、广谋两人，改为广智一人；将献计掌管蟠桃园的许旌阳真人，改为献计做弼马温的武曲星君，这样可以减少人员开支。又如，乌鸡国王子带领三千御林军狩猎，悟空化作白兔引他入宝林寺，原著中是这样写的：

行者正然感叹。忽听得炮声响喨，又只见东门开处，闪出一路人马，真个是采猎之军，果然势勇，但见晓出禁城东，分围浅草中。彩旗开映日，白马骤迎风。鼍鼓冬冬擂，标枪对对冲。架鹰军猛烈，牵犬将骁雄。火炮连天振，粘竿映日红。人人支弩箭，个个挎雕弓。张网山坡下，铺绳小径中。一声惊霹雳，千骑拥貔熊。狡兔身难保，乖獐智亦穷。狐狸该命尽，麋鹿丧当终。山雉难飞脱，野鸡怎避凶？他都要捡占山场擒猛兽，摧残林木射飞虫。那些人出得城

---

① 杨洁. 敢问路在何方. 南京：江苏文艺出版社，2013：254—258.
② 杨洁. 敢问路在何方. 南京：江苏文艺出版社，2013：16.

来,散步东郊,不多时,有二十里向高田地,又只见中军营里,有小小的一个将军,顶着盔,贯着甲,果肚花,十八札,手执青锋宝剑,坐下黄骠马,腰带满弦弓,真个是隐隐君王象,昂昂帝王容。规模非小辈,行动显真龙。……那太子跳下马来,正要进去,只见那保驾的官将与三千人马赶上,簇簇拥拥,都入山门里面。慌得那本寺众僧,都来叩头拜接,接入正殿中间,参拜佛象。①

如此宏大的场面,道具、场地、服装、人员等,都不宜措手。改为悟空与王子碰巧遇见,便可省去大笔开销。

2. 无意的错误

最典型的当是86版《西游记》中,多数情况下让沙和尚挑担,猪八戒牵马,而原著中恰恰相反。原著最后一回:

> 猪悟能,汝本天河水神,天蓬元帅,为汝蟠桃会上酗酒戏了仙娥,贬汝下界投胎,身如畜类,幸汝记爱人身,在福陵山云栈洞造孽,喜归大教,入吾沙门,保圣僧在路,却又有顽心,色情未泯,因汝挑担有功,加升汝职正果,做净坛使者。"八戒口中嚷道:"他们都成佛,如何把我做个净坛使者?"如来道:"因汝口壮身慵,食肠宽大。盖天下四大部洲,瞻仰吾教者甚多,凡诸佛事,教汝净坛,乃是个有受用的品级,如何不好! 沙悟净,汝本是卷帘大将,先因蟠桃会上打碎玻璃盏,贬汝下界,汝落于流沙河,伤生吃人造孽,幸皈吾教,诚敬迦持、保护圣僧,登山牵马有功,加升大职正果,为金身罗汉。②

杨洁导演在谈到沙僧的选角时曾说,沙僧"跟着唐僧踏上取经路后,就一直挑上了猪八戒交给他的行李担"③。她没有意识到"挑担""牵马"的分工有误,以为沙僧

---

① 西游记.北京:人民文学出版社,1997:272.
② 西游记.北京:人民文学出版社,1997:721.
③ 杨洁.敢问路在何方.南京:江苏文艺出版社,2013:73.

一直接着这个担子。加之剧组没有配置文学顾问随组拍摄，这个误会也就延续下来。

（二）主观因素

剧组人为改动细节，有影视剧的特性使然，也有意识形态的需要，又跟剧组的创作理念有关。

1. 影视剧的特性使然

原著庞杂而枝蔓，不利于集中故事吸引观众。且原著成书过程复杂，难免有前后抵牾之处。这些都需要在拍摄时予以改编。

清初李渔曾针对戏曲构造，提出"立主脑""脱窠臼""密针线""减头绪"四项原则，这在 86 版《西游记》中同样适用。"立主脑"即突出主要人物和中心事件，删除唐僧一直受到六丁六甲、五方揭谛、四值功曹、一十八位护教伽蓝轮流保护之事即为典型；"脱窠臼"，即题材内容应摆脱陈套，追求新奇，重视创意，比如对女儿国国王的细化；"密针线"，即紧密情节结构，前后照应，使全剧成为浑然一体，比如将二十回《黄风岭唐僧有难，半山中八戒争先》至二十三回《三藏不忘本，四圣试禅心》增删更改，串联在一起，形成因果关系；"减头绪"，即删削"旁见侧出之情"，使戏中主线清楚明白，比如删去陈光蕊放生金鲤而落水不死之事。

2. 意识形态需要

1980 年代正值改革开放初期，崇尚科学、反对迷信成为时代风尚。因此涉及佛教因果轮回、道教金丹学说以及一些血腥或情色内容的时候，剧组往往予以删除或者弱化。

比如乌鸡国国王遭难的起因，是他将文殊菩萨变的凡僧浸在御水河三日三夜。后如来派狮子怪将国王推入井中，以报文殊三日水灾之恨。这是所谓"一饮一啄，莫非前定"，自然应该删去。金丹有生有熟、心猿木母、金木相争之类，涉及金丹学说，既不易理解，也与意识形态风尚不符，需要删去。袁守诚算命——龙王犯天条——魏征斩龙——龙王索命——太宗游地府这一系列情节，不仅涉及因果轮回，还有十八层地狱的血腥描写，也不宜在剧中呈现。

3. 剧组创作理念

杨洁在其自传中写道：

> 我们采取八字方针——忠于原著，慎于翻新。我们要把吴承恩篇幅浩瀚的原著，改编时加以集中或扬弃，选取最精彩的部分，一集一个故事地讲述给观众。每一集连续而又独立，它们根据故事内容，有其独特的风格：有的是喜剧风格，可笑处让你忍俊不禁，像"计收猪八戒"；有的是闹剧表演，开心处让你捧腹大笑，像"斗法降三怪"；有的是悲剧情调，动情处会让你潸然泪下，像"三打白骨精"……尽量使每集都各具情趣，既避免了情节的雷同，让观众有新鲜味，又神奇浪漫，富有人情味。
>
> 有人认为，"人情味"这三个字与《西游记》这个神话故事无缘。错了！不论什么戏，若是没有"情"，就失去了灵魂。所以必须着力刻画人物，浓墨重彩地描写人情。《西游记》原著中成功地塑造了各种艺术形象，其中的主要人物都有鲜明的性格特征，不论孙悟空还是猪八戒，都具有人的思想感情。孙悟空有情有义，爱憎分明；猪八戒是个有缺点的好人；沙和尚任劳任怨，见义勇为；唐僧是个凡人，真诚又坚韧。他们四人在取经路上的重重磨难中不断加深了师徒之情；还有家国之情、儿女之情——这里有多少可作的文章！至于西行路上所遇到的妖魔鬼怪、君王臣宰，也都各有特性，各有真情。①

由这段文字可以知道剧组改编的两个理念——一集一故事与体现人情味。

（1）一集一故事

有的是几个章回合并为一集，如第二十回《黄风岭唐僧有难，半山中八戒争先》至二十三回《三藏不忘本，四圣试禅心》，串联为"坎途逢三难"一集。有的是将原著中篇幅较长的故事精简为一集。如车迟国斗法，剧中虎力大仙死后，鹿力、羊力大

---

① 杨洁. 敢问路在何方. 南京：江苏文艺出版社，2013：12.

仙逃跑。如果按照原著,所需时长已经超过一集。

这一创作理念也与当时电视台的客观情况有关。86 版《西游记》首先进行的是试拍,即先拍一集看看效果,再决定是否继续拍摄,故而创作之初就需要拿出独立的故事。再有,86 版《西游记》是边拍边播,不是完成创作后连续播放,集与集之间的播放时差很长,这也在客观上要求每一集相对独立。

(2)体现人情味

这可以说是剧组的核心理念,大多数细节的变化都有人情味的因素。人情味首先体现在人物形象上。"孙悟空有情有义,爱憎分明",所以删除掉悟空从傲来国兵器库抢走兵器、七十二洞妖王被抓而悟空认为不是同类不必在意、悟空被贬回花果山掠杀猎人、悟空叫八戒沙僧摔死黄袍怪与百花羞公主的孩子等细节。"猪八戒是个有缺点的好人",所以删掉他在五庄观等地撺掇唐僧念紧箍咒的细节。"沙和尚任劳任怨,见义勇为",所以删除在流沙河以人为食的细节。"唐僧是个凡人,真诚又坚韧",所以增加为悟空缝制虎皮裙、狠心驱逐悟空是因白骨精伪造佛旨、辨别真假唐僧时真唐僧不忍心念紧箍咒、在女儿国内心挣扎而又坚守住原则等细节,删除唐僧责骂悟空懒散、丢袈裟后念紧箍咒惩罚悟空等细节。剧组改编讲究人情味,主要体现在悟空和唐僧等主要人物身上。另外一些小配角,也有少量增加人情味的改动。如将高家被迫为八戒提供行囊,改为高老太太主动提供;百花羞公主也没有和黄袍怪做十三年夫妻,生育两个孩子。

人情味还体现在人物关系的变化上。86 版《西游记》删除了大量唐僧念紧箍咒、责骂悟空、八戒时常挑拨的细节;唐僧驱赶悟空,沙僧由原著中的一言不发,变为剧中的好言规劝;删除了大量金木(悟空和八戒)相争的故事,增加了许多类似于五庄观中师徒四人一起吃饭其乐融融的细节。这就使得师徒关系变得比原著和谐美好,充满温情。

三、86 版《西游记》细节变化的意义

相对于原著,86 版《西游记》的这些细节方面的变化,至少具有两方面的意义:

（一）简化原著内涵与书写时代精神

《西游记》原著的主旨,有说金丹大道的,有说游戏的,有说歌颂反抗的,各种说法纷繁复杂,可见原著本身具有丰富的文化内涵。86 版《西游记》大大简单化了原著的内涵。例如,眼见喜、耳听怒、鼻嗅爱、舌尝思、意见欲、身本忧六贼,原本象征六根不净。86 版《西游记》中六贼变成普通强盗。又如,原著八十一难之间具有内在联系,难与难之间通过师徒四人的对话加以揭示,而 86 版《西游记》中每一个故事都可以独立出来。这类宗教意义的淡化,有利于突出新的意蕴。

上世纪 80 年代,文学艺术亟需树立新的典范,满足人们对知识和文化的强烈渴求。歌颂不畏权贵不惧艰险的精神,倡导努力奋斗以获得成功,重视人的情感价值,诸如此类的观念成为时代主旋律。《西游记》剧组在客观条件有限的情况下,凝练人物形象与故事发展,增加戏剧冲突。例如,原著中熊罴是在观音院失火后才发现袈裟的,剧中改为马头精通报,黑熊怪早有预谋,戏剧冲突由此增强。三打白骨精及后续环节,增加一个黑狐精,让黑狐精向唐僧说明真相,使得后面师徒和好顺理成章,不再生硬。这类改动,使得故事更好看,更吸引人。

更重要的是,融入情感元素(包括亲情、友情、师徒情与爱情等),使得故事更符合观众口味与时代要求。可看性大大增强的同时,也多了许多触动现代人心灵的内容。像因白骨精之事,悟空被驱赶,拜别师父,师父不接受,悟空变出几个替身,将师父围住;黄沙岭故事中,八戒找到被风沙迷瞎眼睛的悟空,师兄弟拥抱安慰,这样的场面令观众动容。增加高老太太这一角色,她成为高老头和取经队伍之间的润滑剂;去掉悟空叫八戒沙僧摔死百花羞公主的孩子的细节,既避免了血腥场景的出现,也有利于提升师兄弟三人的形象。诸如此类,使得 86 版《西游记》更接近现代人的审美趣味。

（二）古典名著改编影视剧典范的产生

1980 年代,大众娱乐方式较为单一,86 版《西游记》的出现,占得了市场先机。同时,它又的确质量上乘,即便在 21 世纪娱乐方式多样化的时代,仍然被反复重

播。在这三十多年当中,86版《西游记》走出了一条经典化的道路。其突出表现有两点:一是大量受众乐于接受86版《西游记》,而较少阅读原著,对电视剧的熟悉程度远超原著;二是对于后来的《西游记》影视改编创作而言,86版《西游记》是一部绕不开的典范,一些符合原著的创作,反而会因为不符合86版《西游记》而遭到受众的批评。

比如86版《西游记》的歌词"你挑着担,我牵着马",及八戒牵马、沙僧挑担的画面,家喻户晓,深入人心。影响之大,很多读过原著的人也会忽略这一细节。笔者曾在大学课堂上问过"小说《西游记》中谁挑担谁牵马"的问题,全班数十人无一人答对。这是典型的误读,误读的源头在于86版《西游记》。又如张纪中版《西游记》中扫塔追佛宝一节,没有延续86版中小白龙与公主和九头怪之间的三角恋,网络上很多人据此指责这部分不符合原著,则是混淆了原著与86版。后来的《西游记》改编创作,越来越重视感情戏份,甚至有以感情戏为主导的现象,比如"女儿国"成为热门的《西游》题材,这当与86版所做的感情戏尝试有关。

百回本《西游记》作为内涵丰厚的古典小说,本身就蕴含着可供改编的多样可能。86版《西游记》与原著的诸多细节不同,可为今后的影视改编提供借鉴,也可为读者重读原著提供新的契机。86版《西游记》这些细节改动,是其能够成为经典的重要元素。

《西游记之大圣归来》

（采撷版电影文学剧本）

于 云①

编者按：2015 年 7 月，一部名为《西游记之大圣归来》的国产 3D 动画电影在国内公映，以优秀的口碑引发网友观众的追捧和媒体的广泛报道。《人民日报》评价该片是中国动画电影十年来少有的现象级作品。

该片根据中国传统神话故事《西游记》进行拓展和演绎的，由横店影视、天空之城、淮安西游产业集团等单位共同出品，田晓鹏导演执导完成。影片讲述了已于五行山下寂寞沉潜五百年的孙悟空，被儿时的唐僧——俗名江流儿的小和尚误打误撞地解除封印后，在相互陪伴的冒险之旅中找回初心，完成自我救赎的故事。

本文采撷电影情节并对照《西游记》原著复原了《西游记之大圣归来》的文学剧本。

话说在很久以前，有个猴王孙悟空，他法力高强，神通广大，因为大闹天宫，惹怒了玉皇大帝，玉帝派遣李靖天王率领各路天兵捉拿。

话说李天王得令，带领一众天兵扎了营，把那花果山围得水泄不通，厉声高叫道："大胆妖猴！你触犯天条，还不快快伏法！"只见那猴王漫不经心啃着仙桃，冷笑道："哼哼，去你的吧！"将咬过的仙桃掷向李天王。李天王冷不丁被这仙桃击中，怒道："快，快抓住他！"巨灵神得令，结束整齐，抢着宣花斧来斗孙悟空，被猴王一招打

① 于云，淮安市古淮河西游记文旅区宣传处处长。长期从事《西游记》文化的公众宣传。

翻。一旁边闪出哪吒太子，大喝道："哪吒在此！"手持红缨枪、缚妖索、脚踏风火轮，与孙悟空斗在一处，也是难分胜负。

又见天兵阵中杀出一员大将，正是二郎神。大圣见二郎神武艺不凡，变成麻雀，二郎就变个饿鹰；大圣潜入水中变成一条鱼，二郎就变个鱼鹰，赶上来刷的啄一嘴；大圣又变作一条水蛇钻入草中，二郎就变一只灰鹤，伸着长嘴来吃水蛇。

如来佛祖不能容忍大圣蔑视天庭，但见翻掌一扑，把猴王推出西天门外，又将五指化作金、木、水、火、土五座联山，唤名"五行山"，轻轻的把他压住，并进行封印。

从此以后，那孙悟空，就一直被压在五行山下，至今快五百年了。

五百年后，齐天大圣孙悟空已经成为一个传说。

这一日，但见一群人，正在一座高山中赶路。只见那座山：

> 高山峻极，大势峥嵘。根接昆仑脉，顶摩霄汉中。白鹤每来栖桧柏，玄猿时复挂藤萝。日映晴林，叠叠千条红雾绕；风生阴壑，飘飘万道彩云飞。幽鸟乱啼青竹里，锦鸡齐斗野花间。只见那千年峰、五福峰、芙蓉峰，巍巍凛凛放毫光；万岁石、虎牙石、三尖石，突突磷磷生瑞气。崖前草秀，岭上梅香。荆棘密森森，芝兰清淡淡。深林鹰凤聚千禽，古洞麒麟辖万兽。涧水有情，曲曲弯弯多绕顾；峰峦不断，重重叠叠自周回。又见那绿的槐，斑的竹，青的松，依依千载斗华；白的李，红的桃，翠的柳，灼灼三春争艳丽。龙吟虎啸，鹤舞猿啼。麋鹿从花出，青鸾对日鸣。

崎岖山道上，一个车队，一辆手推车上，正坐着个儿童，听着父亲在讲齐天大圣的传说，手中把玩着孙悟空的玩偶。父亲不住宽慰儿子道："放心吧，齐天大圣是不会死的，他只是睡着啦！"

这时前面传来喊声："天快黑了，大家抓紧赶路吧！"父亲答道："欸，知道啦！"前

方又传回话:"后面的都跟上,小心点儿!"一家人推着小车,险些被地上碎石绊翻。母亲惊道:"没事了!"父亲答到:"还是要小心点!"

这时远方传来惊呼道:"山妖来啦!"只见从山的远处,蹿出一大批长相凶残的山妖来。这群山妖不问青红皂白,烧杀抢掠。这些可怜的人儿怎么是山妖的敌手,瞬间被打得四荒而逃。

眼见几名山妖盯上了这名儿童。母亲惊恐地抱起孩儿,怎奈四周都被山妖包围,无处逃生,只有后面是深不见底的山崖。无奈之下,母亲只得抱着孩子,纵身跳下……

且说这一日,来自长安的老禅师法明,正外出化缘。突觉口渴,于是来到溪边喝水,隐约听到远处传来儿童啼哭声。法明顺着河道望去,远处正有一物飘来。

法明纳闷道:"什么呀?"惊讶起来:"一个孩子!可怜的孩子!"原来水中漂来的,正是被母亲拼死保护下来的孩子,天可怜见!法明忙从水中将其抱起,叹息道:"你从哪儿来呀,怪可怜的。阿弥陀佛!"

时光荏苒,老禅师法明带着这孩子跋山涉水,含辛茹苦抚养其长大,并起名为江流儿。江流儿也从嗷嗷待哺的婴儿长成少年。

这一日,在小镇最热闹的街头,一群人围在皮影戏班旁,正出神地看着《大闹天宫》!不时传来阵阵喝彩声:"好啊……好好好……孙大圣……战天王……好好好!"

突然窜出一少年,嗖地抢走孙悟空皮影玩偶道:"可是孙悟空是不会死的"!戏班班主大喊道:"江流儿,怎么又是你!法明,法明!管好你徒弟!别让我再看见你!"

原来这少年正是江流儿。只见江流儿高举孙悟空玩偶,一路在市集里奔跑,且大叫道:"孙悟空在此,毛神,报上名来!玉帝老儿,吃俺老孙一棒!"冷不丁前方撞上一老者,抬头一看:"师父!"

法明问江流儿："流儿，你这是在干什么？"江流儿："我在……化缘！"说罢，高举手中钵盂，没想到路人还真有人向钵盂里扔铜钱。江流儿高兴道："阿弥陀佛！"

法明教导："流儿啊，为师就盼着你能踏踏实实的，为师可没法照顾你一辈子啊！"江流儿："师父，我们当和尚的，难道每天就为了吃饱肚子，那和别人有什么不同啊？"法明："当然不同了，这化缘呢，只是做一个高僧的开始。打坐、念经、参禅，不骄不躁、悠然自得。你看，为师现在不就很好吗？"

江流儿正色道："外面到处闹山妖，念经又不能吓跑他们！"法明："那你想怎么的呀？"江流儿思讨道："我要……学好拳脚，打山妖！"

法明："闭嘴，江流儿，你给我听好了！我们出家人普度众生，要从小事做起，专心的打坐、参禅、化缘，一花一世界，一叶一菩提。如是知、如是见、如是信解而已。一切皆为虚幻，命由己造，相由心生，一念愚即般若绝。别老打打杀杀的，你现在应该……"江流儿："知道了！念经、参禅……"法明："错了，是接着化缘！"江流儿："是，师父！"

外面下起瓢泼大雨，山雨欲来风满楼。

近些年来，世事多变。山妖横行，闹得民不聊生。为了抵抗山妖，各地纷纷加强防备，以防不测。

这一日，突听城墙上又传来擂鼓警示，守城兵士高喊道："山妖来了，山妖！放箭，放箭！"只见成群的山妖已冲上城墙，大叫道："上！"城门瞬间失守，城内乱作一团。而法明正带着江流儿，云游到此。见外面大乱，法明急忙寻找江流儿："流儿，江流儿！"

冲进城内的山妖，抢夺各家童男童女。带头的山妖数着："一、二、三、四……一共四十八个！"一山妖："这个太大了，不要！""可是老大，还差一个女娃子！"

这时见一山妖从后山屋顶一跃而下："女娃来了！女娃在这里！"正抓住着个女娃。

说来也巧，从旁边冷不丁，扔出个花瓶，正好击中这山妖。再一细看，丢瓶子的

不是别人，正是江流儿。法明在一旁看到，急喊道："流儿，你在干什么呢？小孩子别多管……"

江流儿从山妖手中一把夺过这女娃，高喊："师父快跑！"法明问："怎么回事啊？"江流儿："快，师父！"

回头看时，无数山妖紧跟其后，要抢回这个女娃。师徒二人带着女娃一路狂奔，山妖在后紧追不舍。法明气道："流儿，哎呀，你害惨我们了！"江流儿大叫道："师父，这边走。"法明眼见山妖越追越近，心一横，回头撞向众山妖。江流儿一看师父折身回去，忙喊道"师父！"法明拦住山妖喊道："流儿，快跑！快跑！"却哪里拦得住众山妖。

这江流儿只顾携小女孩一路奔逃，一个失足，跌落山下，却也终于摆脱山妖追赶。

深夜里，法明无助地寻找着，不住喊道："流儿！你在哪儿啊？流儿！"

且说这江流儿跌落山崖，万幸被一突出斜树拦下，逃过一劫，又历经千辛万苦，终背得这女娃爬上山头。经过一宿折腾，也累了倦了，见山前有一片桃林，林中却有土地公公也在那捡桃，江流儿和那女娃忙捡些桃子充饥。

正待休息，突见身后山妖再次追来。江流儿惊呼："快跑！"与女娃一起逃入一山洞！万幸这山洞洞口堵一巨石，山妖被挡于洞外，急不可入。这山洞洞口虽小，里面却别有洞天。

翠藓堆蓝，白云浮玉，光摇片片烟霞。虚窗静室，滑凳板生花。乳窟龙珠倚挂，萦回满地奇葩。锅灶傍崖存火迹，樽罍靠案见肴渣。石座石床真可爱，石盆石碗更堪夸。又见那一竿两竿修竹，三点五点梅花。几树青松常带雨，浑然像个人家。

只见这山洞中间，有几条铁锁相连，连接处却有一巨大冰块，寒气逼人。江流

儿心生好奇：这洞外天气不甚寒冷，洞内却如何能结得这巨大冰块？伸手一触碰，不想那冰块，自手触之处，向里崩裂，冰块霎那化去，整个山洞被震地天摇地晃，堵在洞口的巨石也被震成碎石。

山妖见状大喜，乌压压冲入洞中，眼见江流儿无处可藏，从洞中碎石下，却蹿出个毛脸石猴，只一拳，就将山妖打倒。山妖惊道："哪里来的野猴子，愣着干什么，上！"山妖们一拥而上，却哪里敌的过这石猴，三五下均被打翻在地。江流儿背着女娃看到这猴子，喜道："大马！"原是这石猴身长个马脸。见山妖已被打倒，这石猴蹿出山洞，江流儿见状，也背着女娃跟出洞来。

这石猴看来是很久没出山洞，刚一出得洞来，就喜得上蹿下跳，跃来跃去，这轻轻一跃，眼见就有几十丈远，没跃几次，却从天上掉了下来。

只听这石猴恼道："如来老儿，俺被你困了五百年，还不够吗？你别忘了，俺可是齐天大圣！"躲在树后的江流儿一听，惊道："齐天大圣？"

孙悟空闻言道："谁在那儿，给我出来，快点！"眼见却是山洞中的少年，说道："怎么又是你！"江流儿问："你真的是齐天大圣吗？"孙悟空道："是又怎么样？"江流儿惊呼："他，他真的是齐天大圣！"

孙悟空道："别跟着我，小屁孩儿！"说罢一闪，却哪儿还寻得踪影。江流儿忙追来："大……大圣！"幸得土地公公从地下钻出，向江流儿告明方向，江流儿谢道："是去那边了，多谢土地公公！"

江流儿一路追，一路喊道："大圣，等等我！"费尽辛苦，终于追上孙悟空。江流儿忙问："大圣，你在这里干什么呀？"孙悟空答："没，没什么。"江流儿又问："大圣，我刚才看见你和佛像说话！那你一定见过……"

话音未落，孙悟空早已不耐烦，一跃跳到山顶。孙悟空挑衅道："上来呀，小屁孩儿！"突听身后江流儿追问道："大圣，你一定见过佛祖吧！你说，我念经的时候，佛祖能听见吗？"孙悟空不耐烦道："听见，肯定能听见，那老头最爱管闲事儿了。"

江流儿崇拜道："大圣，你一定会很多法术吧！我知道，齐天大圣孙悟空，身如玄铁，火眼金睛，长生不老，还有七十二变！一个筋斗云啊，就是十万八千里，拔根

毫毛一吹!"说罢,自顾自从孙悟空身上拔下一根毫毛,一吹,自语道:"怎么什么都没有啊?"

孙悟空面对这个追星族,真个是无可奈何。江流儿继续追问道:"对了,大圣,你还有一根如意金箍棒,话说那金箍棒,重一万三千六百斤! 大圣,你的金箍棒呢? 戏里说你给藏在耳朵里了,给我看看? 给我看看!"

孙悟空:"你这小屁孩儿,叽叽喳喳跟了俺一路,俺老孙脑仁儿都被你吵炸了,能不能让我安静会儿!"江流儿:"好!"孙悟空:"不许再提金箍棒的事儿!"

江流儿:"大圣,二郎神真的有三只眼睛吗?"孙悟空气道:"好厉害!"

江流儿:"大圣大圣,巨灵神是不是力气很大?"孙悟空面无表情道:"很大。"

江流儿:"四大天王是兄弟吗?"孙悟空漠然道:"是姐妹。"

江流儿:"那哪吒是男孩吗?"孙悟空无语道:"女的。"

江流儿:"托搭天王有塔吗?"孙悟空:"没有。"

江流儿:"那塔里有人吗?"孙悟空烦道:"哎呀! 没有!"

两人正对话间,突听身后山摇地动,跳出一山神巨人。山神呵道:"大胆孙悟空! 俺山神奉佛祖法旨,在此看守于你,你怎可擅自离开!"孙悟空不屑道:"我当是谁,小小毛神! 既然知道你孙大圣在此,还不快快给俺让开!"这山神哪里肯让,"孙悟空,你法印还在,现在只不过是个普通的臭猴子而已,还摆什么架子? 俺这一拳下去,还不把你……"话未说完,只见那孙悟空已一溜烟跑了。

山神大怒道:"妖猴休走!"大步追上,并与孙悟空斗在一处。想是那孙悟空,空有一身本领,却被法印封住,无法施展,突见山神身上贴着一条文,原来这五百年,都是被这符咒所压!"符咒!"孙悟空无奈道,打也打不过,逃也逃不脱,山神再次赶上:"哪里跑!"

眼见孙悟空渐敌不过山神,将被山神推下山崖,江流儿在一旁看得真切,忙放下女娃,对女娃喊道:"别动啊!"于是嗖的蹿上山神后背,奔那符咒而去。这山神背上蹿来一少年,也知道他的心思,哪里肯让,不住去挠。江流儿左闪右躲,终将那符咒揭掉,对着孙悟空大喊道:"大圣,你看!"那山神失去符咒,顿时化作碎石,四散而

去。而江流儿也随着碎石，跌落山崖。

一个阴森的山洞里，传出一个阴森的声音："五行山里的东西可不好惹啊，难道说那个弼马温出来了？"一山妖答道："大王，你是说那毛脸的猴子是孙悟空？"那山大王应道："本王倒要见识见识，他还有多少手段！"

话说江流儿跌落山崖，渐渐苏醒过来，却发现自己躺在岸边，环顾四周，一堆柴火正在烤一条巨大的怪鱼。再一看，原来孙悟空就在近旁，忙喊道："大圣，你也在这儿啊！我还以为再也找不到你了！"

看到那女娃，又回忆道："小丫头把你放山上！我当时好像掉下悬崖，后来有只大怪鱼想吃了我们。我知道了！是大圣救了我们！大圣，谢谢你，救了我们！"

孙悟空递过一块鱼肉给江流儿，江流儿忙谢道："不不不，师父说出家人不能吃肉！"

孙悟空满脸疑惑，问："和，和尚？"江流儿："我是江流儿，是个挂单的和尚。我师父叫法明，我们住在长安城！我……"

孙悟空又问："那你们跑这五行山干什么啊？"江流儿："都是可恶的山妖，它们到处抓小孩子。我，我无意中看到她，然后，然后山妖就一直追我们，所以我们就跑到这儿来了！可恶的山妖，可是，现在好了，我们跟着大圣，就什么也不怕了。"

孙悟空："我说过要保护你吗？出了这山，咱们井水不犯河水！"江流儿："可是大圣……"

江流儿看那丫头跑向火堆，喊道"小心，烫啊！"回头再看，孙悟空已经被石头甩上树顶。江流儿关切道："大圣！"孙悟空："没事啊，没事！"

江流儿看了一眼女娃："真是个傻丫头！"向前看去，忙喊道"大圣，这里有个庙！"

江流儿到庙里看时，天色已晚，借着月光，但见庙里供奉着一尊弥勒佛。江流儿连忙去拜，不想那弥勒佛却动了起来。江流儿忙大喊道："大圣，大圣，佛祖显

灵了！"

孙悟空疑道："佛祖？"孙悟空火眼金睛，只一戳，那弥勒佛竟变成了一头猪。口中还念念有词："妈咪妈咪哄！妈咪妈咪哄！妈咪妈咪哄！"却来抓那女娃。

江流儿："妖怪，你快放下傻丫头，这可是齐天大圣孙悟空！"

那猪妖笑道："齐天大圣？你看他那一头杂毛，还齐天大圣呐，我还是天蓬元帅呢！他还真把自己当孙悟空了！小孩，来帮本帅拿着，看我来教训这个齐天大圣！"

猪妖喊道："孙猴子，看招！"招招斗来，却哪里是孙悟空的敌手。忙大喊道："真是他，臭猴子，当年被你害得，掉下天界，五百年来天天饿肚子，你看我都瘦成什么样了，本帅今天跟你玩命了！"原来这猪妖，正是天蓬元帅猪八戒。

孙悟空："好呀，想报仇，来啊！"

这猪八戒口中虽是这么说，心中却早已胆怯，哪儿敢近身。孙悟空也懒得理他，转身就走。口中还不依不饶："臭猴子，你别走啊，有本事你别走啊！"

江流儿："走远了！"猪八戒哼道："本帅今天饶了你，别让我再看见你！"

江流儿："你是，不敢去吧！"猪八戒气道："胡说，这深山老林的，他跑那么快，哪找去！"

江流儿："天蓬元帅好像还没有土地公公厉害！"猪八戒恼道："什么，土地？本帅当年统领十万天兵，三十六变出神入化，那个臭猴子五百年没洗澡了，我闻着他那一身膻味，就能找着他，真的，小孩看好别眨眼，待本帅变成哮天犬，前去捉拿于他！"说罢就变，却变成一只黑猫。

江流儿笑问："这是？真是哮天犬！走喽，捉拿大圣去者！"猪八戒哪肯道："真去啊？"说罢忙从相反方向跑了。

江流儿忙喊道："大圣不是去那边了吗？"

江流儿心知猪八戒不敢前往，忙循着孙悟空走的方向追去，边喊道："大圣，大圣在那边！"眼见得孙悟空的身影，忙叫道："大圣，大圣等一下，大圣，天蓬元帅要和你比个高低！""奇怪，刚才还在呢！大圣，你们认识吗？他真的是天蓬元帅？我怎么觉得他有点像……"孙悟空道："一只猪！那也比他以前好看多了！"

　　江流儿："可是他的三十六变很厉害！"孙悟空："那就是一口气的事儿！说变回来就变回来！"

　　且说那女娃听得耳畔有一只蚊子嗡嗡作响，一掌拍去，那蚊子却化成猪八戒，原来猪八戒早变成只蚊子，跟了过来。

　　江流儿忙喊道："猪大叔，原来你在这儿！我还以为你不敢来了呢！"

　　孙悟空："既然不肯善罢甘休，出手吧！"回头一看，猪八戒居然变得和江流儿一模一样。江流儿跳着笑道："太好玩了，和我一样啊！就是肚子比我大！真好玩儿，再变一次！"

　　猪八戒与江流儿正在那玩耍，突听山涧里传来巨响，从水下蹿出一条白龙。

　　江流儿惊道："大圣，你看！"孙悟空忙喊道："闪开！"只见那条白龙腾云驾雾，迎面扑来。孙悟空忙喊道："别过来！别动！都别动！"与那白龙斗到一处。那白龙许是被孙悟空气势所迫，又飞走了。

　　江流儿大呼道："大圣！它，被你吓跑了！"

　　孙悟空气道："你刚才差点被吃掉，知道吗？你惹那条白龙干什么？"转向猪八戒道："都是你！都是你这多事的猪妖，就该拿你去喂龙！"猪八戒呵道："来啊，不就是只龙嘛！"

　　江流儿忙求情道："大圣，放了他吧！都是我不好！"孙悟空："好啊，你怎么老替他说话！"

　　江流儿哭道："他耳朵都红了！"

　　江流儿："大圣，龙飞了！"

　　猪八戒："猴子你再不放手，我可跟你急了啊，我真跟你急了！"

　　江流儿："龙真的能飞！"

　　孙悟空："自由自在的，挺美！"

　　江流儿："我要是能飞就好了！"猪八戒道："会飞有什么啊，我也会飞呢！"

　　江流儿道："那样就能飞过大山，找到师父！带着傻丫头回家。"

孙悟空:"有一天你要是够坚强,够勇敢,你就能驾驭它们!"

江流儿:"大圣,你说的是真的吗?大圣,大圣!你去过龙宫?龙王是不是很大?"孙悟空:"大是大,就是小气!"

江流儿:"对了,大圣,这世上是不是有很多龙啊?"江流儿明白,要想做成事,必须有一颗勇敢的心:

我不是一块石头

也不是一滴眼泪

我只是一只小鸟

在寻找家的方向

我不是一粒沙子

也不是一声轻叹

我只是一个孩子

在寻找爱的怀抱

这是飞一样的感觉

这是自由的感觉

在撒满星星的天空

迎着风飞舞

凭着一颗永不哭泣

勇敢的心

这是同样的感觉

这是颤抖的感觉

在布满力量的大地带着痛狂奔

凭着一颗永不哭泣

勇敢的心

话说江流儿一行继续向前赶路,见前方不远处灯火闪烁,似有人家。江流儿:"前面好像有户人家,有吃的了!"猪八戒:"小师父等等我啊。"江流儿:"大圣,你们快点!"

原来是一家客栈。

江流儿:"大圣,你快点!"急步就要去开门。屋内有女掌柜听闻,急步出来开门,对店小二道:"待着别动。欢迎光……"正待开门,不想猪八戒心急,用力一推门,把个女掌柜压倒门下。

江流儿进门招呼道:"打扰了,有人在吗?"却没有回声。江流儿又问:"有人在吗?怎么没人啊?"门下的女掌柜:"人在……"刚欲起身,又被孙悟空推门压倒。

江流儿再问:"有人吗?"只见店小二推帘走出。江流儿忙问:"大叔,我们路过这,想在这儿借宿一宿!"店小二道:"啊,借什么?"这时女掌柜忙跑来道:"怠慢了,怠慢了啊!别介意啊!他呀,脑袋缺根弦儿。小师父,你这是要去哪儿啊?"

江流儿:"我们要去长安城!"

女掌柜看了一眼女娃,道:"好可爱的孩子啊,还不快去倒茶?长安城啊,小师父,这长安城可去不得呀,听说那儿正在闹妖!"

话音未落,只见猪八戒从屋里蹿出,原来猪八戒肚饿,自个去厨房寻食,吃了墙上的辣椒,受不了冲了出来。

女掌柜惊呼道:"妖怪,妖怪啊!"店小二也跟着应和道:"妖怪,妖怪啊!"江流儿忙解释:"施主,别怕别怕,他们是好人!"女掌柜:"这是好人?"江流儿:"他们只是长得奇怪!"猪八戒撇了一眼孙悟空道:"小师父说你长得很奇怪。"

江流儿:"您放心,我们只是想在贵店借宿一宿,明天一早就走!"女掌柜:"真,真的吗?"江流儿:"真的!"女掌柜:"那,那跟我来吧!"江流儿:"谢谢施主!"女掌柜:"不碍事,不碍事!"便引着江流儿一行到客房休息。"几位驾到,咱这小店真是蓬荜生辉啊!"

江流儿进入客房,看到客房收拾利落,"床!"这些天奔波,也好久没在床上睡个安稳觉了。

女掌柜忙道："各位休息啊，有什么需要请尽管吩咐！"看了一眼店小二，"站着干嘛，干活儿去！"于是退下。

那女娃却在旁一直哭个不停，猪八戒不耐烦道："这孩子这么哭地没完没了的！"江流儿："傻丫头，别哭了！睡觉了，好不好？你看，我这还有一个齐天大圣哦！送给你好不好？有了他保护你，就什么也不用怕了，快睡吧！"女娃接过大圣的玩偶，很快进入梦乡。

江流儿："这儿真安静，听惯了丛林里的声音，现在都有点睡不着了！"孙悟空："你这才几天啊，我才睡不着呢！"江流儿："也是啊，大圣，我要是找到师父了，傻丫头也回家了，你去哪儿啊？"

孙悟空："花果山！"江流儿："花果山？我知道，戏文里说过。戏文里说花果山福地洞天，漫山遍野都是果树花草，山水环绕，四季如春。对了，戏文里说那的桃子有碗那么大呢！"

孙悟空："戏里的东西你也信！其实，有脸盆那么大呢！"江流儿："有脸盆那么大？那花果山离这里有多远呢？"孙悟空："差着十万八千里呢！"江流儿："我得走一辈子，不过这对大圣来说也不算什么！"孙悟空："那是，俺老孙一个跟头就是十……"

江流儿："大圣，等我把傻丫头送回家，我一定好好念经！因为大圣说佛祖会听见，那样，我就可以求佛祖把大圣的法力变回来了！"孙悟空："你这小屁孩啊，整天唠叨，如来老儿，都被你唠叨烦了。这万一一发怒再给我罪加一等，那……"

再一看，江流儿已睡着。孙悟空感怀道："也许吧。"

夜色已深。只见猪八戒又难忍肚里的馋虫，偷偷溜了出来。刚进厨房，听得门外有动响声，忙躲到门后，进来的原来是那店小二。猪八戒吓的赶紧将房门一堆，却不慎将那店小二撞晕。

女掌柜闻声也进入厨房，猪八戒无奈变做那店小二模样。

女掌柜问猪八戒："你在这里干什么？怎么那么紧张啊，又偷吃东西呢，是不

是？楼上有什么动静吗？欸，我说，你还傻站在那儿干什么啊，过来，你说，我就奇了怪了，这猴子能有多大能耐啊？还让我们费这么大的劲儿，咱们大王也忒小心了吧？跟你说话呢，要我说啊，咱就直接冲上去，把他拿下！"见猪八戒不言语，女掌柜又问道："你干嘛呀！等等，我就是随便说说，你这蠢货，要是坏了大王的好事你不想活啦！再等等！"

猪八戒再见那女掌柜，原来却是个女山妖，被一吓，也显出原型。女山妖怒道："你这蠢猪，竟敢耍我！"

猪八戒："救命啊！"向客房奔去，那女山妖也紧追不舍，却被孙悟空一掌打翻。孙悟空哼道："小小伎俩还想骗你孙爷爷！"

却见无数山妖从四周涌来，乱作一片。江流儿趴在窗户上早已看到一切。孙悟空忙大喊："小心！"那女山妖乘乱上楼，见江流儿道："小师父，你去哪儿啊？"吓得江流儿四处躲闪。孙悟空对猪八戒大喊："救孩子！"

打散了四处山妖，一行人向河边奔去。江流儿见河边正停了只船，忙喊道："大圣，这边！"一行人奔向这只船，孙悟空急道："上船！快啊！"

一行人等刚上小船，无数山妖也纷至沓来，孙悟空使出浑身解数，终于打退山妖，船刚行至河中间，突然疾风骤转，原来是那幕后山大王从天而降。

孙悟空虽已尽力，却无奈法力被封印，终不敌那山大王。那女娃也终被山妖截走。那山大王得意地叫嚣："什么齐天大圣嘛，不过是只没有用的猴子。孙悟空，你也有今天！"

天色渐渐明朗，河边只留下江流儿、孙悟空和猪八戒。江流儿拉着孙悟空道："大圣，我们快去救傻丫头吧，大圣！"孙悟空无助道："我管不了！"江流儿："大圣，大圣！"孙悟空："我都说了，我管不了，我管不了那孩子！"

猪八戒："猴子，你消消气儿！"孙悟空："别叫我猴子，你给我闭嘴，你这个蠢猪！"江流儿："可是，可是现在只有你能救她！"

见孙悟空不语，江流儿坚毅道："我去救她！"说罢，径直向外奔去。猪八戒："小师父，小师父！"又转向孙悟空道："猴子，小师父跑了，猴子！"

　　且说江流儿依着山道,终于寻到山妖洞穴,刚到门口,只听一山妖骂道:"该死的猴子,哎呦,疼死我啦!"另一山妖道:"快走,大王的祭祀要赶不上了!"江流儿终于明白过来,原来那山大王抓无数的童男童女,竟是为了祭祀。

　　再说孙悟空,虽有心去帮忙,却无奈法力被封印,无法冲破。使劲全身力气,几次尝试,竟跌倒水中。

　　深水下,孙悟空耳畔又想起江流儿和猪八戒的哀求——"大圣,我们快去救傻丫头吧,大圣!"孙悟空无奈道:"这,我管不了! 我管不了!"江流儿:"大圣,大圣,你看,我这还有一个齐天大圣哦,送给你好不好? 有了他保护你,就什么也不用怕了。"猪八戒:"猴子! 猴子! 你还活着吗,你,你倒是说句话啊! 我知道你心里不痛快,可你,别忘了,你可是齐天大圣啊!"

　　孙悟空耳畔又传来江流儿崇拜的声音:"齐天大圣孙悟空,身如玄铁,火眼金睛,长生不老,还有七十二变,一个筋斗云啊,就是十万八千里!"

　　是啊,孙悟空回忆起以前,重新燃起了斗志:"老猪,跟我走!"

　　山妖祭祀现场,传来曲声:

　　　五行山　　有寺宇兮

　　　　于江畔　　而飞檐

　　借童男童女之精华兮

　　　　求仙药　　而历险

　　江流儿乔装,也混入山妖洞穴。山妖数到:"点点羊羊,点到谁来当肥羊!"发现藏在一旁的江流儿,山妖喜到:"小师父,咱真有缘呢! 长能耐了,来来来,这边儿!"就来抓江流儿。

　　江流儿连忙闪躲,一旁幸亏师父法明相助,打晕山妖。法明:"流儿,你没事吧!"江流儿:"师父,你怎么来了!"法明:"师父千辛万苦才找到你! 带你出去,你可

千万别再乱跑了！"江流儿："我一定好好打坐、参禅、化缘……"法明："出家人欺瞒佛祖，会遭报应的！"

话音未落，两人滑入洞穴中。

法明："这就是报应！"不想两人居然撞到一个巨大的竹篓，竹篓里装满了那女娃及众童男童女。

江流儿叫道："师父，你看！"法明："这么多孩子啊！"

山大王向众山妖气急败坏道："怎么还傻站着！"众山妖忙追江流儿师徒。慌乱中，祭祀现场大乱，居然有人将炼丹炉撞飞！

江流儿喊道："师父，傻丫头！"山大王怒道："江流儿，你三番五次坏我好事！"一怒之下，将江流儿抓入手中，怒道："孙悟空那个懦夫呢？"江流儿正色道："他不是懦夫！"

山大王："你快说，在哪儿？"

这时突然狂风大作，黑云翻滚，雷电交加，天边闪现出七彩祥云，一条白龙从天边飞来。江流儿惊呼道："大圣，是大圣来了！"法明惊讶道："真有齐天大圣啊！"

山大王怒道："该死的臭猴子！"

孙悟空呵道："妖怪，俺老孙在此！还不快快……"猪八戒插嘴道："天蓬元帅在此，妖怪，你摊上大事儿了！"山大王怒而攻向猪八戒。孙悟空："老猪，小心！"猪八戒已被一招打翻在地。山大王得意道："不堪一击！"又转向江流儿等人。

孙悟空："不要靠近他们！"江流儿："大圣！"

孙悟空闪出，与这山大王斗在一处。却被山大王屡屡击中。山大王："孙悟空，这味道比蟠桃如何呀？"又去抓江流儿。

孙悟空怒道："我说了，不要，靠近他们！"一把抓住那山大王。江流儿："大圣！"山大王："放手！"不想孙悟空使出全身力气，那山大王被孙悟空打败。

江流儿大喜道："大圣，我没事儿！"孙悟空："歇会儿，一起走啊！别再弄丢了！"

谁能想到,那山大王虽然被击败,却也被最终逼出其原型,居然是一只巨嘴无眼的虫子。

法明忙喊道:"快走! 快跑! 快,快跑!"江流儿:"师父,我去帮大圣!"法明:"流儿,小心啊!"江流儿:"是!"就赶回帮孙悟空斗那虫子。

江流儿:"大圣,我能帮你做什么?"孙悟空急道:"谁让你回来的,你来干什么?快走啊,走!"

江流儿:"可是你说好了,要一起走的!"孙悟空:"傻瓜,你忘了! 我是齐天大圣,我是不会死的!"又与那虫子斗在一处,却被巨石压住。

江流儿关切道:"大圣,大圣!"径直去斗那虫子。孙悟空惊道:"江流儿,你要干什么? 江流儿!"

江流儿拿起戒棍,砸向那大虫子:"吃我一棍!"戒棍对那虫子来说只像根牙签。孙悟空忙道:"住手!"

江流儿边跑边引那虫子:"你这个大肉虫子,我在这儿呀,你来啊!"孙悟空最后追赶:"江流儿,江流儿! 傻瓜,傻瓜! 江流儿!"

江流儿大喊道:"大圣!"却被那虫子砸飞,瞬间碎石纷飞。孙悟空悲痛地发现,江流儿已被压在巨石下,手伸出,拿着玩偶!

是责任,是力量,悲痛万分的孙悟空终于冲破封印,化身齐天大圣,秒杀老怪。

齐天大圣悲痛的叫喊着:"江流儿,江流儿!"身后传来江流儿的声音:"大圣……"

齐天大圣惊喜回首:"啊?"

（全剧终）

·西游新著·

《〈西游记〉成书的田野考察报告》

《〈西游记〉成书的田野考察报告》,蔡铁鹰、王毅著。中州古籍出版社出版 2018 年 11 月第 1 版。定价：88 元。中国版本图书馆 CIP 数据核字（2018）第 253221 号。

内容简介：本报告为国家社科基金年度资助项目"《西游记》成书的田野考察与成书史研究"(12BZW042)的结题成果,也是江苏省高校社科重点研究基地重大项目"《西游记》文化传播研究及数据库建设"(2015JDXM033)的阶段成果。

本报告以提供翔实可靠的第一手资料为特色,原原本本地介绍了课题组历经数年时间,行程数万公里,对近百年来关乎《西游记》研究的壁画、图册、遗址等重要资料——进行田野实地考察的过程与若干具有重要突破意义的研究成果。

本报告采用描述与考订相结合的方式,以绪论为纲展开,图文并茂,明白晓畅,相信会对今后的《西游记》研究产生积极的影响。

作者介绍：

蔡铁鹰,淮阴师范学院文学院教授、文创中心研究员。中国西游记文化研究会常务理事、学术委员会副主任及吴承恩研究专业委员会主任。主持并完成多项国家和省部级研究项目,成果《〈西游记〉的历史文化解读》入选"国家精品视频课程",《〈西游记〉的诞生》获教育部优秀科研成果奖并被央视栏目专题介绍。主要著作有《西游记的诞生》《西游记成书研究》《吴承恩与西游记》《吴承恩集》《吴承恩年谱》《吴承恩传》《西游记资料汇编》等。

王毅,淮阴师范学院文学院教授、西游记文化研究中心主任。中国西游记文化研究会理事、吴承恩研究专业委员会副主任。获教育部和江苏省研究课题资助,出版著作《西游记词汇研究》等多部。

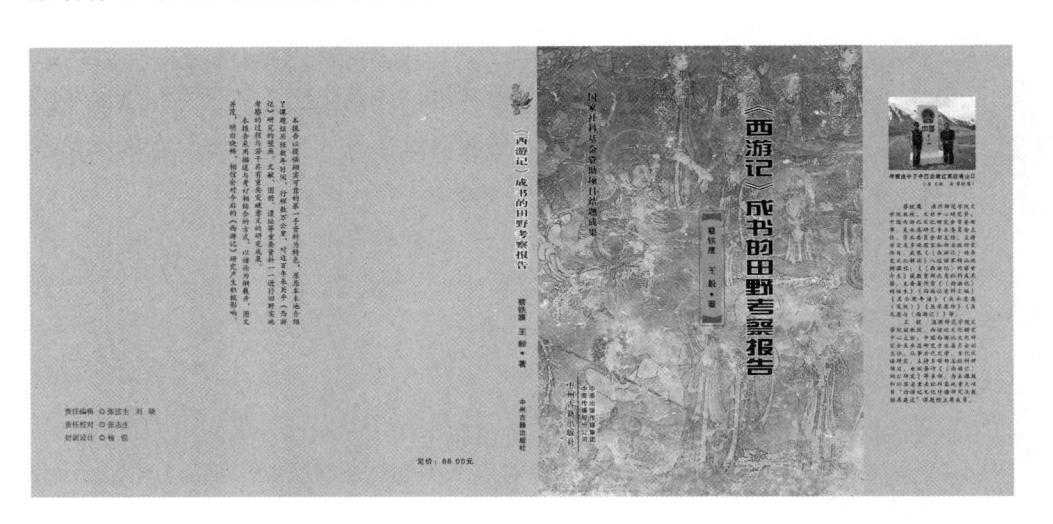

《〈西游记〉成书的田野考察报告》目录

报告：以实证为目标的田野考察

西域古道专题

　　玄奘故居：家祠与故居——长安遗踪：大雁塔与兴教寺——玄奘负笈图——武威罗什寺——河西走廊和丝绸古道——流沙河·通天河·八戒墩·牛魔王洞——高台晒经台——张掖大佛寺取经壁画——民乐童子寺取经壁画（附：肃南上石坝石窟壁画、武威东大寺壁画）——泽州大云寺石刻——瓜州古城（锁阳城）——敦煌取经壁画资料——东千佛洞取经壁画——榆林窟取经壁画——高昌故城——吐鲁番景点火焰山——库车煤田自燃火点——龟兹古国——别迭里山口——塔什库尔干河边的古代驿站和石头城——明铁盖山口·瓦罕走廊和公主堡——考察花絮：红其拉甫山口

宋元北方专题

　　"唐僧师徒取经归程图"石刻——《唐僧取经图册》

罗摩衍那专题

　　巴厘岛的哈奴曼——泰国罗摩衍那壁画

齐天大圣专题

　　浙闽的猴行者——顺昌的大圣崇拜——双圣庙·南天门·宝山寺——猴脸前的祭台——岚下乡黄敦村明通天庙和元代通天大圣祭坛——岚下乡郭头村洪武通天大圣碑（附郑坊乡傍山村明嘉靖通天大圣碑群）——元坑镇曲村元代通天大圣碑——建瓯县玉山乡榉树村宋元大圣庙——福州闽侯的齐天大圣

庙——福州市区的齐天大圣庙——湖北武穴市的齐天大圣崇拜

附录1：顺昌大圣文化节的祭祀活动

附录2：央视专题节目记录的祭祀仪式

吴承恩专题

金陵世德堂本的陈元之《序》——长兴县丞——贪赃下狱——诗证：古蕲州与《宴凤凰台》——文证：荆王府与玉华国——荆府樊山王——钟祥显陵

《〈西游记〉成书的田野考察报告》前言

蔡铁鹰

本报告是国家社科基金资助一般项目《〈西游记〉成书的田野考察与成书史研究》(编号：12BZW042)的最终成果。

从学术的角度上说,本报告在考察涉及的数十个问题的具体讨论之外,同时还具有对近三四十年来《西游记》成书研究这一命题形成过程回顾和汇集主要成果的性质,其中又包括了对目前主要疑难问题的分析和对未来研究的期待,还涉及到了相当一些历史、哲学、文化甚至是自然、地理的特定背景。这些在本报告的各个环节中会以不同方式涉及,也许还有一些比较复杂的交集,为便于评审专家更好地审读,以下我们将对课题组的活动,本报告的学术逻辑、研究思路和学术感受,包括在本报告撰写中的一些技术性考虑提前作一些说明。

从 2015 年这个特定的年份说起。

尽管罗振玉、王国维两位国学大师的长技不在小说,但他们却是现代《西游记》研究的创始者。整整一百年前,当时流寓日本的罗振玉在友人处借得《大唐三藏法师取经记》旧藏并影印公布;"乙卯春"也就是 1915 年,王国维写下了第一篇有关《西游记》成书的研究文字——即附在影印本末尾的跋文;次年"丙辰"也就是 1916 年,罗振玉也写了两篇表述自己意见的跋文。这三篇跋文都对《大唐三藏法师取经记》的来源做了推测,并将其定性为"南宋人所撰话本",乃南宋临安盛行的"说话之一种"(《王国维跋》)。于此之前,虽然从 1911 年开始即有蒋瑞藻等涉猎过《西游记》,但我个人认为,现代《西游记》研究的真正启动还应是始于以上一组跋文。案:学界通常都依据罗振玉的影印本称《大唐三藏取经诗话》,但这个书名可能隐藏误

导并不妥当，所以从本报告起我们将改用其书的另一个名称《大唐三藏法师取经记》，理由以下详述。

王国维跋落款的"乙卯春"，距现在整整一百年。

由于罗振玉、王国维在学界的地位煌煌赫赫，所以他们的意见对后世产生了极大的影响。1920年代胡适、鲁迅等发布自己的《西游记》研究成果时，都已经引用了上述跋文的结论；建国以后的各类文学史，也概无例外地把大唐玄奘法师这个历史人物故事化的时间定位于南宋，认为最初的形式是话本，《大唐三藏法师取经记》就是话本四家中"说经"的典型代表。从现在的研究进展来看，罗、王的意见其实是误读，对后世的影响很为负面，但无论如何，他们的意见引导了近百年的《西游记》研究，本课题最重要的突破也源于对上述跋文的反思，其构架可以说仍然以《大唐三藏法师取经记》为核心，事实上是对一百年前启动的《西游记》现代研究的一种历史回应。因此我们希望现在完成的《西游记成书的田野考察报告》，能够具有一种纪念意义，并能表达对所有先行者的敬意。

我接触《西游记》研究是在上世纪的八十年代初。我的童年是在外婆家度过的，外婆家位于淮安市古镇河下的茶巷，与现今的旅游景点吴承恩故居所在的打铜巷相隔也就三五百米。那时市井儿童都是有帮派的，通常会以一些具有领袖气质的玩伴为核心划分出各自的游戏地域，然后就天天上演儿童版的战国春秋。茶巷的儿童帮是一个强势团伙，领地一直伸展到打铜巷，所以打铜巷尾那块废弃颓圮的宅基就是我们经常要冲锋陷阵的地方——我们那时当然不知道，脚下的一片残砖碎瓦之下，曾经是一位大文豪的书房；而我们经常揣在书包里卷了边角的《西游记》，也就诞生在这片废墟里。

1982年我读大四，那年寒假回家发现曾经的颓旧宅基上盖起了新房子，而且是当时普通人家绝对盖不起的青砖小瓦房，还圈了一个大大的院子。挺好奇，问了，才知道这是县政府在复建吴承恩故居。吴承恩我们都知道，用不着大学，小学时一伙玩伴就读完了《西游记》，但却真不知道我们曾经的游戏场竟然就是他老人

家的故居。当时正在为毕业论文做准备，忽然有点开窍地意识到这应该是一个拥有第一手资料的不错选题，于是跟在县里的"吴承恩故居调查组"后面跑了几天，算是大致弄清楚了吴承恩生平的几个关节和故居复建的来龙去脉，也就把自己毕业论文的选题确定了：一篇是关于《西游记》第九回文字的讨论——那是一篇照猫画虎的考据，不久后发表在母校《南京师院学报》当年第四期；另一篇讨论吴承恩任职"荆府纪善"问题，送审后成为当时在淮安召开的"第一届全国《西游记》学术研讨会"的交流论文。这两件事的接踵而来——都发生在当年的十月，对一个刚走出校门对未来踌躇满志的学生来说，无疑是很刺激的，爆棚的自信心几乎在一夜间促成了志向的选择。从那以后，无论是明月惊鹊，还是秋雨夜灯，一卷《西游》在手，似乎都是我的惬意时光。

时光倏忽，转瞬已经三十多年过去，我的《西游记》研究也就在这岁月流淌的过程中逐渐生发、成型和系统化，直到今天能交出《吴承恩集笺校》《吴承恩年谱》《西游记资料汇编》《西游记的诞生》《西游记的前世今生》和本报告这样一些能够对自己一生努力做出交代的成果。我自信这些成果都有些价值，但究竟该如何评价，却不应由我关心，诚如苏轼所言"人生到处知何似，应似飞鸿踏雪泥。泥上偶然留指爪，鸿飞那复计东西"。

我对《西游记》故事文化源头的探究表现出更大的兴趣，是在 1986 年进入淮阴师范学院之后，主要是受了当时学界风潮热点和本校以研究楚辞和上古神话著名的前辈学者萧兵先生的影响。那几年，几乎所有涉足小说的学术大腕都参加了关于孙悟空形象来源的讨论，或可称之为"世纪之争"，其时盛况，正应该用"空前绝后"形容，而萧兵先生则把文章发到了《文学遗产》，这在当时我所处的环境里是神一样的成就。随意攀谈之间，无心有意之际，灵犀但有，豁然便通，与萧兵先生的相处，对于我后来一些研究方法的形成有很大帮助。我原本就比较欣赏胡适的"大胆假设，小心求证"说，胡公此说受诟病甚多，我觉得主要在于他把"大胆假设"放在了前面，容易被断章取义割去"小心求证"的过程，导致学术上的轻佻之举和轻慢之言,但其实个中注重创新的内核却有无限的价值;萧兵先生就是我身边的"大胆假设"者,尽管也有"求证不严"之类的批评,但他的学术视野和想象力确是非常的开阔,让我领教到了一种之前从未体验过的风格和境界;我后来秉持的"立足实证,大胆推想,构建系统,步步前伸"原则,看得出其实是脱胎于胡适之说,也有萧兵的影子。其后数年间我以"孙悟空形象探源"为总题,发表了十来篇文章;尤其是1988年还借去新疆参会的机会,单人只身,且看且行,对丝绸之路进行了一次所谓的"田野考察"。受学识和条件所限,考察自然粗疏,所以我加了引号,但对当时的我来说,这是一次壮举,自然也是后来的《西游记》成书研究的开始。

2007年借助于江苏省社科基金的资助,我在《西游记的诞生》(中华书局2007年出版)一书中终于完成了对唐僧取经故事演变全过程的大致描述,这就构成了我的"西游记成书研究"的基本框架,也是今天本报告"绪论"中提供的成书过程六个阶段的学术来源。这个过程由玄奘本事开始,到吴承恩百回本定型,时间长达九百多年,涉及到非常复杂多元的因素,诸多问题与疑难显然并非一人一时便能彻底解决。比如我把所谓的"零星原生的取经故事"与"早期结集的取经故事",分别标示为"第一阶段"和"第二阶段",只是为了说明在历史空间上它们有一定的前后差距,事实上我无法确认这两者之间是否有直接的承袭关系,当然也就更不能说清楚如何承袭的问题,这其中光是《大唐三藏法师取经记》中的"三藏法师"究竟是"玄奘三藏"还是"不空三藏"就充满了想象的空间。再比如我把以杂剧《西游记》为代表的"重新整合的取经故事"和以平话《西游记》为代表的"语体转换的取经故事"分别列为"第四阶段"和"第五阶段",事实上这两种《西游记》的先后关系目前还不能确定,这种顺序只是出于我对语体演变关系的个人理解,目前我们根本没有办法证明它们之间的承袭关系,而何况还有一个近年在日本发现的让我们惊诧异常的元人《唐僧取经画册》横亘其中!所以尽管这个分为六个阶段的学术框架以时间为排列次序,以不同时期取经故事社会流播的形态差别为标志,但也只代表了《西游记》取经故事演化成熟过程中大致的进程,并不意味《西游记》就是这么精确地走过来的。但是,非常重要的一点是:我觉得现在的这个框架虽然粗疏但应属合理,因为我们

可以感觉到描述整个取经故事形成的主要节点已经相当顺畅,其意义就是表明历史进程中的主要事实已经被抓住。缺失当然会有,错误当然也会有,但构建一个体系,有缺失有批评并不可怕,只要原本设定的主干能够制约和引导讨论的基本走向,这个体系就有存在的价值,终究会走向完善。这个过程的要点后来被我演绎为科普读物《西游记的前世今生》(新华出版社 2008 年出版),2009 年被央视国际频道"子午书简"栏目拍成八集专题片播出,2013 年获得了教育部全国高校社科优秀成果奖。

但是也有一个遗憾,即我所构建的学术框架主要依赖于近三十年来发现的文献和实物资料,这些资料大多来自转述和报道,应该说很多都不具备一手资料的确定性。比如说火焰山的故事,我认为这是一个来自西域丝绸古道的原生取经故事,《大唐三藏法师取经记》中"遍地烟焰"的描述,应当是西域地下煤田自燃的景象,为此我找到了《宋史·外国传》中关于奇台县北山煤田自燃的记载,证实了上述推测存在的可能性,但我又毕竟没有亲见亲闻。

为解决上述遗憾,2012 年我与几位志同道合者申报了课题《西游记成书的田野考察与成书研究》,而且幸运地获得了国家社科基金的立项资助。我们的想法很明确,就是希望能把所有与《西游记》成书有关的文献与实物资料都亲眼一睹,以证实它们在《西游记》成书研究中的确定意义。

按照在项目任务书中拟定的计划,我们邀请了日本南山大学研究隋唐佛教文化卓有成就的长江晓子(梁晓虹)教授,京都大学东亚文化研究所资深敦煌文化专家高田时雄教授、清华大学社科部高淑娟教授,福建顺昌县博物馆长王益民研究员等担任本课题的学术顾问,组织我校年轻、敬业的中青年教师王毅(汉语言文学)、徐向顺(古代文学)、宋景轩(传媒新闻)、朱明(英语)和东北交专的赵春阳老师(计算机)、淮阴食品工业学院的王旭华老师(英语)等组成课题组。课题组在校、院两级领导和相关部门的支持下,多次出行,往返于浙江、福建、湖北和甘肃、青海、新疆等地(包括日本、泰国),实地考察了散落在各地与《西游记》成书有关的文献与实物资料。而为了考察的方便,我们在国内的主要行程都是自驾完成,个中既有艰难又有乐趣,其中 2013 年春第二次去福建顺昌,钻深山爬老林十几天时间,时值南方雨季,山区道路狭窄湿滑,行程艰辛而危险,印象深刻;而 2014 年沿丝绸古道西行的行程,时间长达四十天,整个行程一万五千公里,最高触及海拔五千米以上,到达了四个国境线上的山口,如现在新疆克州阿合奇县与吉尔吉斯斯坦接壤的别迭里山口,那是玄奘当年去印度出境的地方;再如新疆塔什库尔干与阿富汗接壤的明铁盖山口,那里是玄奘当年学成归国的地方。

在西域,我们沿途考察了若干取经故事发生的确切地点,比如在著名的冰川之父慕士塔格峰附近找到了玄奘归国时驮经大象溺水死亡的地方,并在甘肃高台县考察了传说中晒经台故事的发生地,证明了这个故事确实有可能是跟随玄奘法师的足迹而出现的,这有力地支持了"原生的取经故事"的概念。

在福建,我们看到了大量宋元以来形成的"齐天大圣""通天大圣"祭坛和祭祀碑,确切地显示了元杂剧《西游记》中齐天大圣家族故事的来源——这些大圣们原本在南方道教的文化土壤中自生自灭,与取经毫无关系,与信佛教的孙悟空也毫无关系,它们进入取经故事的序列,是一个非常复杂也非常重要的文化嬗变问题,对我们来说实际上也就是找到了大闹天宫故事的文化源头;而这又为厘清吴承恩百回本小说的文化脉络提供了线索和依据。

在泰国,我们看到了完整的泰国史诗《拉玛坚》壁画,壁画多达 178 幅,精美绝伦。这些壁画虽然晚出在十八世纪,但他们完全仿照于印度史诗《罗摩衍那》,故事情节与人物没有任何重要变动,甚至神猴哈奴曼的名称也没有改动,其学术价值与《罗摩衍那》没有太大的区别,泰国人直接就称呼其中的哈奴曼为"中国的孙悟空"。看了这套壁画,我们对孙悟空形象受到哈奴曼影响的问题几乎不再置疑,认定余下所要做的就是寻找文化传播的途径。

在日本,我们找到了完全是唐代风格的寺院毗沙门堂,其传承有序的历史可以证明毗沙门在唐代的巨大影响,而毗沙门的问题应当与取经故事在中唐以后的迅速扩张发展,与《大唐三藏法师取经记》文本的形成有密切关系。

在河北，我们非常意外地得到一张新近发现尚未正式发布的拓片《唐僧师徒取经归程图》，据说出自金代墓葬——这点我虽然拿不出证据，但据画面我几乎有把握断定这确实是宋金时期的产物，应该是我们现在见到的最早的唐僧师徒四人取经图，对于我过去关于队戏《唐僧西天取经》的判断是非常好的实物支持。有了这张图，我们关于《西游记》成书的有关认识大约是可以得到升华的。

对于课题的结题形式，之前我曾经有撰写一本《西游记成书史》的设想，但现在却再也不敢有这样的念头。越是不断地发现，就越不敢轻下断言，这是很多学者最终的感受，现在我也是如此。对于《西游记》取经故事的形成，我们获得的资料越多，实际上看不懂的地方也就越来越多，可供猜想的可能就更是越来越多。鉴于此，我们课题组最终想到了用"考察报告"的形式，把这三年多来的考察经历以及所获得的学术成果，采用文字＋图片、描述＋考订的方式，原原本本地报告给所有共同关心这一课题的研究者。但是如何报告——也就是如何将课题组围绕任务的多次出行、在不同时间地点收集到的各种资料、我们对资料的初步分析以及这些原始资料与考订研究的交接等等叙述清楚，却是一件颇费思量的事情。为此本报告在叙述结构上设置了"绪论"和"专题"两个部分：

1. "专题"是本考察报告的主体，包含五个方面的内容："西域古道专题""中原北方专题""罗摩衍那专题""齐天大圣专题""吴承恩专题"。专题将会介绍课题组在为期三年的时间内，穿行各地的主要考察活动，以及相关的背景资料、考察所得和学术考订；也会相应介绍学界的观点与我们对于以往观点的修订等等。这个部分涉及《西游记》成书长达九百多年的全部六个阶段，共报告和探讨了数十个具体问题，使用了三百余张图片，这些图片除了元人《唐僧取经画册》的三十二幅取经图和少量必须的背景资料之外，其余均为本次考察中的实拍。

2. "绪论"可以视为本报告的阅读大纲。设置专题的优点一目了然，但显然也有其弊端，那就是不利于把具体琐碎的当前资料放在广阔的文化视野中追寻完整意义。为了能清晰表述，我在正式的考察报告之前加了一章"绪论：用于对照的学术框架及其形成经过"，它比较具体地介绍了在此之前已经形成的"西游记成书研究"的学术框架，以及这个框架形成的经历和主要学术依据。依托"绪论"，本考察报告的各个专题都可以与当前学术研究的实际状况挂钩，讨论都会在一个共同的框架中进行，有明确的时间、空间定位，庶几可免琐碎散漫与随机无序的状态。"绪论"的内容主要来自我的前期成果《西游记的诞生》（中华书局 2007 年出版），之所以用"我的"前期成果作为参照，我想并不包含多少功利的意义，更多的是对这种新说的学术责任的担当——因为这其中还有很多的缺陷和失误。

作为补充，我在"绪论"中增加了两个附录：

第一，由于"绪论"提供的学术框架主要是我个人形成的一得之见，有一些特定的学术定义，其中又罗列了自 1980 年代以来许多新发现的、涉及广泛领域的研究资料，涉及颇多，因此我觉得有必要首先介绍一下这个框架形成的学术起点以及与若干新见资料的关系，尤其是这个框架中各个演变阶段形成的理由与契机，以便专家和读者能够作全景全过程的审读。这就是设置附录一："纵向回顾：本报告中'西游记成书研究'的学术起点"部分的初衷。

第二，自上世纪八十年代初敦煌榆林窟发现取经壁画的消息公布之后，亦有若干研究者如刘坚、王静如、张锦池、段文杰、胡小伟、李时人、蔡镜浩等诸位先生把睿智的目光投向了西域方向，引导学界逐步形成了视点西移的倾向（详请参见拙文《西游记研究的"视点西移"及其文化纵深预期》一文，《晋阳学刊》2008 年 1 期）。而今这方面有了更多的进展，有更多的青年才俊已经加入了探讨这个问题的行列，非常积极地体现了学界对于《西游记》成书研究的重视，为便于专家和读者能够作全视域的了解，所以又设置了附录二："横向回顾：三十年来《西游记》成书研究的基本状况"一节，以供参考。

最后还要说一句，整个考察过程比我们的预期要艰难得多，但得到的帮助也比预期的多得多。我们几乎每到一地，都有当地领导和研究者、爱好者发自内心地倾力相助；不仅在当地尽他们的所知所能，而且还一站一站地把我们交下去，交给他

们信任的朋友，其实我们很多都是素未谋面，甚至是素无交往，而所有交接的接头密码就是"西游记""唐僧取经"。尤其是2014年夏天是一个比较敏感的时期，人们对当时西北的状况有些误解，当然也就产生很多担心，但我们在新疆的朋友尤其是民族朋友，无论见面还是通话，都是一阵爽朗的笑声："好着呢，来吧，别担心。"他们的帮助绝非一句感谢就能表述，所以尽管他们可能不会看到这本考察报告，但我觉得在报告中还是要记下他们对考察的贡献以及有他们参与的过程，我想这会得到专家与读者的欢迎。

是为前言，谨作说明。

又代自序，聊表心声。

淮阴师范学院文化创意产业研究中心　蔡铁鹰

2018年秋记于听湖轩

《西游学十二讲》

竺洪波　著

《西游学十二讲》，竺洪波著，北京：高等教育出版社 2018 年 11 月第 1 版。定价：39 元。中国版本图书馆 CIP 数据核字(2018)第 212238 号。

内容简介：《西游学十二讲》是教育部"中国大学 MOOC 视频课程"竺洪波讲《西游》学"的配套教材，共 12 讲，内容涉及《西游记》作者、成书、版本、思想、艺术、传播、影响等《西游》学的基本问题，以及"《西游记》为何以神话小说定型？""《西游记》为何被清代道教徒攘夺？""《西游记》玄奘取经地究在何处？""《西游记》唐僧所取经书果为何物"等重要专题。本书不仅阐释了建构《西游》学的理论预设，并且实际地展现了《西游》学的学科形态与内容框架，是《西游记》学术史上第一部"《西游》"学专著，具有鲜明的开创性学术价值。

作者简介：见本辑彩页。

《西游学十二讲》目录

《西游学十二讲》序

齐森华①

最近,网上流传一则消息:2017 年《西游记》学者分布调查,有曲线图示,有文字说明,其中竺洪波教授在论文量和影响力两个指标都名列前茅。虽然此种"网络游戏"未必可以当真,但近年来洪波在《西游记》研究方面取得长足进步也是事实,大家有目共睹。他不仅出版了新著《西游释考录》(上海文艺出版社),刊发了大量论文,而且还为新出版的《西游记》文本写前言,为青年学者的《西游记》专著写序、写书评,在微信平台开讲"竺洪波讲西游学",主持举办"2017《西游记》高端论坛",从而引发读者广泛关注,给人以一种风生水起的感觉。

说起来,我与洪波相识已有很长的时间了。大约在上世纪 90 年代中期,他在市里申评职称,向高评委提交的学术代表作就是《论唐僧的精神》和《自由:〈西游记〉主题新说》两篇颇有影响的《西游记》论文。当时,我就眼睛一亮,因为这两篇论文,一是第一次正面评论唐僧的崇高精神,有一些"翻案"的性质,一是揭示《西游记》的"哲理——审美"性主题,对其时学界普遍流行的政治性、社会性主题观有所匡正。当时,他还是一名高校青年教师,羞答答的青葱样子——应该说,从那时起,我对洪波有了很好的印象。

世纪之交,洪波加盟华东师范大学中文系。不久又承他不弃,从我攻读博士学位(在职)。考虑到他在《西游记》研究方面已经有了较好的基础,我们商定以《西游记》为他的博士论题,并从学术史的宏观视野展开论述。事实证明,当初这个选择基本准确,洪波的博士论文《四百年〈西游记〉学术史》写得相当不错。记得在论文

① 齐森华,华东师范大学教授,博导。

答辩会上,获得了评委们的一致好评,主席章培恒先生在总结发言时说:"本文有公开出版的水准和必要"。后来,论文被评为该年度上海市优秀博士论文,入选"上海市社会科学博士文库",又被复旦大学出版社编进"复旦博学论丛",赢得了一些好评,现在已成为学者研究《西游记》的重要参考文献。

因为有着这样的因缘,洪波的大作《西游学十二讲》一杀青,就以文稿见示,并嘱我为序。我以老迈力衰推辞,奈何洪波执意不允,我明白他是出于一番师生情义,特别看重老师的评价,于是我想也好吧,就勉力来饶舌几句,既可表达我内心的喜悦之情,也可向洪波有所交代。

《西游学十二讲》,顾名思义,其最大的亮点就在《西游》学的建构。什么是《西游》学呢?这些年,红学持续火爆,《西游》学也说得不少,或许大家都听说过,但或许又是不甚了了。且看洪波在本书中的界定:

> 所谓"《西游》学",即指《西游记》研究的学科形态,它从属于中国小说学和中国小说美学而具有自身专门性、特殊性学科特征,《西游记》作者、成书(版本)、文本、传播(影响)四大部分构成其基本学科框架,它既是以往全部《西游记》学术活动的历史性、整体性成果的积淀,又承担着未来《西游记》研究开拓发展的任务,自成体系、自有格局,非一般的小说学和中国小说美学可以替代。

洪波又说:"何谓《西游》学?或曰《西游》学何为?与其说是一个理论问题,不如说是一个实践问题,只有结合《西游记》的研究实际,在该项学术活动的历史与现状中才能得到正确的解答。结论,通常是在思考的最后。"所以,这个界定是在辨析《西游记》的研究实际,结合《西游记》研究的历史与现状,引入现行红学为对比参照的基础上提出的,甚至对钱锺书先生"反对以一人一书而为学"的著名观点和现行的中文学科的学科体制进行了深入的考察,因而既有学理依据,又适应了《西游记》研究的发展需要,显示出很强的说服力和鼓动性。虽然洪波的观点只是一家之言,学界还存有商榷的意见,但作为个人,我对这种建构《西游》学的胆识和努力,都是

持赞赏态度的。

　　另一个值得一说的是《西游》学的体系问题。据我所知，目前学界还没有过以"西游学"命名的专著，本书还是一项开创性的工作。既然是第一部，就没有现成的体系可以依循，现有的红学、《水浒》学和《三国》学著作都只是可资借鉴的参考，因为不同的对象（如小说文体和内容、主题等）特征，并不能完全的照搬。从本书的目录编排来看，我觉得洪波关于《西游》学体系的看法是"心里有，但笔下并不苛求"。怎么讲呢？一方面，《西游》学是学科术语，体系性是应有之义，洪波没有明言"体系"，而是称为"学科框架"。他扬弃了周汝昌先生为新红设置的"学科框架"：曹学、脂学、版本和探佚学，而是引入现代文艺学理论，结合当下《西游记》研究实际，以《西游记》作者、成书（版本）、文本、传播（影响）四大部分来建构其基本的学科框架（体系）。另一方面，本书并不以这四大板块来列置纲目，而是在这个框架中，并列了一些《西游》学的重要命题。对"《西游记》为何以神话小说定型？""《西游记》为何被清代道教徒攘夺？""《西游记》玄奘取经地究在何处？""唐僧所取经书果为何物？"这些重要问题进行细致考辨，然后列为专讲（章），作散点穿插。在洪波看来，作为《西游》学著作，不仅要自成体系、自成格局，而且还要总结问题，提出问题，并且是实际地解决一些问题。只有这样，才能做到自成特色，自显高格。显然，这样的想法和做法，是极有创意的，我想，洪波的这本《西游学十二讲》固然有可能很快会被后来的著作（包括别人的和他自己的）所超越，但这种创意是必然会在《西游记》学术史上永久地留下痕迹的。

　　再次，洪波做过系统的《西游记》学术史研究，著有《四百年〈西游记〉学术史》，掌握的文献比较充分。这次的《西游学十二讲》无疑是前者的延伸和拓展。学术史注重史论结合，论从史出，《西游》学作为学术形态学研究，依然需要史论结合，但或许更注重以论统史。洪波的长处在理论思辨，善于建构体系，并且能够把"论从史出"与"以论统史"两种不同的学术流向结合起来。这样，他对一些《西游》学命题的论述，既有学术史视野，又具备理论（通常表现为观点的）引领，从而达到深入而精辟的境界。试以"《西游记》为何被清代道教徒攘夺？"一题为例：

洪波首先以毋庸置疑的口气断定：《西游记》是佛教文本，这是论。其依据是《西游记》叙玄奘取经母题，以"原罪——消业——得道"的佛教教义建构基本情节，以扬佛抑道为基本思想倾向，在文字上则是充满佛光禅意。同时又肯定《西游记》被清代道教徒攘夺的事实，这是史。在清代《西游记》文本发展中，开始了"道教化"的历程。洪波持史论结合，以史证论的立场，从"佛教徒主动放弃《西游记》阵地"和"《西游记》的道教化'误读'"两个方向"作出论述：

> 《西游记》有"亵渎圣僧"之嫌，久为佛家诟病，直接导致历代佛教徒主动疏远、拒绝，放弃《西游记》这块本属佛教的"阵地"。
>
> 相对于佛教徒的主动退让，道教徒却对《西游记》充满热情，他们从一些故事情节和文字中看到了客观存在的道教内容，于是大肆阐发，所谓"钩《参同》之机，抉《悟真》之奥"，甚至不惜恶意增删、篡改，作道教化"误读"，最终将《西游记》拉入道教的彀中。

即是说，《西游记》是佛教文本，但在其漫长的演变发展中不断地掺入诸如道教（还有其他学派）的内容，由于清初汪澹漪《西游证道书》的刻意包装，《西游记》逐渐被"道教化"了。在《西游学十二讲》中，这样的论述——包括结论和论述过程——都不鲜见。可以说，正是这种"论从史出"与"以论统史"的有机结合，形成了属于洪波《西游记》研究的特色。

另外，我还注意到，本书在正文之后列有一篇长长的附录《百年〈西游〉学学术档案》。我一向看重附录。它作为正文的补充，与正文互为表里，两者相得益彰，有时甚至比正文更有价值。洪波的这篇附录《百年〈西游〉学学术档案》收录了自王国维、鲁迅、胡适以来近百年间《西游记》研究的重要文献，凡25篇，它们在一定程度上反映了《西游》学的进程和成果。在卷帙浩繁的《西游记》文献中遴选出25篇，体现着洪波的学术眼光和标准，我倒是觉得值得大家认真关注，仔细体会。

想起我在为洪波《四百年〈西游〉学术史》所作的序文中曾说过的话，觉得现

在依然有必要重复：洪波的本科、硕士都是在复旦大学读的，受到过良好的学术训练，蒋孔阳、章培恒、黄霖、陈允吉、吴中杰、陈尚君等复旦名师都曾对他做过耳提面命式的教诲，他的硕士生导师则是著名红学家应必诚先生，所以他的学术基础是在复旦打下的。而我才疏学浅，对《西游记》又是素无研究，故对他的学术发展并无多少直接的帮助。就连这篇短序，也怕是隔靴搔痒，并不准确，如是，则无异于狗尾附骥，佛头着粪，要有愧于洪波教授的大著了。

是为序。

2018 年 3 月 18 日　于华东师大一村

《西游学十二讲》后记

竺洪波

在《西游学十二讲》即将付印之际，有一些情况需要交代：

一、建构《西游》学，可以说是我的一个夙愿。《红楼梦》早就有了一门红学，而且成了 20 世纪的三大显学之一；同样作为说部奇书的《西游记》，也理应有一门《西游》学。特别是在 2006 年出版《四百年〈西游记〉学术史》以后，这一学术意向就成了我的自觉追求。学术史是竖着写，《西游》学是横着写，纵横交织，之间再夹着作为文本阐释的《西游释考录》（上海文艺出版社 2017 年版），我的《西游记》研究就自成体系、自显格局了。

俗话说："理想很丰满，现实很骨感。"建构《西游》学的想法固然不错，但做起来却是难度不小。《西游》学属于学术形态学的范畴，具有完全不同于学术史的学术内容和研究范式，并不是《四百年〈西游记〉学术史》的"竖转横"的简单移植可以轻易炮制出来。所以，在大约十年间，《西游》学的写作时断时续，并不顺利，直到最近，一部 40 万字的《西游学导论》才算有了雏形。这本《西游学十二讲》，则是它的浓缩版。

二、为什么要先行出版这本《西游学十二讲》？事情的缘起是这样的：2017年，我在网上开讲"竺洪波讲西游学"，反响还算热烈，第一讲《西游学何为？》读者量接近五千，《〈西游记〉作者是吴承恩吗？》《〈西游记〉为何被清代道教徒攘夺？》《哪里来的这只猴？》等内容被《解放日报》《文汇报》和一些大型网站转载，读者量高达十万以上。承高等教育出版社的厚爱，及时将"竺洪波讲西游学"纳入教育部精品视频课程计划，于是作为课程教材的《西游学十二讲》应运而生。

三、这本《西游学十二讲》是作为教材出版的，但我并没有完全把它写成教材。

首先，我的书稿本来就是学术专著；其次，《西游》学是新鲜事物，它的对象、范围和方法都还没有确定，在写法上没有现成的体系可以依循，这样，教材的体系性就难免会灵活、松散一些。感谢出版社的领导和编辑同志，他们体谅我、尊重我，同意《西游学十二讲》以现在的形式——具有教材和专著的双重性质——出版。

不过我想，读者朋友还是可以把它当作教材来读。因为即使是教材，也没有固定不变的写法，完全可以根据不同课程的特征自由选择写作的风格，在常见的由集体编撰的教材中，甚至每一个章节的写法都不全然一致。就《西游学十二讲》而言，其中两个创意是有意配合教材的：一是有关《西游记》图片的镶入，整本教材文图并茂，轻松活泼，一定程度上改变了学术著作晦涩、沉闷的特征。二是在正文以后加了一个附录：《百年〈西游〉学学术档案》，收录自王国维、鲁迅、胡适以来近百年间《西游记》研究的重要文献，凡25篇，作为拓展阅读的材料，可以与教材正文互为表里，对照参阅，以利于对《西游》学基本问题的理解。

四、本书的写作和出版，许多环节是在新疆高等师范专科学校完成的。2017年，我根据上级组织的派遣，作为中组部第九批援疆干部到该校工作。新疆，是一片神奇的土地，作为"一带一路"的核心区，"西游文化"的发生和传播地，与《西游记》有着天然的联系。根据《大唐西域记》的记载：当年玄奘大师赴西天取经，最艰难的历程是穿越新疆著名的八百里瀚海，又称莫贺延碛大沙漠，也就是位于河西走廊西端、安西与哈密之间的葛顺大戈壁，过高昌国后反倒是"阔留学"（参见胡适《〈西游记〉考证》）；佛教并非直接从印度传来，而是通过新疆诸如大月支、安息、康居等地传入，最早的佛经不是译自梵文或巴利文，而是经过诸如焉耆语、龟兹语等新疆土语转译过来的。所以《西游记》的文化原型恰恰是在新疆地区，学界称"《西游记》故事成于西域，盛于中原"。现在，新疆地区已经考古发现存有大量"西游文化"遗迹，亟需调查、整理。因为与新疆有了特殊渊源，作为新疆"本土学者"，自感有责任来担当这一文化建设的重任，今后将做一点新疆与《西游记》关系的研究，在倡导、引领新疆地区开展《西游记》文化产业方面积极建言献策，布局谋划。自然，这已是后话，我这里想说的是：援疆，是国家战略，于我，则是一段火热的人生。这

本《西游学十二讲》堪称我援疆工作中的意外成果，宁不乐哉！刚刚到来的 2018年，是农历狗年，在我援疆的日子里，我希望能踩着一点"狗屎运"，继续前进。

感谢恩师齐森华先生拨冗作序。齐先生已是八十高龄，依然精神矍铄，思维敏捷，他一直关心、督促着学生们的学术研究，并乐意作热心吆喝、推介。门下学风淳正，俊才云集，在恩师的教导下，平时大家相互关心、相互学习，使我在其中得益匪浅。这次《西游学十二讲》的写作和出版，谭帆、车文明、朱惠国、程华平、徐国华、陈雪军等诸位同门教授，以及阙宁辉、毛小蔓两位出版界的领导（也是同门学人）都给予了莫大的帮助，这厢里一并谢过。

感谢高等教育出版社责任编辑宇文晓健先生，他不仅认真审校了全书的文稿，还在编辑过程中及时提出了一些创造性的建议，比如增配大量《西游记》图片，即是他的创意，还有书名"西游学十二讲"也是我们商议后确定的。一个好的编辑，常常会使书稿得到美化和升华。另，博士生罗汉承担了《百年〈西游〉学学术档案》的部分编纂工作，其热心和积极的投入令我感动。

最后，不必否认，《西游学十二讲》作为第一部《西游》学著作，属于草创之作，囿于学识和水平，缺陷和不足始终存在，对此我要向广大读者朋友致以深深的歉意，同时敬请大家不吝指教，以便我在今后再版时予以订正。

竺洪波 2018 年 1 月 10 日

《〈西游记〉研究新探》

《〈西游记〉研究新探》,杨俊著,北京:社会科学文献出版社.2018 年 9 月第 1 版。定价:89 元。中国版本图书馆 CIP 数据核字(2018)第 166450 号。

内容简介:本书在宏观视野下审视名著《西游记》,首倡建立科学的"西游学",试图从学科层面建立其思想体系和学科方向,从心学、未来学、比较文学等方面开拓《西游记》研究的新空间、新领域;通过回溯、考辨其祖本、作者、思想、艺术、传播等,侧重对诸如鲁迅、胡适、苏兴、中野美代子等现代《西游记》研究成果之客观评断,评判21 世纪以来《西游记》研究的功过得失。

作者简介:杨俊,南京特殊教育师范学院教授,淮阴师范学院文化创意研究中心特约研究员。研究方向:中国文学、公共关系学等。教育部"十一五""十二五"规划教材《新型实用公共关系教程》主编,上海东方讲坛特约教授,大连理工大学出版社特约编审。

《西游记》研究代表作:《西游新论》、《关于百回本〈西游记〉作者研究新探》、《谈吴承恩诗文创作》等。

《〈西游记〉研究新探》目录

关于《西游记》祖本的争议述评

尘俗喧嚣的风景线

  ——《西游记》的世俗风格论

新世纪《西游记》研究述评

喧嚣中的探索与反思

  ——新世纪《西游记》文学传播流变巡礼

热闹·喧嚣·恶搞的背后

  ——当代《西游记》文化现象的反思

明代《西游记》研究新探

强加先辈之武断

  ——《西游记》"陈光蕊故事"的来龙去脉探轶

世纪之争

  ——关于《西游记》作者研究综述

《〈西游记〉研究新探》前言

杨　俊[①]

　　时光匆匆，2018 年阔步走来，35 年的教育教学生涯已经定格在《西游记》研究的理性格局中，我只能以如此勤奋、高昂地姿态向"西游学"致敬。

　　从 1983 年 6 月完成第一篇《西游记》研究学术论文算起，我已经在这一领域艰难跋涉 35 周年。其实，大学本科毕业论文本来想选择《金瓶梅》研究作为方向，导师徐凌云先生不同意，主要是考虑当时的历史与现实条件的因素，让我定位为中国古典名著，我于是就选择了《西游记》，从人物形象入手，一步步迈进，养成学术研究的踏实、勤勉的精神态度，越过 1980 年代，步入 1990 年代，幸运地遇到伯乐：中国社会科学杂志社程建、云南社会科学院蔡毅、江苏明清小说研究编辑部副主编吴圣昔、《光明日报》文艺部《文学遗产》编辑曲冠杰、上海《学术月刊》副主编夏锦乾等，使我的 20 多篇学术论文能够顺利刊出，在国内学术界收获巨大的荣誉与影响。1991 年 3 月参与《简明中国文学史》撰写，被安徽大学中文系 5 大教授指定撰写《西游记》一章；《西游记》研究的巨大影响，让我从中学教师迈进大学教师的行列，此后连续在《明清小说研究》《江苏社会科学》《云南社会科学》《学术界》《人民日报》（海外版）发表 10 多篇学术论文，登上国家级《西游记》研究的学术殿堂。1986 年 11 月出席全国第二届西游记学术研讨会，1989 年 7 月出席全国《西游记》超前意识未来观学术研讨会，2002 年 8 月出席第四届《西游记》与中国文化国际学术研讨会，2003 年 10 月出席河南大学《西游记》与中国文化国际学术研讨会，2006 年 8 月出席 2006《西游记》（连云港）文化国际学术研讨会，2004 年——2016 年，主持 6 届吴

---

　　①　杨俊，江苏特殊教育学院教授。

承恩《西游记》国际研讨会，先后担任中国古典文学普及研究会《西游记》文化委员会副会长、吴承恩《西游记》研究会常务会长暨秘书长，与李安纲、曹炳建、蔡铁鹰、徐习军、杨兆青、竺洪波等学人结识、交往，历经学术界的纷争、淬炼，我已经脱去青年的稚气，保持着一颗火热、敏感而平常的心，为了学术，可以牺牲诸多名利，始终保持一份对于《西游记》热诚的"初心"。无论天荒地老，无论矛盾纷争，无论名誉昭彰，我心始终向着真理，学术研究以理性、冷静的判断为前提，以实事求是的精神为精髓，朝着未来迈进。

以历史发展的眼光审视《西游记》，剔除非学术性的因素，以版本、作者、思想、学术史为框架，选择鲁迅、苏兴、中野美代子、蔡铁鹰作为现代暨新时期《西游记》研究的中坚力量代表，跨越国度、时代，客观评价，期望弥补现有《西游记》研究史的缺漏，为总结研究得失而张目；批判胡义成、胡令毅、张晓康关于百回本《西游记》作者研究的错误、缺漏，目的是端正学风，弘扬实事求是的精神，抵御《西游记》研究界的不当风气，杜绝此类臆测、忽视学术伦理的粗俗、草率研究，正本清源，弘扬鲁迅、胡适等树立的现代学术范式，弥补古典文学研究的缺憾。本人针对 20 世纪 80 年代中国古典文学研究界的危机，提出"建立科学的西游学势在必行"，从宏观、中观、微观方面，构建"西游学"体系，以理论与运用为范畴，站在未来学的高度审视《西游记》研究，期待开拓研究新路径，为研究步入辉煌境界而张目，至今仍有学术价值与意义。

本书奉献的是我 35 年来的对于《西游记》研究的最执着的文章，也是我对于"西游学"的实践呈现，通过对于《西游记》版本、作者、思想、学术史等方面的探索，为下一步系统完成《西游记研究史》奠定基础，是迈向历史与未来的一次冲锋陷阵的小小战役，期待方家的批评、指正！

·西游新讯·

2019《西游记》高端论坛暨当代视域下的《西游记》学术转型研讨会在华东师范大学举行

2019年11月30日，由华东师范大学中文系与复旦大学语言文学研究所合作主办的"2019《西游记》高端论坛"在华东师范大学中文系举行。来自复旦大学、南京大学、武汉大学、同济大学、华中科技大学、中国传媒大学、香港中文大学、华东师范大学、淮阴师范学院等院校以及高等教育出版社、中华书局、上海三联书店出版社的专家学者60余名齐聚一堂，围绕"当代视域下的《西游记》学术转型"的主题，进行了深入而细致的对话和研讨。

论坛由华东师范大学竺洪波教授主持。华东师范大学党委统战部长、中文系党委书记王庆华教授致欢迎辞。

武汉大学陈文新教授和华东师大朱志荣教授分别致辞，两位长江学者肯定了《西游记》研究的成绩及其当代价值，并对本次会议的学术品质作出了极高的评价："所有参会的代表都是研究《西游记》并且取得优异成绩的学者，他们都带来论文，怀着学术交流的目的前来参会。"会议在热烈的气氛中展开，紧扣"当代视域下的《西游记》学术转型"的主题，提出了许多有意义的新问题。

会议研讨主要围绕三个议题："一带一路"与《西游记》域外传播；西游学建构的路径与方法；《西游记》及小说中的诗文。会议发言主要围绕以下几个议题展开。

一

结合"一带一路"的学术背景，华东师范大学竺洪波教授提出了"大西游文化"

这一概念。关于如何将"一带一路"从理论变成实践问题,他作出了具有历史视野和问题意识的发言。竺洪波教授详细分析了从"小西游"向"大西游"转变,从《西游记》向玄奘"两记一传"(即《大唐西域记》《西游记》和《大慈恩寺三藏法师传》)拓展,实现"大西游文化"建构的可行性。

与此同时,竺洪波教授发出建构"西游学"的倡议。他以"红学"的建构作为参照,分析了建构"西游学"的学科形态和具体路径。他指出,所谓《西游》学,即是指《西游记》研究的学科形态,它依次从属于中国小说学和中国小说美学而具有自身专门性、特殊性学科特征,《西游记》作者、成书(版本)、文本、传播(影响)四大部分构成其基本内容框架,它既是以往全部《西游记》学术活动的历史性、整体性成果的积淀,又承担着未来《西游记》研究开拓、发展的任务,自成体系、自有格局,非一般的小说学和中国小说美学可以替代。竺洪波教授的倡议受到了与会学者的积极响应,与会者对《西游学十二讲》所作的努力表示赞赏。

二

众所周知,《西游记》作者、成书和版本研究是构成《西游记》学科的基础。在此次会议上,很多学者从不同角度对《西游记》的基础性问题进行深入探讨,提供了不少新的研究材料和观点。

淮阴师范学院蔡铁鹰教授在《李春芳、吴承恩交往述略——为〈西游记〉作者研究解一疑团》一文中,采用考据实证型的研究方式,对学界讨论已久的"作者之辩"问题进行了新的论证。同时,蔡铁鹰教授还重点强调了《西游记》研究方法转型的问题。

关切《西游记》研究的当代转型,江苏海洋大学徐习军教授也采用了考据实证型的研究方式,审慎地分析了研究的方法问题。在《乡邦文化人在〈西游记〉学术研究中的价值体现——以刘怀玉、李洪甫、郑伯成为例》一文中,他从理论和实践的多重对话中探究了乡邦文化人对于《西游记》研究的特殊价值。

南京特殊教育学院杨俊教授在《〈西游记杂剧〉新论》一文中,在历史性的方法

和视野中回顾了《西游记》成书过程中一个悬而未决的学术问题。"《西游记杂剧》的作者是杨景贤还是吴昌龄？"，对于这一内部分歧，杨俊重回原本，展开了与孙楷第先生关于"作者之争"的多重互动。

商丘师范师院青年教师韩洪波在《新发现宝卷〈唐王游地狱〉考述》一文中对《西游记》小说的相关史料进行了细致爬梳。他认为，河南省濮阳县档案馆藏宝卷《唐王游地狱》，不为学界所知，更未有学者对其进行研究。《唐王游地狱》与《西游记》有着密切联系，取材自《西游记》小说，是民间教派的布道书。宝卷选取西游故事作为劝善材料，背后有其丰富的文化渊源。

三

关于《西游记》的文本阐释，很多学者延续了对《西游记》进行文化阐释与美学研究的传统路径，继续发掘其思想性与艺术性，充分利用传统研究范式，提出新的观点。

武汉大学教授陈文新借前作《〈西游证道书〉前言》发表了对《西游记》转型的深刻领悟。他总结道，学者们应继承韩愈"文以载道"的文学精神，而不能"文以贯道"。《西游记》虽与宗教确有关系，需要体会小说中属于思想的东西，但不能"得意忘象"，用思想的霸权过度阐释文本，而忽视与宗教无关的小说的文学价值。如此才能实现《西游记》研究内容丰厚、资料丰富、道理丰厚、结果丰收。

武汉大学鲁小俊教授从细读作品出发，利用西方解构主义文学"误读"理论对《西游记》的宗教文化问题进行了理性化分析。

复旦大学张蕊青教授在会议中探讨了明清通俗小说与明清学术思潮的关系，具体分析了《西游记》与陆王心学之间的关联。在张蕊青看来，《西游记》成书于明代中后期，明显受到同时代语境中陆王心学的影响。

广东技术师范大学项裕荣教授在《从巫道佛儒的文化递嬗看孙悟空"改邪归正"之演变——世代累积型人物形象演变研究》一文中，深入阐析了《西游记》的艺术思想。他按照世代累积写作的演变，以古典小说人物形象的创作作为思路，具体

考辨了孙悟空这一世代累积类型创作的代表人物。

辽宁师范大学王立教授在会议中还谈到了《西游记》小说对民国旧派武侠的具体影响，考察了民国武侠小说在知识结构、情感结构上与《西游记》的关联。

四

对《西游记》续书《西游补》的延伸性研究可谓此次会议的亮点。以往对《西游记》续书的研究往往是以附庸性质进行，并不为学界所重视。朱萍、张怡微两位代表的论文对《西游补》予以重新的评价，成为《西游记》研究的重要参考资料，拓宽了研究范围。

中国传媒大学朱萍教授分析了晚清出现的《西游补》出版热。朱萍教授通过厘清《西游记》续书在后世的发展线索，以此反证《西游补》的巨大价值。

复旦大学青年教师张怡微则对比了《西游记》与《西游补》的文本，提出了细致绵密而又有创新性的观点。她认为，《西游补》改变的意图不在"续"，而在于"替代"，以此来实现《西游记》主题的重诠。

五

学术经典的普及问题是一个具有现实意义的研究议题。在大众媒体高速发展的时代，《西游记》小说既是经典的古典名著，同时又是一个具有产业价值的当代文化 IP，充分享受了时代发展的红利。

李天飞（独立撰稿人）讨论了文学经典和学术研究对于弘扬传统文化的意义。基于自己丰富的实践经验，他分析了《西游记》作为经典名著在新时代语境中叙述方式的转变。《西游记》作为学术经典要实现与社会的有效关联，学者们应当发挥自身的专业性，进行身份的适当转换，面对年龄和阅读需求不同的读者分野，采用不同的解读方式来吸引读者。

东南大学乔光辉教授利用《西游记》进行了专业化的教学设计。他分享了《如何辨析真理——〈三打白骨精〉》的导读思路。

淮阴师院青年教师王新鑫全面分析了当前《西游记》的文化产业开发问题。她以淮安市西游主题公园的开发为例,总结了《西游记》文创开发的多种途径,影视、动漫、微课音视频、网络游戏、公众号程序等各类《西游记》文旅项目,都是当下的热门产业和实践点。《西游记》IP是公共性的文化资源,文学和文化产业之间可以实现反哺和推动。

宝鸡文理学院康江峰教授引入了文学地理视域的研究方法,仔细考察了《西游记》的文化资源开发现象。在《〈西游记〉研究与文化资源开发的文学地理分析》一文中,他从经济学的视角和实际经验来考量现实,富有创见性地总结了《西游记》研究与文化资源开发的现实状况。

六

在全球化时代,随着《西游记》域外传播的发展,对《西游记》翻译和域外研究成为论坛一大关注重点。

来自香港中文大学的博士后研究员吴晓芳详细梳理了《西游记》的域外传播史和翻译史,试图勾勒其发展的历史线索,整理出相对完整的《西游记》英译书目。

同济大学博士、南通大学青年教师朱明胜在《西游故事在英语国家的研究》中对海外西游记研究作了梳理。英语国家的西游故事研究经历了从对地理、历史的研究转换,一直到对西游故事的全方位研究。

此次会议提交的论文和现场汇报,是《西游记》在当代视阈下转型的研究成果。与会代表们运用丰富的研究方法和多重理论视阈,对《西游记》研究的历史和现状进行了深入思考。会议中既有丰富的新材料,又有深度的阐释解读,还有连接历史和现实的宏阔意识,体现了学者们严谨踏实和自省的学术态度。此次会议提出的诸多问题,是《西游记》转型发展的动力和标志,新老力量共同参与“西游学”的建构,以丰沛的生产力、创造力继续推进,《西游记》研究有着远大的学术前景。

（王新鑫、姜娜根据会议发言整理编辑）

复旦文学讲坛暨中国小说与各体文学
研讨会专题研究《西游记》

2019年12月1日，由复旦大学中国语言文学系、复旦大学中国语言文学研究所主办、新学界协办的"复旦文学讲坛暨中国小说与各体文学研讨会"在复旦大学光华楼召开。来自华东师大、上海师大、上海大学、东华大学、上海戏剧学院、武汉大学、山东大学、东南大学、香港理工大学、淮阴师范学院、中国艺术研究院等30余家单位的50多位专家学者参加了会议。

会议开幕式由复旦中文系教授罗书华主持。资深教授黄霖先生致辞，黄霖教授指出，这次会议以"复旦文学讲坛"为名，将讲学与研讨合而为一，是一种新颖的学术会议形式，在复旦如此隆重地开展古代小说研讨，也是第一次。希望以此为开端，逐年推进，形成品牌与传统，对中国小说、文学与文化的研究与传播发挥更大的作用。

大会专题研究了《西游记》学术相关问题。这是11月30日华东师范大学与复旦大学合作主办的"2019《西游记》高端论坛"会议的延续。

华东师范大学竺洪波教授首先就前日会议进行了回顾。他对与会专家学者表示感谢，并对会议主题进行介绍，内容涉及："一带一路"与《西游记》域外传播；《西游记》及小说与诗文的关系；《西游》学建构的路径与方法；小说经典的普及与学术使命；海外《西游记》研究；《西游记》研究中的学院派、乡邦文化人和民科的分野。竺洪波发表了论文《关于〈西游〉学建构的若干问题》，梳理了《西游》学的历史与现状，结合当下《西游记》研究实际，对《西游》学的学科形态和内容框架作初步构想，并对建构《西游》学的学术意义、新时期"一带一路"背景下的未来发展进行全面论述。

　　淮阴师范学院蔡铁鹰教授就《西游记》成书研究进行了反思，并介绍了课题组在经过艰辛田野考察后的新发现。他指出，《西游记》中的部分故事和情节早在玄奘取经过程中就已存在，而其演变过程遗存着历史、自然、地理、文化多元文化因素，过去将《大唐三藏取经诗话（记）》定性为说经话本的观点并不确当。

　　古典文化阅读推广人李天飞则发表了论文《西游与封神中的民间术数》，分析与阐发了神魔小说《西游记》和《封神演义》中的民间术数观念。他指出，《西游记》的四木禽星克制犀牛，《封神演义》中的"群星列宿"，实际上多为术数意义上的神煞。杨任源于《武王伐纣平话》的"羊刃"，姜子牙封给飞廉、恶来的"冰消瓦解之神"等，也均与术数相关。

　　广东技术师范大学项裕荣教授在《从小说文本的累积性看〈西游记〉的主题衍生》的演讲中指出，《西游记》成书的世代累积性决定了其主题的丰富与复杂。主人公之间的冲突不仅有性格的因素，更蕴含着时代与思想的矛盾。时至今日《西游》的主题还能"衍生"出新的时代元素，也是由累积型小说的敞开性与包容性所决定的。

　　中国传媒大学朱萍教授撰文《〈西游补〉评点研究》，对《西游补》数种明清版本的评语进行了整理和研究，她指出，这些评语对于《西游补》主旨、结构、线索、语言风格等方面多有提示，特色鲜明，自成体系。

（王新鑫根据会议新闻内容编辑整理）

2019 西游记主题文创作品征集活动圆满结束

　　由中国西游记文化研究会与连云港市委宣传部联合主办的"2019 西游记主题文创作品征集活动",自 2019 年 8 月 20 日开始,经过报名、截稿、初选、网络投票、专家评审和获奖作品公示,至 2019 年 12 月 1 日圆满结束。本次活动共收到全国(包括港澳台地区)参选作品一千余件。其中 119 件作品通过初选入围,在入围作品中最终 19 件作品脱颖而出。

　　经过十五天的网络公示无异议,本次活动共有 19 件作品获奖,评出西游记最佳创意作品奖、西游记最具市场潜力创意作品奖、西游记人气创意作品奖、西游记文化创意作品奖等奖项,产生了一批文化创意产品。

　　本次征集活动得到全国各地西游记文创爱好者的积极参与。"2019 西游记主题文创作品征集活动"的成功举办,为进一步促进《西游记》主题文创创意设计发展水平,挖掘西游记文化内容,全面构建全国西游记主题文创产品体系,搭建西游记学术研究、文化产业建设和文化企业交流、合作、发展的平台走出坚实的一步。

（王新鑫根据网络新闻编辑整理）

第五届海峡两岸齐天大圣文化交流活动在福建举行

2019年11月29日，第五届海峡两岸齐天大圣文化交流活动在福建省顺昌县隆重开幕。本届活动以"大圣归来·粹彩顺昌"为主题，由中国西游记文化研究会、福建省广播影视集团、福建省闽台交流协会指导，中共顺昌县委、顺昌县人民政府主办。中国西游记文化研究会副会长祁连仲、中国西游记文化研究会秘书长蒋回源出席了本次活动。

顺昌自古就有崇拜齐天大圣和通天大圣的民俗信仰，从目前掌握的资料分析，至迟宋代，顺昌就已存在大圣崇拜现象。自20世纪末，顺昌县文化工作者对"齐天大圣、通天大圣"文化资源不懈地考察研究，大圣民俗信仰之物质和非物质文化遗存在顺昌县各地不断浮出水面。

通过举办京剧电影《大闹天宫》宣传活动暨弘扬大圣文化主题晚会、2019海峡两岸齐天大圣文化交流会等活动，扩大了顺昌齐天大圣文化的影响力，为推动顺昌地方文化旅游产业的发展、打造全域旅游、推进高质量发展提供了强劲的动力。

30日上午，会议举行了"缘续大圣精神·逐梦伟大时代"为主题的海峡两岸齐天大圣文化交流会，海峡两岸的齐天大圣文化研究有关专家、学者及齐天大圣宫庙代表等嘉宾展开了深入的探讨。中国西游记文化研究会副会长祁连仲，福州大学人文社会科学学院教授王枝忠等专家、学者们围绕主题作了精彩演讲，并从两岸齐天大圣信仰溯源、齐天大圣精神内核等方面，一起分享和探讨两岸齐天大圣文化研究成果，探寻大圣精神在今时今日的重要作用。

本次活动的成功举办，为促进海峡两岸西游记文化的交流合作、深化两岸融合发展搭建了重要平台。

（王新鑫根据网络新闻编辑整理）

《西游记文化研究》征稿启事

《西游记文化研究辑刊》由（中国）西游记文化研究会、淮阴师范学院联合主办，《西游记文化研究辑刊》编辑部编辑出版。

《西游记文化研究辑刊》作为（中国）西游记文化研究会会刊，以西游记文化、《西游记》文本及《西游记》作者吴承恩为主要研究对象，以"传承经典、创新发展"为办刊理念，旨在促进学术研究、培育西学新人、传播西游文化，积极推动西游文创产业发展。

《西游记文化研究辑刊》现向海内外《西游记》研究者与爱好者恭求力作。

来稿要求

一、来稿内容包括文本阐论、成书研究、版本研究、作者研究、学术史研究、续书研究、西游学人介绍等，但求论述严谨，言之有物，深入浅出；不须戏说恶搞，反对主观臆测；严禁抄袭、剽窃。

二、来稿当以学术研讨为目的，来稿文责自负，不得侵犯第三方版权或其他权利。本刊根据需要，可能会在不改变原意的情况下对原稿件有所删改，不同意者请附声明。

三、来稿字数要求在1万字以内（特别约稿除外），论文请附100字左右的"摘要"及3~5个"关键词"，少于3000字或非论文体例文章不做此要求。

四、稿件书写格式及要求：

（一）本刊仅接受电子稿件（扩展名为".doc"的word文档），以"附件"形式发送。

（二）文章中的表或图应各有说明内容的文字，附于图表上方或下方。

（三）凡注释一律使用页下注。文献信息包括作者名、文章名或书名、出版单

位、出版时间及页码。同时,所有引文务请核对正确。格式如下:

　　①抱瓮老人.今古奇观(下册).长春:时代文艺出版社,2003:64.

　　(四)文尾务请注明作者姓名、通信地址、电子邮箱、手机号等个人信息。

　　五、来稿择优录用,一经刊用,敬致样刊二本,并致薄酬。

　　六、凡来稿,即视为作者将该稿信息所有权授予本刊编辑部(但不影响作者合法使用文章的著作权)。三个月内未收到用稿通知者,可自行处理。

　　七、联系方式:

　　投稿邮箱:147825207@qq.com

　　联系电话:13815458382

《西游记文化研究》编辑部

2021 年 5 月 10 日